你是我的原型

明人日记 系列精选

安谅 著

人间趣闻　尘寰情事
以明人视角　绘大千世界

作家出版社

目 录

第一辑

第二辑

第三辑

第四辑

第五辑

第一辑

直播女

那天在朋友大刘的家里，大家唱得很嗨。大刘刚从西藏采风回来，叫了一大桌人，好多人明人不认识。天南地北地闲聊，一杯接一杯地猛灌大刘从西藏带来的青稞酒，大刘禁不住踩着音乐的节拍，舞动起了身子。酒酣耳热，明人也即兴地唱了一曲。明人的哥们儿大严在机关任一官半职，平素是不苟言笑的，这回也手舞足蹈，跳了一段不伦不类的新疆舞，也图个乐子而已。

他刚坐定，掌声还未退去，明人就发现他的眼光蓦地一冷。循着他的目光望去，看见座中一位女孩面对着搁在面前的手机屏幕，做着什么表情，如果没有看错，那个手机镜头差不多正对着大严刚才表演的位置。明人轻声向大刘问一句："那个女孩在干什么呢？"还未等朋友大刘回答，那个女孩显然是听到了明人的问话，训练有素地对着明人，也是对着手机，莞尔一笑，念对白似的说道："我正在直播。这是一位朋友的家里。"毫无疑问，刚才大家的表演都被她悉数收进了镜头，并通过网络已经迅即传播。这时，大严低声然而威严地说了一句："你把它关掉！"女孩瞥了瞥他，依然笑容可掬的模样，凝视着手机："这是我工作，我每天必须直播三个小时，现在还不到一半时间呢！"

这就是时下流行的网络直播，有人爱有人恼，众说纷纭又扑朔迷离的网络直播？怎么这直播就搬到私密的饭桌上来了，大伙儿不知不觉的、无拘无束的言行，竟然就被直播出来了？也在官场的明人，心里咯噔了一下，顿觉气短胸闷。

这时，大严脸色已显铁青，他走了过去，一把抓起女孩的手机，狠狠地砸在了地上，声音响脆，手机被摔成了几瓣。

女孩的脸哭丧着，欲哭无泪，充满委屈。大刘连忙打圆场，说女孩直播是有点小影响的，她无恶意，怪自己没有提醒她，今天有官员在，不适合直播，虽然大严动作激烈了点，但也是性子急，至于女孩的手机，他会赔给她。

场面有点尴尬。女孩被人先拉走了，明人和大严他们也没坐多久，便不欢而散了。

此事过去大半年之后，某一日，明人和大严又与大刘品茗聚聊。想起上次那位女孩，明人总隐隐有些不安。他询问大刘："那位女孩没什么过激言行吧？"

大刘笑而不语。他只是打开了手机里的一段视频，让明人和大严观看。

那是贵州的一个山村，一批孤老生活十分艰难，满面愁苦，有一位老妪，半身不遂，身旁没有一个人照料。旁白说，这个村的年轻人大都奔向大城市里了，这些老人们既留恋自己的家乡，又缺少基本的赡养和照顾，生活质量低劣。旁白呼吁，年轻人献出爱心，多多关注、关爱这些孤独无助的老人们。

视频分成上、中、下段。最后一段，则是讲述一位女孩在这小山村居住了好几个月，她在那里建起了一座爱心屋，把设施配全了，还聘请了几位年轻妹子。一拨老人生活在阳光满满的屋子里，笑容灿烂，生活安定。片尾才闪现了一位女孩的脸庞，说是爱心屋的主人，用自己这几年积攒下来的钱，在自己的老家建造这样一幢爱心屋。这女孩的脸庞似曾相识。明人和大严相视一会儿，忽然醒悟，这就是那位直播女呀！

大刘笑道："人家现在已算网红了，这个视频网上反响很大，连新华网、人民网都转发并加以点评了。"

"她，没记恨我们吧？"大严问。

"哪里，她前两天还给我来电，说要感谢你们，要不是你们当天给她一顿棒喝，她还在这城市里晃悠，直播一些轻轻飘飘不接地气的东西呢！"

明人看见大严此时拭了拭眼角。

不久后的一天，明人的手机叮咚一声，是大刘又发来一个直播视频。明人打开一看，直播女笑容可掬，声音甜美，在介绍爱心屋，说是有许多爱心人士支持他们的爱心活动。她说今天要向大家介绍一位上海的大哥，他特意赶来我们小乡村，捐赠了十万人民币，还利用休假，在爱心屋担任义工半个月……画面竟然出现了大严的身影和面容，他面含微笑，目光柔和，面对镜头，淡定而从容……

LV 女神

LV 女神 FF，明人其实只见过一次。那一次老同学邀请他小聚，没想到这小聚竟演变成了一场生日闹剧，原来老同学还带来了另一对年轻男女。刚落座，男的就宣布说，今天是女友生日，这个单子一定得他来买。那个衣着时尚的女孩则噘着嘴："人家生日还差几天呢！""美女过生日，至少要一周，从今天算起，天天给你过生日！"那男的油头粉面，也是一身名牌。老同学笑说："人家是富二代嘛，什么都缺，就是不缺钱！"大家都笑，那男的也笑得乐呵呵的，还当场让人从车上拿来了礼物，一只 LV 经典包包。女孩顿时两眼发亮，笑容绽放，接过 LV 包包，端详加抚摸，沉醉之至，向富二代男友投去的目光，也是深情绵绵。"FF，我知道你就喜欢这一款，我特地让人从巴黎带来的。"

这款 LV 包包，还真是典雅时尚，明人虽不谙此类风雅，但这种拉链款式，青铜镀金，咖啡色花料材质，并镶着天然牛皮饰边的包包，明人多少还是识货的，其价值不菲呀！

"FF，你就是 LV 女神。来，我提议为女神的生日，干了这一杯！"男友一鼓动，大家都站了起来，山呼海啸的，就牛饮了第一杯。那女孩也啜饮了几口，双颊立时嫣红起来，倒也蛮妩媚动人。

这次饭局之后，明人没再见过 LV 女神。但有关 LV 女神的故事，他后来有所耳闻，自然是老同学向他叙说的，还叮嘱他写下来，让更多的人知晓。

老同学叙述时的第一句话，明人至今记忆犹新："你记得那个 LV 女神吗？她真是 LV 女神！你知道公主和七个小矮人的童话吗？这个女神竟然真有七个小矮人！啧啧！"

老同学把明人胃口吊足了，抿了一口明人刚沏好的菊普茶，才慢慢悠悠地细细道来。

LV 女神 FF，竟然有七个男友。他们在各行各业，互不知晓，女神巧妙周旋于这爱宠自己的七个"小矮人"之间。优哉游哉，不亦乐乎，居然已两三个年头！

露馅的还是 LV 包包。生日那些天，他们都要送礼物，她要的就是 LV 包包，而且指定的就是那经典的一款。男人们各显神通，七个包包通过不同场合，不同时间送到女神手上。女神的香吻是必不可少的。看见女神如获至宝，欣喜万分，七个"小矮人"自然也是心花怒放，不无得意的。

这一周，女神天天过生日，据说一天与一位"小矮人"过，天天不重样。生日当天，她声称要与妈咪过，妈咪是生她养她的，这一天应该属于她。"小矮人"们也无可奈何，女神有点任性，也是无可厚非的吧。看到女神天天挎着的包包，就是自己赠送的那一只，"小矮人"们更不饮而醉。仿佛她是贴着自己的标签，到处晃悠，公示于人呢！

其实，他们不知道，有六只包包早被女神转卖他处，换成现金打入自己的银行卡了。

"世界是如此地小，我们注定无处可逃。"老同学说，这首歌唱得明明白白，有很多事是藏不住的，何况这女神和七个"小矮人"的故事呢！

LV 女神最后是怎么被发现的呢？说到底，还是与 LV 包包有关呀，老同学感叹一声。

那个富二代嗅觉灵敏，灵敏的嗅觉始发于浓烈的醋心醋意。那天老同学聚会之后，富二代又想约 LV 女神生日前一聚。LV 女神却借故推托了。连着几天，富二代有点憋闷，又到酒吧去泡妞了。这个酒吧老外出入较多，他用不着担心会碰上女友，那个 LV 女神。他搭讪上了一个俄罗斯美女，凸胸翘臀，很快打得火热了。他还看了她的手机，得知她认识一个叫 FF 的中国女孩。他想女朋友也叫 FF 呀，不会巧到真是一个人吧。他小心翼翼地探询，还看了她们互相加的微信号，果然是自己的女友。他心有点虚，不露声色地想转移话题。不料，那个俄罗斯美女竟又无意说了一句："这个 FF 的男朋友我也认识，很帅的。"还说，生日那天，他还买了只 LV 包包，送给了 FF。这下，富二代的心抽紧了，被揪痛了。显然，那个男友应是他人。他确信俄罗斯美女所说不假，他疑心骤起，立时出了酒吧，直接拨了女友的手机，女友好久没接。他的疑虑越发深重了。

那天，他终于约到与女友相聚了。女友依然挎着那只 LV 包包，神态飘逸和悠闲。他悄悄察看了那只包包和青铜褡裢，青铜镀金闪亮完好。他心里就咯噔了一下。从国外捎来这只包包的朋友曾向他致歉，上飞机前，包被磕碰在地，褡裢上有一粒芝麻大的损坏，再去调换已来不及了。他曾看过，不细细端详，还真一点也看不出来，他当然对女友也未置一词。现在毫无疑问，他给的那只包，一定被转卖了。

后来富二代又在女神的手机里发现了秘密，有七个微信号，写的是他同一昵称。那是女神给他起的，但每一个都有另外一个不同的序号……

手机是你的器官

领导刚离开，卞君便带着怅然若失的神情问明人："明哥，你说手机究竟是个什么东西？"

明人静静地望着他，没有立即回答。

搁在桌上的卞君的手机却抢先发言了，像个微型的搅拌混凝土的振捣器，抖颤了起来。

卞君气恼地抓起手机，看也没看，一下子就掷在几十米远的沙发椅上了。手机瞬时也停止了抖颤。

明人意味深长地笑说了一句："这个手机，害你不浅。"

"是呀！这怎么能怪我呢？领导应该给我一点理解吧。"卞君依然气咻咻地说着。

卞君第一次误碰手机，还是三个月前的事。他有每天晚上快走的习惯。那天快走结束，他从裤兜里掏出手机，发现拨打记录中有领导的号码。陡地脑袋一麻，仔细查看，正是自己拨打出去的，而且领导也接了，只是自己什么都没注意。一定是自己刚才走路时，不小心误碰了手机键，这真该死！领导从来都是不怒自威之人，严谨而且严格。自己一定得解释一下。他字斟句酌，小心翼翼地写下了一段短信："领导，真不好意思，刚才是不小心碰到了手机，没注意，打扰了您，敬祈谅解。"又小心翼翼地发了出去。

好半天领导都没回话，卞君这一晚心里七上八下的。正是干部提任推荐的关键时期，自己实在太不小心了。

第二天在走道上见到领导，领导大步流星地与他交臂而过，目光只停留在他身上几秒钟。卞君想说什么，也来不及说。他侥幸地想，自己可能太小肚鸡肠了，也许领导把此类小事早就抛诸脑后了。

手机第二次惹祸，是在不久前的一个工作日。卞君带人在工地检查，在深基坑爬上爬下的，忙得汗流浃背。离开工地时，才发觉领导打过自己的手机，自己没迅速接听倒也罢了，不知怎的，偏偏回复了一段短句："我正在影院。"这真是太糟糕了。自己从未回过，也一定是不小心误碰了什么键，发出了这手机里的惯用短语。连忙就回拨了领导电话，领导的电话终于接了，卞君忙不迭地解释手机出故障了，自己在工地没有留神，请领导见谅。领导也没搭腔，只是问了他一个数据，就把电话挂了。

郁闷之至的卞君把手机设置好好检查了一遍，也没发现什么问题，自己轻掴了自己一记耳光，还是放不下心里的那块大石头。

卞君后来把手机给换了，换了三星最新的那一款。那几天，手机消停了一些，他的心情也愉悦了些。

可就在刚才，明人和他的老同学，也即卞君的那位领导，正在咖啡馆聊天。瞥见卞君从门口走过，这是一个好机会，明人征得老同学同意，连忙拨打卞君手机，手机通了，却久无人接听。后来便断了，紧跟着一条短信发了过来："我正在开会。"

这下老同学的脸色不好看了："你瞧瞧，这算怎么一回事！"

明人说："也许是他手机出故障了，前几次都是这个状况。"

"手机都管不好，怎么管业务，还管队伍？一大缺陷呀！"老同学以一种领导的口吻喟叹道。又对明人说了一句："你知道手机是什么东西吗？是人的器官……"

明人是奔跑出门，追跑了上百米的路，才把卞君追上的。他与卞君一起回到咖啡馆，老同学没坐多久，就借故告辞了。明人和卞君有点面面相觑。

面对卞君的提问，明人又想起老同学的那番自问自答："手机是什么东西？是人的器官。"他于是对卞君说道："手机是你的器官。"但他没有说出另外一句话，那是他刚从老同学那边忽然感悟到的话中之话。

那句话是：有一种缺失叫手机。

闪　称

　　在朋友盛的画展上，明人正驻足观赏一幅山水泼墨画，盛画家如
数家珍般讲解着自己创作这幅画的得意之处。这时，明人的眼睛余光
发觉，有一对男女走了过来。他拿正眼去瞧，也许是那位年轻的女士
太漂亮了，他第一眼就落在了她的身上。哦，是小魏呀。他刚想直名
招呼，忽然想起了什么，喉咙卡住了一会儿。小魏笑意盈盈地注视着
他，已与身旁的另一位肥胖的男子走到了面前，明人再瞥眼看了一下
那位男子，这肥胖的男子竟然是当年给自己授过课的严老师。他感觉
自己失敬了，连忙迎上来，握住严老师的手："严老师好，好几年不
见了。"

　　严老师肥嘟嘟的手指点了点他的手心，笑了笑，脸庞转向自己身
边的小魏，明人明白严老师的意思，连忙说："小魏，我认识，哦，应
该叫刘太太的，不好意思，不好意思。"明人很真诚地道歉着。前两个
月，他在一个饭局邂逅小魏，认出了她是当年与同学盛闹过绯闻的低
年级的女同学，后来听说她嫁给了自己学校的一位老师，姓方。他当
时就冒失地叫了她一声："方太太。"孰料，有人立马纠正他，人家现
在的先生姓刘，应该叫刘太太的。明人顿时羞红了脸，向刘太太再三
致歉。此刻，他想到了当时的那个场面，脸还有点发烫。

　　"怎么叫刘太太呀？人家现在属于严老师的，应该叫严太太，或者
叫严师母。"同学盛感觉是半真半假的笑模笑样，但这话让明人心里陡
地一惊：怎么今天自己又叫错了？

严老师胖乎乎的手掌轻轻拍了拍明人的肩膀，笑着说："没关系的，随便叫，不过，小魏可是我明媒正娶，民政局办过手续的。"说完，他笑了起来。如花似玉的严太太也甜甜而不无妩媚地一笑。

"那我真是失礼了！"向来待人礼貌的明人连忙向严老师和严师母致歉，虽然他感觉脸上快快的，心像被虫咬了似的，实在不舒服，但场面上的礼节，他是不会丢掉的。他可不像同学盛那样老是不太正经，小魏好歹也曾与他在念书那会儿，互相倾慕过一场！

老夫少妻离开后，明人发问："这是怎么一出戏呀！"盛画家说，这有什么，是人家小魏有魅力呗，人见人爱呀。她起先嫁的是方老师，后来离了，嫁给了刘姓商人。上个月，她刚离婚，又嫁给了严老师！

"闪离闪婚呀，这真是！连称呼都不知怎么变化了。"明人叹息一声。

"你不如就叫她小魏，或者叫她魏老师，反正她嫁的，都是比我们年长的。"盛画家嬉皮笑脸地出主意。

"你当我傻呀！这小魏，我留校之后，还给她们上过课，她是叫我老师的。某一天，忽然再'回光返照'，又嫁给你了，你占大便宜了吧！"明人说笑着，盛画家也笑得脸上皱纹毕现了。

一枚翡翠戒指

　　太太下班回家，在厨房里忙乎了一阵，没先把饭菜端上，倒是目光怪异地盯视着明人："今天，谁来过了？"明人把视线从书本上收回，一脸茫然。

　　"这个戒指是谁的，放厨房的？"太太也不兜圈子，直接亮了底。

　　明人接过戒指。是一枚翡翠戒指，通体呈微透明，带点祖母绿，虽无纹饰，但显细腻莹润，艳丽璀璨。不过，一丝裂痕，隐在其中，若有若无，不易察觉。这是谁落下的？

　　这两天明人因为眼疾在家疗伤。今天倒是有一对朋友夫妇登门看望过他。他蓦然想起，他们还带了两个金灿灿的哈密瓜。那位热情的少妇婷还拿了一个进了厨房，拾掇了一会儿，把切成块的、果肉白嫩、浓香四溢的哈密瓜端了出来。每块果肉上还插着一根牙签，几张餐巾纸裙摆一般散放在瓜碟边沿。明人当时不禁赞叹：好心细呀。

　　两片桃红飞上了少妇婷的脸颊。她的丈夫杰笑不露齿，微微颔首。

　　不用说，那枚戒指应该是婷那时不慎落下的。

　　他迅即以此回答了太太。太太也不吱声，又转身进入了厨房。

　　明人立即拨通了杰的手机。他第一句话就是："你和太太上午过来，把戒指忘在厨房里了。"说得有点单刀直入，而且大着嗓门，也是为了让太太听见，说明自己说的完全不假。

　　对方的回答却让他迷糊了："戒指，没听说呀。"

　　"是一枚翡翠戒指，你太太没说吗？"

"没说过呀!"那边回答得也挺干脆。

"那你赶快和你太太说一下,赶紧拿回去!"明人不想纠缠,更不想惹是生非,厨房里太太说不定正屏息静听着呢。

为表明自己的磊落和实诚,明人当即又拨了司机的电话,说:"你到我这儿来一下,把一位朋友杰的戒指拿着,你方便联系他,交给他。"他把杰的手机号也转发给了司机,才轻轻吁了一口气。这时,太太轻轻端上了香气扑鼻的饭菜。

大约一周之后的傍晚,太太忽然又问道:"那枚戒指还给人家了吗?"明人不觉愣了愣:"这,这,应该司机早给了吧。"太太也没再说什么,仿佛随便问了一句,明人心里倒是搁上了一块重重的铅。

第二天一早见到司机,明人当即问道:"那枚戒指拿走了吗?"司机的回答让明人大吃一惊:"没有呀,我打了几次电话,他都说知道了,知道了,暂时没空。"明人的脸不由得抽搐了一下。这小子忙什么忙,连太太的戒指都没时间取一下?

明人上了车就拨杰的电话,显示的是接通的信号,但好长时间没人接听。也许他还在睡懒觉吧!杰是做生意的,自己就是老板,属于数钱数到手发麻,睡觉睡到自然醒的那一族,他们是令人艳羡的一族。而婷是一位美女演员,名声不大但也在许多影视剧中常常露脸。这对年轻的夫妇对明人挺尊重的,明人在政府工作,他们有时也有一些小事相托。电话无法接通,硕大的沉重的铅,还压在心坎上,明人想到自己的通讯录里也有婷的号码,于是,就心急火燎地拨了过去。

婷倒是很快接了,一声:"明哥,早呀!"甜甜的,令人听着悦耳。

明人说:"你戒指丢在我家了,怎么杰老不来拿?"

"戒指? 杰没跟我说呀。"

"什么,没跟你说,那枚翡翠戒指不是你的吗?"明人大惑不解。

"翡翠戒指,是落你家了吗? 是我的呀,可杰没说过呀。"婷的话,似乎也不容置疑。

"我早就和杰说过了,你们这么多天都不来拿。杰还在睡觉吗? 让他接电话!"明人有点不爽,脾气上来了点。

"我没和他在一起呀，我在横店拍戏呢。"婷回答得也很直率。

明人气有点瘪了："那，那你们抓紧时间与我司机联系，尽快拿走呀。"

"好的，好的，嫂子没吃醋吧。嘻嘻。谢谢明哥，多保重。"婷挂了电话。明人未免带点懊丧的口吻，对司机说："过两天，你再打他电话催催。"司机点了点头。明人眼望窗外，不远处，有几只小鸟欢叫着飞掠而过。他似乎眼前一暗。

又是一周后，明人赴约，是一拨好友。快到时，他还打了电话询问召集者，都有哪些人？他听到了杰的名字，脑海里立时又浮现出那枚翡翠戒指，连忙问司机，戒指拿走了吗？回答仍是否定的。司机的神情都有点气恼："我打过他几次电话了！"

"在车上吗？你给我，今天正巧可以碰上他。"明人说。

司机从车座底下摸索了一下，掏出用淡色眼镜擦布包裹着的戒指。明人把它小心地揣进了胸前的口袋里。

明人见到了杰，杰依然潇洒倜傥，英气逼人。

当着大家的面，明人问候了杰，还提及了婷，说你怎么没把她一块叫来，她的戒指还在我这儿呢！明人说着，准备拿那枚戒指，右手已触碰到了口袋上沿。

杰满脸春色地叫了一声明人："明哥好，好久不见。"但说到婷，还有那枚戒指，他眼光暗淡了一下，似乎有什么东西倏忽飞掠，脸带笑意，但显得牵强。这时，坐边上的一位朋友扯了扯明人的衣袖，在他耳边悄声说道："他和老婆早就分居了。"

"什么时候的事？上次来我家，似乎也挺好的呀。"明人纳闷，也轻声问了一句。

"都快一年多了。外人不知道，你也看不出呀！"朋友嗔怪。

明人无法回答。也许，他们是太会表演了。他在心里嘀咕，只要不是这枚戒指落在自家惹起的，与自己就毫无关联。这么一想，沉重的心忽又轻松起来。

活动结束，一出门，明人就给婷去了电话："哎，你在哪儿呢？明天我就让司机把戒指送还到你手上！"说这话时，翡翠戒指像火苗一般烙了他一下。那边婷却咯咯咯地大笑起来。

"明哥，那是假翡翠，不值钱的！还有你不要怪我哦，我是故意落在你家的，看看嫂子有多雅量，我好有机可乘呀。"接下去，是一串坏笑，银铃般的，撞在心头，却很刺痛。

明人挂了电话。他愣怔了半晌，从口袋里摸出了那枚戒指，仰首对着灯光，他凝眸细看。碧清绿翠中，他分明看见了一丝淡淡的裂痕……

东区有个郭美女

家住东区的郭美女是真美女。明眸皓齿，貌美肤白，一张娃娃脸颇有明星相。可贵的是美女其心也善，善良根植于她的心间，在平常的一言一行中时有闪烁。

明人受邀为她讲授文学课，接触多了，发觉她真的是善良得可以。各骑了一辆小黄车在路边行进，忽然前面的郭美女摇晃几下刹车了，随后的明人也赶忙双脚踩地。只见郭美女下了车，把车放稳，回过头来，蹲下身去。原来地上有一枚鸡蛋大的石块。她把它捡起，轻轻地放进了绿化隔离带里。明人开玩笑道："你怎么对石头也动恻隐之心呀？"她仰脸笑道："不是，万一别人骑车碰着了，要摔倒的。"

后来发现，只要路上有什么树枝、硬物之类的，她见了，都要立马把它们捡拾起来，投进垃圾箱或者绿化地中，仿佛她的孩子就在路边，她怕孩子磕着了。

明人听她叙述过自己小时候的一个故事。乌漆墨黑的晚上，哥哥骑着车带她回家，冷不丁地车子翻倒了，他们都惨跌在地。她的额角撞开了一个口子，鲜血淋漓。至今，一个小小的毛毛虫一般的疤痕，还卧在她光洁的额角上。当然，瑕不掩瑜。她的美还是光彩照人的。她告诉明人，当时就是路上的一块小木块，让哥哥猝不及防的。

商城、地铁门口，时常会遇到衣衫褴褛的乞讨者，向她伸出手时，她二话不说，就从小坤包里掏出纸币，塞到他们的手中。那时，她的目光是仁慈的，毫不厌恶。

坐出租车，她一般都不要发票，给了钱就下车。开车到停车场，也是给了钱，什么发票都不要。她说，人家干着活蛮可怜的，就算给人家小费吧。

明人说，你好大派头呀！当自己是老板呀。郭美女真不是老板，在一家合资企业做白领，收入不错的，但也不算太高，不过她的善心却是大过周围许多人的。明人说，你和那个所谓的红十字会商业总经理的郭美美一比，真有天壤之别呀。郭美女抿嘴一笑，脸颊绯红。

这样的女孩，一定很多人心有所动的，明人想。可这女孩心也太善了，不会被欺负吧。人善被欺，也是一种古训呀。明人虽只是一课之授，但师者，传道授业解惑也，自己有必要对她作个提醒呀。

明人心直口快地对她说了。一让她防范小人，二呢也要她别宠坏了好人。对第一点，郭美女当场接受了。但对第二点，她存有异议。她说，不是早说了吗？那些人都是弱者呀！

可你不拿发票，是在助长一种贪婪之心呀，明人不吐不快。郭美女又好看地笑了："老师，没您说的这么严重。"

那天去东区一家艺校讲课，郭美女也去倾听。明人在校门口碰见她，她正在停车，一位黑脸保安在收费。她又付了钱，说了一声："发票就不要了。"然后，迎着明人走来，走近了明人身边。明人说："你怎么还这么个德行？"她嫣然一笑："这不是很正常吗？你不知道吧，这里原来是我母校，我常来停车，都很多年了。每次来，我都这样。"她说得很轻松，明人总感觉有点不适。

课完后，明人与一些学生留下交流后，要出教学大楼，就见停车场上，郭美女的车还在。郭美女在车上寻找着什么，满头大汗。"你找什么呀，还不走？"明人和她打招呼。

"人家托我带的两个 LV 包包找不见了，我记得放车上的。"她前段时间刚去过法国出差，明人知道的。

"是放车里了，我来时还在车上。"她肯定地说。

明人朝保安那边瞟了一眼，他发觉远处那个黑脸保安，故意把脑袋转方向了，避开了他的视线。他说："保安可能有问题。"郭美女说："不可能吧，都算是熟人了。""去问问吧。"明人说道。

问了保安，保安说什么都没看见，不知道，还一脸无辜。明人注意到，那边围墙角落边，正好有个探头对着停车场，他让郭美女一会儿去找保安领导。

那个管保安的，竟然与郭美女熟悉。郭美女悄声说，他原来也是做保安的，没想到提任做官了。"那你也给过他不少'小费'吧？"明人故意把小费两字说得一字一顿的，郭美女明白了，说："人家是弱者呀！"

那个管保安的人听了郭美女的述说，再三拍胸脯保证，他们这里不会出这事，也许是郭美女自己记错了，东西根本不在车上。明人说，那查一下监控，不就很清楚了吗？管保安的坚决摇头："这不行，查看监控我们是有规定的。"他转脸对郭美女说："我们认识这么多年了，你总该相信我吧。"

郭美女一副将信将疑的神情，但还是向保安表示了信任，拖着明人走了。

"你应该去报案的。"明人说。

"算了，算了，这包也不值几个钱，真的查出事，保安和那个管保安的，不都得被查被撤吗？算了，算了，人家是弱者，不容易的。"

"那个管保安的也是弱者吗？不比村官小了呀。"明人说。

郭美女还是走了。出了门，还和保安挥了挥手，加大油门，走了。

有一天，明人正在给郭美女讲课，她的手机声骤响。明人停止讲课，示意让她接电话。她接了，很快，脸上展露出一片惊讶。

那是当地警局打来的，说他们破获了一个监守自盗的团伙，发现了她的被盗的 LV 包。他们让她过去认一下，并做一个证人。

明人陪同郭美女迅速赶了去。通过审讯屏幕，那个管保安的正在交代，一脸后悔：当年自己做保安，有人停车给钱，不要发票，我开始私下把钱吞了，后来，胃口也越来越大，升任经理后，便与手下人联手，对停车场的车辆开始下手……

郭美女此时一脸震惊，美丽的大眼睛瞪得灯泡一样大，渐渐地双眉垂落，神情黯淡了下来……

健身房里的美眉

天冷风劲，在室外快走运动显然是受不了了，明人于是进入了小区边上的健身中心，他曾买了一张五年卡。

明人刚在跑步机上走了一会儿，那个漂亮的美眉就又迎了上来，穿着一身运动服，人显得精神又挺拔，不长不短的头发扎成了一把，用红丝带系住。最早一次就是这个美眉，看着明人在跑步机上快走，主动上前嗲嗲地微笑说：先生是第一次来吧？明人瞅了瞅她，礼貌地点了点头说：是的。那美眉说：先生，是不是让我帮您指导指导？您在跑步机上走路应该抬起头来，迈开步子。明人回答道：哦，是这样吗？他按照美眉的指点，脚步迈大了一点，头也扬了起来，但一只手还捏着跑步机的把手，不敢放松。美眉说，你这是有氧运动，走个十来分钟，二十分钟就够了。如果你想健身的话，还要去练练那些器械。美眉说得很热情，似乎说得也很到位，也说到了明人的心坎上。明人是准备去使用这些器械的，年轻时候还练过一阵，后来就停止了。现在上了点年纪，他觉得每周不健身不出一身汗，人就不舒服。他在那个仰卧起坐的器械上坐定，刚做了几个动作，美眉又跟了上来，指点他，什么时候双手该放在脑后，两腿怎么夹住这个仪器，什么时候开始启动，什么时候向下，怎么呼吸，怎么吐气，怎么用丹田之气，她说得详细而又耐心。按她的说法，明人又锻炼了十多分钟，感觉确实非常地舒爽，虽然有点自己跟自己较劲的累，而且已经浑身湿透。临走时，美眉又热情地告诉他，我可以给你做点放松动作。她让明人半躺在地上，自己背对着他，两个臂膀把他夹住，明人没想到她小小的身躯竟然有这么大的力量，她把他轻轻地托举了起来，来回了几次，再换另外一种姿势，如此这般。美眉的身子柔软和温热，透过薄薄的衣衫，让他感受到了。美眉说，这可以放松你的肌肉。他确实感觉到舒筋活血一般，刚才的疲惫消失了大半。

走出健身房，明人还在心里念叨，这个健身房还是挺温馨的，服务也挺周全的。后来明人又来过，美眉也是一如既往地对他悉心指教，说，你什么时候来，告诉我一下，我再给你指导。她说得很自然，明人也微微点头，表示感谢。她还和他互加了微信。几次下来，明人像上了瘾一样，往健身房跑。他享受着细致入微的服务和指导。再后来，那美眉给了他一张表格，明先生你看看，你选择哪个菜单，我们可以按照那个菜单给你服务。明人拿过那张精致的覆膜纸片一看，这是他们健身指导的套餐，只听到美眉说，明先生你应该适合这个套餐，半年时间你就可以练得很精神，身体也很精壮。明人说，是吗？那每周要来多少次呢？美眉说，一个礼拜来个三次，应该就可以。明人的心里估摸了一下，要挤出这三次时间来，应该是比较紧张的，但他鬼使神差地点了点头。那美眉接着说，那明先生你填张表格吧？你是用现金呢？还是用卡？明人听了顿觉惊诧，他仿佛刚醒过来似的，哦，多少钱？美眉笑着说，你选的这个套餐并不多，也就是半年十二万。

明人心里倒吸了一口冷气，这半年十二万，差不多是他全年的工资啦。他忽然觉得眼前的这地方和美眉陌生起来。他忽然觉得自己很蠢，这地方这样的服务怎么会不要钱呢？这可是有钱人的健身之处啊。面对着美眉目光的征询，他只能支支吾吾道，我，我明白了，我再考虑一下，考虑一下。后来连续几天，他都没有进入这健身房。可美眉的微信不时给他提醒，不断给他发来微笑的图片说：先生选好套餐了吗？或者先生什么时候过来办手续啊？明人迟迟没有回应，他想：他自己怎么会去付这么多钱健身呢？要知道他可是工薪阶层啊。

一段时间后，那美眉的微信似乎无声无息了，明人也渐渐淡忘了这点。他也很长一段时间没有涉足健身房了，要不是今天风如此大，天气如此寒冷，他是尽量不踏入这健身房的。虽然那张健身卡有点浪费了。他更没想到美眉见到了他，又主动迎了上来，让他感觉十分地尴尬，他装作自己什么没看到似的，埋头在跑步机上快走。但美眉在身侧站了好久，他没法装下去了，于是只得转首和她点了点头，说：你好。美眉还是那种嗲嗲地微笑，明先生你来了，还用器械吗？明人似是而非地点头又摇头。美眉说：你还没选好那个套餐吗？这回，明人回答得很坚决，说：我就不用了，我很忙没法保证时间。美眉哦了一声，说：其实这并不贵的，你可以再考虑一下。明人说：我考虑过了，真不需要了，谢谢你。美眉又哦了一声，那眼神似乎有些失望，慢慢地就离开了。

　　回家不久，明人又听到了手机的叮咚声，有微信进来了。他点开，是美眉发来的。美眉说：明先生，四天的指导费你是不是能帮忙付一下，总计两千六百五十元。本来这笔费用是免费的，因为你没有选定套餐，只能抱歉让你先付了。明人怔怔地看着这微信，好半天没缓过神来，他不知道这是一种陷阱呢，还是当下最时髦的服务？

飙车一哥

　　一哥名叫刘一，三十多岁了。依然长得瘦弱，矮小，看上去病恹恹的。其实他没什么病，长得就是这个模样。他父母都长得比较高大，所以对他长成这个模样，总有点小小的自责，总觉得没有把他抚养好。对他自然就有更多的宠爱。而他呢？有时候也会有些自卑，总觉得自己不像一个相貌堂堂彪悍伟岸的男子。所以他在平常的生活中，有时就会显示出他其实是自卑，但是表现不甘示弱的一面。三十岁那年，他和小区的朋友打赌。硬是用脑袋顶着一辆福特小车，要把它顶出车位的三米之外。他顶得满脸是伤，浑身冒汗，头皮都磨破了，但是小车依然纹丝不动。这事儿在小区里作为一个笑话流传至今。

　　有一年，一哥用他的积蓄，加上父母给他的钱，购买了一辆小车。是宝马车。这下，他完全抖了起来。驾着车在小区和小区的周边，常常悠然自得地转悠。小车擦得锃亮，车内的音箱也一直打开着，声音很高亢。就像二三十年前，那些土豪提着个大喇叭，声响滚雷一般，招摇过市。

　　这天，他开车载着小区的两位朋友在行车游玩。忽然，车外一阵远甚于他的音乐的声响，真的像滚雷一般袭来。他被震撼了。一辆红色的小跑车，飞快地从他的车边疾驰而过，很快就把他远远地甩在了后面。他一踩油门就想追赶过去。车上的两位朋友惊叫起来，他们慌忙地劝阻他，放慢车速。他心有不甘。追赶了一会儿，明显感觉追不上了。悻悻地骂了几句，也就把车速放缓了。后来他打听到，这个开着红色小跑车的主儿，和他住在同一小区，是一个富二代。与蒋介石同姓，人称蒋二。刘一和他搭上了，从此也爱上了飙车。他把车子进行了改装，特别是把消音器给卸走了。每天晚上，人、车稀少些了，就在马路上一踩油门，马达轰鸣，怒吼一般，汽车飞快地驰骋起来，路边上的行人或者侧目，或者赶紧避开。他像英雄一般显得志得意满。老父亲几次告诫他，不要这样开车，这不好，对他不好，对行人也不好。但他已沉浸在飙车的快乐之中，怎么劝他都置之不理了。

中学同学聚会的时候，他把宝马车也开去了，他坚持没有喝酒，说是聚会后要向他们露一手。果然有几位男女同学和他同路，他载着他们，就开始疯狂地飙车起来，几个同学在车上哇哇直叫，似乎是刺激，又似乎是恐惧。等他把车停稳了，有一个女同学已经是满脸煞白，禁不住呕吐起来，他的英雄气概，在这呕吐声中显得有点狼狈，但他依然迷恋飙车，他感觉飙车令他男子汉的味儿大增。

常常在深夜里，他和蒋二的车子时常咆哮着，震耳欲聋，响彻云霄。很多人很讨厌这个，感觉在马路上没有安全感，有的人还向警察进行了投诉，听说警察也找过他，他口头答应着，但过后又一如往常了。

明人也专门找过他，和他说了一些道理。还和他说过，就像骑自行车一样，骑得快，并不是本事；骑得慢，骑得稳才是真本事。开小车也一样，需要稳稳当当。他碍于明人的面子，有时也就点头称是。飙车的行为有所收敛了，但偶尔还会在半夜过把瘾。蒋二居然比他开得更疯狂，毫无收敛。又仗着他老子有钱，他的小车不断在换新，这点刘一是望尘莫及的。不过因为他和蒋二的名字的关系，人家都称他为飙车一哥，蒋二自然屈居第二了。这一点刘一是非常非常地得意。

有一次，他的老父亲又对他说：你知道吗？好多年前，上海首批骑摩托车的人据说大部分都不在人世了。他吓了一跳，问什么原因。他老父亲凄惨地一笑，说：还不是因为车祸。他转而一笑，说：开小车和骑摩托是两码事。他老父亲摇了摇头，对他大失所望。

有一天晚上，他又飙车了。车不仅开到了一百八十迈，还玩起了网络直播，通过手机和很多网上的人开始闲聊，显摆他的车技。网上的那些人有的为他欢呼，有的也在严厉地指责他，说他是害群之马。但他狂笑着，把车开得飞快，得意洋洋，天马行空一般。而且根本没有注意前面后面都已经出现了警车，他们是接到投诉，在拦阻他。终于，他在一个路口被拦截住了。他是严重超速，并且威胁到行人安全，被拘留了。他很不服气。他觉得他根本没有犯法。明人和他老父亲去拘留所看他，他还是一副含冤受屈的样子。他说蒋二比他开得更快更猛，是真正的飙车一哥，他怎么一点事情都没有呢？明人和老父亲告诉他，你不知道吧？昨天晚上，在高架上发生了一起严重的车祸，有一辆小轿车翻车，彻底地毁坏了。驾车者当场毙命了。警察判断，这是一起超速行驶造成的事故。因为车速过快，车头蹭到了右前方的一辆车子的车尾。失去控制，翻车了。

　　你知道驾车者是谁吗？明人问道。刘一茫然地望着明人和他的老父亲。渐渐地，似有所悟。头望着明人和老父亲，双唇嗫嚅着，说他，他，蒋二就这么走了？他忽然号啕大哭起来，声音震天响，就像他那拆了消声器的马达轰鸣一样。

门缝里的窥视

　　短小说征文活动结果刚在网上公示，阿杜就气呼呼地找到了明人，明人是活动的评委之一。

　　瞅着阿杜愤然的脸色，明人心中自有几分明白，他问道：你是为了征文活动来的？阿杜点了点头说：我想不明白，小刘的作品怎么就获评优秀奖了？他的作品是受我的影响写的，而我却名落孙山了。明人说：你说的是那篇《门缝里的窥视》吧？阿杜又点了点头，还是一脸不悦。明人说：你的那篇作品我读过，门缝里窥视到的是什么呢？阿杜回答说：我写的是，当时从教室的门缝里看见我的同桌同学，偷翻我的书包，偷用我的蜡笔。这是我小时候的印象，这个印象我记忆犹新，我当时想，如果不是从门缝里窥视，我是看不到这一幕的，也就看不出我这个同学竟然这样小人。

　　明人接口道：所以你还在小说的结尾加了一句，窥视是重要的，看见了人，也看见了人心，是这么结尾的，对吗？阿杜又狠劲地点了点头，说：是呀，我觉得这是点睛之笔，很到位。

　　明人笑了笑，他是阿杜和小刘的师长，他们这两位小文友，在文学的创作道路上，只能说起步不久，也都希望在这方面尽快出些成绩。既然阿杜找了他，他对阿杜说：你是不是把小刘的那篇文章，很认真地读了？阿杜点点头，又忽然摇摇头，他说我没有完全读，但是我看到他的篇名，就猜到他写的是什么，我也可以明白无误地向您报告，他一定是抄袭了我的。明人说：你不妨先把他的这篇作品，好好看一遍。

　　阿杜不太情愿地在手机上查找到了小刘的那篇作品。作品是这么写的：有一次，学校期末考试前，小刘在操场玩耍，不慎把自己的皮夹子丢失了，里面有一个月的饭菜票和一些现金，当时家里条件拮据，他也是十分懊恼，心神不宁。他的孤傲的脾气又不可能接受他人的施舍。某一天晚上，他上夜自习晚回。突然从宿舍的门缝里窥视到同宿舍的同学，纷纷解囊，从他们自己的饭菜票里抽出一些，集中放到了他的抽屉里。当他若无其事地走入宿舍，其他同学已经坐在自己的床位上，平静地向他点头微笑。他很自然地把抽屉打开，看到了那一叠饭菜票，举起饭菜票，故作惊讶地说道：怎么这里有一叠饭菜票？一个同学立马说道：哎呀，看来你的饭菜票没丢嘛，就在抽屉里。其他同学也跟着呼应。这一刹那间，他的眼眶都湿润了，站在那里，好久说不上话来。

　　阿杜读完了，明人问他：他写的和你一样吗？阿杜似是而非地点了点头又摇了摇头。明人说：同样是从门缝里窥视，你们的所见并不相同啊！何况我也听说了，你准备写这篇作品的时候，是不是和小刘说过，让小刘也写一篇同样题目的作品？你说，你们来个同题作文？阿杜沉默了一会儿，也老老实实地点了点头。确有这么回事。

　　明人抚了抚阿杜的臂膀说：这就谈不上抄袭吧，阿杜呀，有句老话说：门缝里看人，不要把人看扁了。你说呢？

　　这回，阿杜羞赧地垂下了头。

班主任出招

夜半，明人难得一空，正观看世界杯的直播，手机突然震颤了，一看是老朋友方总打来的，还用的是微信语音通话，这家伙也够时髦的。他连忙接听了，那头似乎也有世界杯直播的解说声，就听方总说道：明兄啊，你那个学生怎么回事？做了班主任竟然使出了一个阴暗的怪招，让我的小外甥都不知所措了。

班主任？明人一时没有明白。

就是那个在和平中学担任语文教研组组长的年轻人。

明人被提醒了，哦，你说的是陆老师啊？是啊，他怎么啦？小陆曾经是明人的学生，当时就是一个好学上进、勤奋而且聪明的小男孩。前些年，刚知道，他已经是一个学校的教研组组长，碰巧方总的小外甥就在他们的学校念书，有一次他还请方总和小陆老师等一拨朋友一起碰过面，当然根本没有提及他的小外甥。

方总明显是告状也有点怨气说：这小陆担任我小外甥的班主任，这次搞了一个活动，他让每个同学都要对班委会的工作发表真实的感受，并提出自己的建议，还特别指出，包括对他班主任有什么意见建议，也一定要如实地写上，这些初中学生懂什么呀？我那小外甥竟然直接给班委会和班主任提了两条意见，今天下午听说这个小陆老师就在询问班里同学，哪两位提了意见，把我那小外甥吓得气都不敢多喘。这个小陆到底搞的什么鬼啊？

明人说：怎么会有这样的事情？小陆老师还是一个很阳光的人，

也很有爱心，是一个想做事的人，怎么会出此怪招呢？明人和方总也议论了几句，最后他对方总说：且看他今后有何言行吧。方总也觉得只能如此了。

翌日傍晚，明人刚放下饭碗，脑子忽然又想到了方总提及的陆老师的事情，他脑子一激灵，想：这小陆老师是不是真有什么诡计啊？偏偏这时候方总的电话来了，明人迫不及待地接通，开口就询问今天有什么情况？方总说：你真想不到，他竟然在班会上让两个提批评建议的同学主动站出来，说这是测试他们勇气的时候。同学自然都鸦雀无声，他就采取了这一招，把同学所写的一篇篇读下去，读一篇，是谁写的就站起来。如此这般，前面绝大部分都是对班委会工作还有班主任赞美之词的，最后只剩下两篇，提批评建议的同学也就留下我小外甥和另外一个女同学了，不用说，这是他们写的。这下把两个同学脸臊得通红通红的，气氛也十分紧张。

明人心也被揪紧了。他后来怎么说？明人问道。

方总说：这个小陆老师要让他们承认是自己写的，我小外甥犟着头，大声说是他自己写的。那个女孩也畏畏缩缩地站了起来，轻轻点头说自己写的。那陆老师又追问，真是你们自己的想法吗？两个初中学生都点了点头。你知道我那个小外甥脾气也有点戾，到了这个时候，脸上是一副傲然，坚持认为就该这么写。

那你小外甥没被受罚吗？明人跟着担心起来。

谁料到电话那头的方总却哈哈大笑起来，你真想不到你那个学生吧？他竟然当堂表扬了我小外甥和那个女孩，还明确宣布班委会要改选，我小外甥是班长的候选人，那小女孩是副班长的候选人。

真是这样吗？他是说的玩笑话吗？明人心里不踏实，方总说：我小外甥说了，他就是这么说的，而且说得那么坚定并且毫无异议。说完方总跟了一句：他不是你的学生吗？你可以去问问他呀。

明人稍稍缓了缓情绪，拨通了小陆老师的电话，还没等他把这事说完，小陆老师就在那边爽朗地笑了：明老师你真是消息灵通啊，这事这么快就抖搂到你这里啦？

明人说：是啊，你这一招让有的学生和家长都为之担忧啊。

小陆老师又说道：明老师你放心，我虽然不像你们经历过那么多事，但是有些事我知道该怎么做。

那你这么做意欲何为呢？明人执拗地问道。

小陆老师说：老师你也知道，你当年也对我们反复要求过，要有正直善良之心，要有敢作敢为的勇气。我带了有几届同学了，班长一般也都是从听话的学生、成绩好的学生中挑选的。这种效果您说一定好吗？我看未必。我这次用的这个方式，就是要让同学既要有正视现实和创新的思维，同时也要有勇气担当责任的这种精神。我发现这两个同学身上就有这种难能可贵的精神，他们本来成绩也都不错，我应该给他们创造机会，让他们多学习多锻炼，这是我们做老师的职责啊。

明人握着手机，迟迟没有回答，但他心里翻江倒海似的，被深深震撼了，他没看错这个小陆老师。我们的社会真的需要这样具有创新和担当精神的人才，我们也更加需要有像小陆老师这样的伯乐。他不觉欣慰地露出了笑容，只听得电话那端小陆老师不断地在重复：您听着吗？您听着吗老师？

明人只是使劲地点点头，终于嗯嗯了几声……

暮色中的窗帘

　　明人正在欣赏夕照下的叶片，瞅见成冰走了过来。这是邻家的孩子，明人是看着他长大的，现在已成家立业，还是一个单位的小头头了。这也是一个懂事的年轻人，平常隔三差五地来看望一下父母。明人和他亲热地打了招呼。

　　明人说：好久没回来了。

　　是啊，这段时间忙得够呛，一直没有顾得上，今天下了班就过来了。叔叔您好呀。小伙了也向明人致意。

　　明人朝他点了点头，说：你是好小伙子，应该常回家看看。

　　成冰也热情地回应着明人，入了单元的门洞。但也就十来分钟的工夫，成冰就出来了。当时明人的目光还关注着夕阳下色彩变换的叶片，这秋冬时期的叶片还留存着生命的汁液，但显然已有枯萎的迹象了。夕照下，仍显得有一种美丽，是那种与生命抗争的状态。看得入神的明人感觉背后有人走过，他抬头转身一看，是成冰。不过，成冰的脸是气呼呼的，与方才的和气有天壤之别。明人颇为纳闷，怎么了，成冰，这么一会儿就走了？成冰站住了，说：谁知道，我妈妈大发脾气，像吃错了药似的。这一刹那，明人明白了什么，他哦了一声，然后说道：哎，你来看看这些绿叶，它们都成什么样子了。成冰按照明人的指点，目光也投入到那些绿色的泛黄的叶片上，边看边不时抬头仰望着五楼的那扇窗户。明人也随着他目光望去。那扇窗户关得严严实实的，窗户内的墨绿色的窗帘垂挂着，仿佛将内外都隔绝了，但是明人明显地感觉到，窗帘的一侧微微掀起，有人在窗口探望，花白的头发在闪动。这是成冰父母的家，显然是他的母亲在窗帘后顾盼着自己的孩子。

明人问：你母亲怎么了？

成冰和盘托出，说道：真的像吃错药似的，我大半个月没回家，工作忙得不可开交，今儿是硬挤出时间来的。刚上楼去看父母，母亲就是不理不睬的样子，还阴阳怪气。

她说什么了？

她说：你是不是只顾自己了，不要我们了吧？

你母亲是和你说气话。明人说。

成冰说：哪里，后面更狠，说"我死了你大概都不管"。你看看她竟然说这个话。

明人知道成冰的父母都是知书达理的人，以前都是在中学任教的，脾气性格向来都是很温和的，此时如此必有缘故。

果然，成冰沉吟了一会儿，说道：是我爸爸提到的，说是"原来你答应陪你母亲去医院检查的，怎么就一点都不管了呢？"成冰这才想起他帮母亲联系过一家医院，他的老同学在医院工作。母亲的心脏一直不太舒服，他安排让她去好好地检查，还把电话号码给了母亲，也将母亲的电话号码给了老同学，让他们可以交流。本来想好在老同学方便的时候，他陪母亲到医院去好好检查的，但他一直没有接到老同学的电话，估计老同学太忙了，所以他也没催促。没想到老父亲告诉他，你老同学来电话让你妈妈去检查，我陪你妈去了。

啊？已经去过了吗？成冰有点惊讶，咦？怎么不和我说一下呢？

这时他母亲狠狠地说了一句：你就当我们死了吧，早就把我们忘了是吧？此话一说，成冰的怒火从心头喷溅：你怎么这样说话呢？妈妈！谁料他妈妈更固执：算了吧，就当我没你这个儿子。随后她又数落着，说了一串让成冰难以承受的话。成冰受不了了，立马站起，转身就离开了，后面的门被他摔得很响。要不是碰见明人，他早就走出这个小区了。

明人轻轻一笑，对他说道：成冰，我记得你家里的窗帘从来都是墨绿色的。成冰说：是啊，小时候我们家里的窗帘就是墨绿色的，当年用的是涤纶布，后来条件好了，用的面料就是提花布。我妈妈特别喜欢墨绿色。这么说着，明人又说了一句：你还记得吗？你幼年时，有一次，曾经在墨绿色的窗帘前朝底下喊过什么？

喊了什么？成冰诧异地问。

那时候你一个人在家，爸爸妈妈去工作了，你还没上学，我记得很清楚，就在窗口喊叫着，叫爸爸，叫妈妈。后来我走了上去，敲了你的门，没想到你爸爸妈妈是把你反锁在家里的，你隔着铁格栅门，满脸通红。我伸手摸了摸你的额头，果然烧得很厉害，连忙找人联系你的父母。你的母亲从单位赶过来，抱着你就去了医院，幸好看得及时，你没什么问题，但你妈妈后来一直在责怪自己，说没有好好照顾你。有段时间，你妈妈干脆辞了工作照顾你。

成冰脑海里依稀闪现出幼年的一些往事，尤其是墨绿色窗帘后面，每每等候父母回家，他曾充满期盼地朝窗外观望。你还记得这些吗？明人问。成冰说：我，有点记忆。你现在已长大成人，他们也都七老八十，步入晚年了！就像这秋冬之际的树叶……明人娓娓讲述着，也感叹着。成冰抬头仰望着自家的窗帘，好久好久，明人发现他的眼眶已然泪光盈盈。少顷，成冰转身又上楼去了，那暮色中的窗帘微微晃动了一会儿，一抹余晖也跟着生动鲜活起来……

近处的风景

春风送暖的日子里，明人见过白领夏几次。是他先发来的微信，说是成都的女朋友吃大醋，连着好几天不理他了。明人忙问缘由，并调侃地说道："大约你真有什么把柄被她抓到了吧？"白领夏住楼下，是明人一位老朋友的侄子，聚在一起喝过茶，他见这小伙子正气清爽，就认他为小老弟了。他在一家 IT 企业任职，明人便笑称他为白领夏。

白领夏面对明人的发问，先是不好意思地抿嘴一笑，说："老师您还真一下子猜到了。"但随即眉毛一扬，目光和语气都是不容置疑的坚定："不过，不是您说的什么把柄，我也没干对不起她的事！"明人相信自己的直觉，小伙子是朴实而磊落的，那双眼睛里透露着一种坦荡和诚恳。在明人的逼视下，依然不闪躲，不慌神，拥有这样的眼睛的人，是可以信赖的。"那么，你又怎么惹恼了她呢？"明人虽然没见过夏的女友，但从他急切的焦虑和忧伤中，能感受他对她的眷恋。

"是您的诗惹的祸。"小伙子终于吐出了一句话。

"什么，我的诗？我的诗，怎么会与你们缠在一块了？"明人瞪圆了眼睛。

"哦，哦，老师，不是怪您！是怪我！怪我！"白领夏连忙解释，脸蛋也憋得有些发红了。

"老师，您前几天写的那首诗太美了，我住这个小区，也没有发现这里的美。我一激动，就把它转发到我朋友圈，一疏忽又忘了署上您的大名了。"白领夏急促但清晰地述说着。

"是那首《近处的风景》吧，不署名，又有何关系？"明人想安慰一下小伙子。

"不是的，老师，这一不署名，看上去就变成是我写的了。我那女友看到了，在和我语音聊天时骂了我一顿，我还没来得及解释，她就掐断了聊天，再也不理我了。"小伙子的脸色黯然，眼圈也有些红了。

那首诗是明人在小区快步行走时产生的灵感，诗是这样写的："是谁疏忽了眼前的风景／那一树的璀璨／绚丽而不张扬／在叶的嫩绿和高楼之间／像那邻家女孩从容淡定／羞涩无语／一片素雅／却宁静了一湖波浪／我们的眼睛／总是在苦苦追寻遥远的风光／而那默默装点家园的／其实就在身旁／幽幽吐芳（注：正午在小区健走，发现几株樱花，几株海棠，几株紫荆盛开。遂作此诗。）"看来，远在千里之外的夏的女友，一定以为是白领夏另有新欢了，而且还是隔壁女孩。这误会有点搞笑了。关键是小伙子转发时，不仅遗漏了作者的名字，还把诗歌末尾的注释也疏忽了，加之他们已好几个月不见，这种猜忌就像春芽，在身处异地的恋人心间，很容易蹭蹭上蹿。

办法还是有的。就是明人又把小诗在朋友圈里发了一遍，署名，注解什么都一字不落。他让小伙子把这首诗再转发给他女友，他女友自然会明白过来。

果然，两天后，小伙子给明人送来他们公司的新产品，一本电子书，表示谢意。还用"与老师一席话，胜读十年书"来概括。明人笑着打断了他的过誉："这不像你的话！哎，你们认识多久了，是网恋吗？"

"我们是在网上认识的，半年多了，见过几次面，还蛮投缘的。"小伙子老实交代。

明人拍了拍他的肩膀，说："那好好了解，好好珍惜。"小伙子点了点头。

但也就是大约一周后，小伙子又发来一段语音，大意说他女友不知怎么又和他不开心了，说不清是为什么，也许是距离原因吧。感觉她生分很多，恐怕，这回真悬了。

明人只是好言劝了他几句，让他不要过多烦恼。

转眼到了夏日。在燥热还未退尽的夜晚，明人甩着膀子，迈着大步，在小区快走。迎面走来一对年轻男女，靠得不远不近，走得不急不缓。走近了，借助昏暗的灯光，看清其中一位竟是白领夏。另一位似乎也脸挺熟，好像是住一个小区的。

小伙子站定了，姑娘也站在身旁。小伙子说："老师好，这是我前几天在小区业委会刚认识的小毛。"小毛也挺大方地叫了一声老师，还伸出手与明人握了握，说："您好，刚才小夏还在谈您呢，谈您的诗歌。""是的，我还读了您的几首诗，她也认为挺棒的！"夏说着，小毛也嗯嗯地直点头。

看他们两人如此默契，如此自然，明人故意逗趣道："还读了那首《近处的风景》了吧？"他们两人不由得相视了一眼，边点头，边不好意思地笑了。

明人之后回到家，给白领夏发了一条微信："祝贺你，找到了近处的风景。"白领夏很快回复了："谢谢老师，您的诗就是吉言！"后面是心花怒放的三笑的脸谱。

有情人

　　在老同学的微信群里，明人看见了一张照片，照片上有六个人，中间一对穿红戴绿的年轻人，一看就是一对新婚夫妇。两边各站着的一对男女，差不多都年过半百。明人看着好奇，谁把这张照片发到群里的呢？再定睛一看，边上站着的男女竟然有两个面熟，仔细端详，那是两位老同学，一个是赵斌，一个叫刘萍。这两个人怎么又凑到一块去了呢？他们的恋情在念书那会儿搞得沸沸扬扬的，至今明人都记忆犹新。

　　那时赵斌个头就很瘦长，并不英俊，但双眉粗黑，眼睛炯炯有神。刘萍呢，是一个低语浅笑的女孩，班里几乎听不到她的声响，似乎和同学们也少有交往。他们的成绩也很平常，都属于班里并不引人瞩目的那一族。后来某一天，引起了全班同学的关注，是因为班长在班会上一本正经地提了一件事，说班里有同学不好好复习迎考，做不符合年龄的事，说得很含蓄，也是点到为止，但大家都私下里猜测起来，渐渐地就有人传出了，说赵斌和刘萍两人似乎在谈恋爱，这在紧张而严肃的学习氛围中就成了一个饶有兴味的话题。

　　明人当时坐在教室的最后一排，自然也关注这一切。有时偶尔也会看看前排的赵斌，再看看靠墙右侧那排座位上的刘萍，心里暗自嘀咕，他们到底怎么回事呢？快临近高考了，同学们都在被即将到来的决战压得喘不过气来，谁都没有更多余暇去顾及这两个男女同学。从表面来看，他们两个似乎有点暧昧，但也显现不出有什么实质性的举动。

高考之后就毕业了，同学们作鸟兽散，较长一段时间很少来往。明人偶尔和几个联系频繁的同学谈及当时班上的趣闻，有同学告诉明人，刘萍和赵斌并没有走在一起。再过不久就听说他们两人各自成家了，大家虽有点遗憾，但也没有更多的叹息。前些年，学校毕业三十年，班长召集大家聚过一次，这次是人数最齐全的一次，除了有四五个同学出国出差的，差不多都来了。刘萍和赵斌也来了。气氛甚是热烈，明人也注意到赵斌和刘萍两人蛮热络，有说有笑的，互相也敬了好几次酒，站在那儿也寒暄了好一会儿。比当年大方得体得多。这让明人想起他们学校的，至今不为人所知的秘密。班上也有两对同学恋人，已终成眷属。赵斌和刘萍没走到一起，有人带着搞笑一般提及了。也有人指责班长多事，就因为他多说了一句，让这朵本来可以悄悄生长的花一般的恋情夭折了。他们两人倒并不显得尴尬，和大家一起说着，脸上也都带着平静的笑容。

没想到，几年之后明人看到了这张照片，他心有好奇，也暗自琢磨想看出点名堂。照片是班长发的，是表示祝贺的意思，看得出是善意的。等明人看出一点端倪，同学的微信群活跃起来，包括班长在内的好多同学也都纷纷送上鲜花美图，或者献上美好的词句。明人明白了，原来是这两位老同学的孩子成为一家了。有个同学坏笑道：自己没有走在一起，让自己的孩子走在一起，这倒是一个美妙的事啊。这话一出，倒是引发了大家热烈的评论，都是赞美赞叹之声。明人又纳闷了，怎么这么巧呢，他们的孩子怎么又碰到一块呢？好事的明人就在群里发了个巨大的问号，他想看看老同学们都是怎么回答的。但同学群竟然沉寂了较长时间，没人回答，或者故意避开了这个话题。明人想或许大家真的不知道原委，他虽不能释怀，又不便再次追问了。

几天之后见到了一个老同学，老同学谈起了赵斌和刘萍他们孩子的事。他告诉明人，赵斌和刘萍在学校确实好过一段时间，不过好景不长，种种原因让他们没有走在一起。之后他们各自工作后也曾经有过接触，依然没有结缘成果。不过他们做了一件很有意思的事情，他们各自成家，有了儿女，还约着吃饭或者交流。赵斌是女儿，刘萍是儿子，年龄相差不大，他们相约一起到游乐园玩耍。本来他们是想努力续救双方旧情的，孩子当然是一种掩护，可能也是平常需要照顾。但这个竟然种下了美好的种子。

他们后来联系也甚少。但儿女各自长大，最后竟然走到了一起。恋爱之后告知他们的父母，赵斌和刘萍也都欣然答应。

明人听了不禁一笑，这不是有意栽花花不发，无心插柳柳成荫吗？那老同学更是诡秘一笑，说不管是栽花也好，插柳也罢，人家终成一家子了，这就是天赐良缘。两人说罢也开怀大笑起来。

扔石头的小男孩

快深夜十点了，鲁平才姗姗赶来，明人他们同学的红茶聚会已近尾声了。鲁平双手作揖：抱歉抱歉，参加小女班级的家长会，耽搁了。

家长会开得这么晚？有人将信将疑。鲁平忙说：这绝无谎话啊，只是小女另外有点事，和老师聊久了些。说完，眉眼舒展，仿佛有什么喜事飞上了眉梢。他说：哎，我向各位报告一下，那个翻墙的黑客终于被学校逮到了！就是你上次说的，侵入你家宝贝女儿网络管家的那个黑客吗？明人想起鲁平提及过，便随口问道。鲁平连连点头，说：就是，就是，他翻墙偷看我女儿网络上的日记，如果不是在日记上还点评几句，我女儿还浑然不知呢！

是什么人呢？大家问道。是他班上的一位男同学，平时就是文弱书生的模样，待人礼貌得很，对了，还是他们班的学习委员呢，竟然不做正经事，偷看我女儿日记！鲁平撇了撇嘴，有点鄙夷，也有点惋惜。

学校方面也很重视，接到我女儿报告，立即由他们的网络保安定位侦查，很快就把这个学生抓住了。

你女儿是在学校内网设的管家吧？要不然，互联网要查也没这么简单吧。有人发问。

是内网。不过，也不太好找。听说，还是他们班上同学举报，才叫网管把他逮住的。那小子也承认了。鲁平说道。

　　到底学校会如何处罚这个学生，大家又继续热烈地讨论起来。提出的意见，都是极其严厉，有的甚至说要开除他学籍，送他进少管所。

　　明人沉吟了一会儿，让大家安静下来，说给大家讲个故事。

　　他说：曾经有一位念小学的小男孩，也是班干部，是个比较懂事，也受班级老师喜欢的学生。可这天，有位成绩挺好的女生向班主任老师告状了，说放学之后，这男生常常在路上向她扔小石块，虽然没砸中她，可让她害怕。班主任老师找了这位小男孩，小男孩并未否认，只说是闹着玩的，还向老师保证不会再这样了。当日，女孩的哥哥也在小男孩的家门口拦住了他，说是你老向我妹妹扔石头吧。小男孩没有吭声。女孩的哥哥好言相劝了他两句，也就放他走了。那哥哥原本也知道这个小男孩是个不错的孩子。这事就这样结束了。

　　故事结束了？鲁平皱眉道。

　　结束了，也没结束。因为小男孩后来再也没用小石子扔那女孩。但长大之后，他越来越明白了，当年自己向那个女孩扔石头，竟是朦胧初恋的一种表现。那女孩的脸庞，尤其是那双水汪汪的大眼睛，时不时地在他眼前和梦中闪动，他本能地想接近她。上课时瞅着她的背影发呆；放学后，悄悄躲在马路旁的一堆石坡上，等候着她。他扔小石头，并不是要砸她，是要引起她对自己的关注。他这种方式当然不妥当，但这确实是他纯洁情愫的一种表达方式。

　　话刚说完，聪明的鲁平就悟到了什么，他说：你的意思，我女儿班上的男生，也是因为这个缘故？

　　明人说：我不能肯定地回答，只能说也许。既然有这种可能，应该能找到更好的处理方法。

　　有更好的处理方法？鲁平和几位同学都发问。

　　明人这回用十分肯定的口吻说：这当然。你们不知道，我说的故事里的小男孩，现在很感谢班主任老师和那女生的哥哥，他们只是提醒了一句，并未斥责甚至更加严厉地处罚他。他逐渐懂得了如何对待那种爱，如何珍惜那种爱。

　　哎，我说，这个扔石头的小男孩不会是你吧？鲁平又脑洞大开，指着明人说。

明人拨开他的手，说：是谁不重要，你倒是应该想想如何去对待这个小男孩。人家的人生，才刚刚开始。

这天聚后不久，鲁平与明人通了一个电话。他说他听了明人的建议，又找了女儿的学校，让他们从轻发落。学校老师也告诉鲁平，他们又调查了一遍，这个男生只看了她女儿的日记，在他的草稿箱里，还有好几篇没有发出的，给她女儿的求爱日记……

改 名

下班途中，明人接了这个陌生来电，那边传来的声音似乎熟悉，但明人又有点迟疑。

那人说：我是苏城。

苏城？明人疑惑不解，这是一个陌生的名字，令他一时想不出是谁。

手机悬在耳边，心也像是悬浮在半空。

哦哦，我是苏城呀。

你是谁？明人又追问了一句。

我是苏北，我是小苏北呀。

明人这次听明白了，你是苏北啊。怎么又改名了？

叫什么苏城或者苏成的那个苏北在那头笑了：改了好多年了，不好意思，好久也没有和你联系。

明人脑袋里闪过了一连串的名字，苏北、苏联还有苏亨特，现在又多了一个苏城，什么城？成功的成，还是城市的城？这个发小也挺逗的，当年父母给他起了名字就叫苏北。一上学，苏北就难受了，大家都叫他小苏北，那时在这个都市，地区歧视还是挺严重的，苏北贫穷落后，就被大家视作是乡下穷孩子。小苏北、小苏北叫着，让他心里发毛纠结，他决心要改名字。

那年他吵着、嚷着要改名，老爷子是个当兵的，还是解放前就入伍的，享受着离休老干部的待遇。当年算是很幸运，他还是一个十五六岁的小鬼，擦着边儿参加到了解放大都市的队伍，后来就留在这个大都市了。

那年听了小苏北要改名，他挺恼火，文化不多的他，竟然就说了这样一句话：父母起的名，怎么好随便更改？你不知道吗？发自父母，名由父母。苏北不是很好嘛？难道你还要苏西、苏南吗？你就是苏北的孩子，这一叫天下人皆知，叫得响。老爷子叫苏小北。我现在还没给你起小呢，叫你小小北都可以！

老爷子一说，小苏北不吭声，但他执拗，坚持要改名。他自己找了户籍警察，人家说不行，没有你家长同意，断不能改名。后来也不知花了多少九牛二虎之力，老爷子终于同意他改了，改的名字是他们共同商量的，叫苏联。那时苏联红火得很，国人追捧，他们可是我们强大的邻居，是我们的榜样。苏联这名取得好！可惜等到苏北也就是苏联大学毕业不久，苏联解体了，他受不了，又要改名。

有一会儿，那时还叫苏联的苏北对明人说，他想改一个中国人不重名的名字，明人凑着头问他，不重名的名字叫什么呢？

那时，正好重播当年他们津津乐道，看得十分入迷的电视剧《神探亨特》。对于神探亨特的睿智潇洒十分推崇，自然对他的特别的伙伴麦考尔那种英姿飒爽、美丽多姿也心生暗慕。不用说，亨特是他们心中的偶像。

小苏北说，我想改名叫亨特。

明人张大了嘴，这，行得通吗？

据说他老爷子听了，双眉倒竖，说你这小子鬼迷心窍，崇洋媚外。话说得狠，事也做得绝。说如果你敢取这个名字，我和你脱离父子关系。话说得这么重，后来小苏北就不了了之了。有段时间没有联系了，听说小苏北是改了名，但是改了什么呢？明人不太清楚。

很久以后也就是今天，他接到了小苏北的电话，原来他改叫苏城（或成），究竟是城还是成呢？小苏北说是城市的城，九十年代大都市在建新城，其他地方城市也跟着学习，新城也处处在建，他也就起了这个名字。苏城说老爷子这两天念叨他，自己在美国念大学的儿子也回来了，想请他到家里聚聚。明人在政府部门担任一官半职，在电视里露脸也是常事，他的老爷子八十多了还在牵挂着他，明人也就爽快地答应了。

那天明人到了苏城的家。老爷子拄着拐杖，精神矍铄，笑容满面叫得响：真是好久没见你，越来越精神，越来越壮实了，有出息了。明人向老爷子恭敬问候，老爷子说：古人有说法叫做"传子千金，不如教子一艺；教子一艺，不如赐子好名"，你爸妈可以啊，给你起了一个好名字，明人，明明白白的人，也必定成为人人皆知的名人，好名啊！

明人笑了说，老爷子过誉，老爷子过誉。小苏北在边上插科打诨，那我的名字呢？什么苏北苏北的，害得我一连改了三次名字。

你小子就是犟，苏北的名字多好啊，如果你当年不改，现在你发展也不一般了，多少国家领导都是从苏北出来的，苏北出人才啊，苏北现在也富了，名字都被你自己改坏了。

苏北故意噘着嘴装作生气的样子，我爸就是庇护你啊，他不当我是他的儿子。

老爷子和明人都笑了。这时候苏北的儿子回来了，那时还是襁褓中的婴儿，现在已经长成快一米八的大个儿，整个一个帅小伙子了。明人和他握手，小伙子也文质彬彬，绅士一般。明人顺口问了一句，叫什么名字啊？老爷子在边上插了一句叫苏苏，是我给起的。明人愣了一下，一时没明白过来。是让他叫自己叔叔，还是……

这时小伙子撇了撇嘴说：什么叫苏苏，多难听的名字，害得我在学校里人家都叫我叔叔。我已经改名了，这一说老爷子脸也绷紧变色，小苏北，也就是苏城额上也皱纹聚拢，他盯视着这个儿子。

叫我亨特吧，Hunter。这回大家都张大了嘴，瞪圆了眼睛，互相看着，愣了好半晌，仿佛刚刚被投了一个炸雷。倒是小伙子一脸无所谓的模样，这有什么大惊小怪的，就叫亨特不可以吗？苏城脸色变化了，红一阵白一阵的，他一定和明人一样想到了当年神探亨特，想到了当年他也想起的这个名字。

只见老爷子嘴里吐出几个字，乱了乱了，全乱了……

明星班趣闻

老友阿健终于由钻石王老五华丽转身，据说还娶了一个从未婚嫁的佛徒信女。明人发了微信表示关切，阿健回答得很直率：是啊，我再不结婚的话，我老娘要发飙了。她说她已经八十，我再不成家她就和我拼命了。明人调侃他，那你不就失去自由了吗？朋友圈都知道阿健英俊飘逸，风流浪漫得很，虽说没有真正地娶妻，美女却从没断过，人家是一个家喻户晓的电影明星，魅力十足啊！

这会儿终于脱单还真是母威天下之故，他也算是个大孝子了。阿健回复了一个笑脸说：我就是一个大孝子。听说弟媳妇还是一个善女，不会是从尼姑庵为你守身到现在吧？这回依然又是笑脸，还加上夸张的哈哈大笑的脸谱：人家是我老同学，之前和邻班同学有过情感纠葛，想不明白脱离了俗界，但只是暂时找一个心灵寄托之处而已，并没有真正削发为尼。

明人问：现在怎么又还俗了呢？是你勾引人家了吧？

阿健说：还用得着勾引吗？我们还是有点联系的，她虽然是我同学，但要比我小好多岁，这两年她父母也为她操了不少心，能够回到俗界，并和我成婚，这也是天意啊。明人说：那应该给你们好好地祝贺一下。阿健说：那您这两天周末就来我们的聚会吧？我们北戏的明星班聚会，老邓你也熟悉，过来聊聊。

阿健所提到的北戏是北方一家著名的电影学院，出了不少明星，他们班明星尤其多，很多人都是红得发紫了，老邓导演更是不在话下。这些年，每年都会推出一部电影作品，那些贺岁大片有不少让国人看了大喊过瘾。

那天，这个明星班的同学基本都到场，明人作为一个特殊的客人，应邀参加，含笑旁观，一边品茗一边侧耳静听。席间，班长老邓发起了一个提议：在座的离过一次婚的请站起来。话音刚落，这些明星们，毫无扭捏，绝大部分都站了起来。老邓说：请大家坐下。又提议道：离过第二次婚的请站起来。这回一半人站起身来，老邓笑哈哈地说：本人也属于这个范围，我已经站着了。大家都笑。待大家坐下，老邓又提议道：离过第三次婚的请站起来。此时一位男演员，是那个在抗日神剧里经常露脸的中年明星，扮着鬼脸站了起来，嘴里还念念有词：本人，本人正在办理之中。大家哄堂大笑，有人还敲起了桌子，竟然是荧屏上非常温文尔雅的两位女明星。待喧哗稍停，老邓又提议了：那么请原来是同学，后来结婚又离婚的请站起来。果然有六个男女，站在不同的位子上，有的拘谨，有的大大方方地站起来了。没想到老邓又加了一句：请你们面对面默哀一分钟。此时有人嗤笑，也有人竟鼓起掌来。

这些明星们也倒挺听老邓的话，有两位虽然坐得较远，但仍然相向地站着，像模像样地垂下了头，一副悲痛的神情。有人憋不住大笑了。老邓最后提议：原来是同学，后来结婚，现在还在一起的请站起来。好半天竟然没有一对站起身来，大家在互相观望和等待，场面稍稍冷寂了一会儿，这时，一直坐在那里不动声色的阿健却站起身来，他还把紧挨在他身边的新婚妻子也拉了起来，那位妻子面容不俗，显然有几分羞涩，只听阿健清清嗓子，高声地喊叫了一声：报告班长，这里有一对。大家的目光都扫向了他们。好半晌，只听阿健又说了一句，我们可是名副其实的。

老邓也愣了一会儿，随即大拍一声桌子：大家鼓掌！他们完全符合我刚才的提议。于是大家鼓掌拍桌哄然大笑。趁一个空当儿，明人和阿健咬了一下耳朵：你们是最后的胜利者，你可要坚持下去啊！阿健脱口而出：那当然，婚姻可不是儿戏，你说是吗？他瞅了瞅边上的妻子，妻子低垂着眼帘，轻咬着嘴唇，微微点了点头。

第二辑

你跑什么跑

1

那时正是学生入学高潮，小学生多，学校只能上下午岔开上课。那天上午，低年级没课，有同学就提议到学校的附近去玩。

学校的围墙外，是一片农田。

高年级学生正在操场做操。高音喇叭的声音可以传到数里之外，在空旷的田地回响。一位体育老师正在高喊口令，这也是常给他们领操的老师。

一个同学突然喊叫起来，隔着围墙，叫着体育老师的名字，叫得几乎撕破喉咙，一声接着一声，尖锐而高亢，在口令的间歇，非常清晰和响亮。

校园内的广播消停了。高年级学生做完操，陆续返回教室。

忽然，围墙的一扇小门被打开了，体育老师飞奔而来。他们如惊弓之鸟，迅速四处逃窜。那个喊叫的同学腿快，很快跑成了田地里的一个点儿。明人也没命地往前跑，但终究落在后面。高大健壮的体育老师一把逮住了他。

姐和明人同校，比他高几年级。体育老师把明人交给他的班主任，班主任把她找来了。

明人说我真的没喊呀。

那你跑什么跑！不知谁在说。明人哑口无言。

2

在离明人家二三里路的地方，有个工厂。工厂的后边，是农田。墙脚杂草丛生，沟渠蜿蜒。还有一个厕所，是厂子里用的，对外，开了几扇通风的窗子。

明人他们常去那儿捉蟋蟀，抓蝈蝈。玩得忘却时间。

那天下午，邻居一个顽皮的大男生又带明人去那儿。瞎玩一阵后，那大男生说他要上厕所，就从窗口攀爬进去。明人不敢爬，在墙外等他。但左等右等不见他出来，明人叫唤几声，也不见回音。明人很纳闷，不知什么原因，也有点焦急和担心。天色渐渐暗了，明人还拿不定主意：是继续等他，还是自行返回。

有一个大人快步向明人走来，仿佛是冲他来的。明人转身就跑，但没跑几步就被他抓住衣袖，甩也甩不掉。

明人被带到工厂的门卫室。那个大男生也在，一脸委屈地杵在那儿。

明人遭到严厉的讯问。两个大人让他们自报家门，还让他们交代有什么企图。明人矢口否认。大人说："你没什么事，为什么看到我就跑？"

是呀，你跑什么跑！明人问自己。

3

念初中时，学校有位李姓的体育老师，据说曾是乒乓国手。

那天午饭后，几个同学没事干，就在校园里晃悠。一直晃到体育组办公室的窗前。他们踮起脚，屋内的情形就尽在眼底。李老师把两张办公桌当床，整个身子都沉实地压在桌上。他在打盹儿。

这时，一个小个子同学扔下一句话："真像一头猪。"他们都噗嗤笑了，又赶紧缩回脑袋，开溜。

仅仅几分钟后，李老师追出来，他们作鸟兽散。

但李老师后来找着了明人，说："你怎么可以这样骂人呢？"明人嗫嚅着，半天后才吐出一句："不是，不是我说的。"

"不是你，你跑什么跑！"李老师斥责道。从他的语气和目光中，明人知道，李老师断定是他说的。后来李老师向班主任告了明人的状。

明人百口莫辩但也不无自责：是呀，你跑什么跑！

4

有一年冬天，江南下了场大雪。雪花还在飘扬，很多人就玩起了雪球。

几个邻居小伙把一个墙脚下的废物箱作为靶子，一次次地扔去雪球。但这废物箱摇摇晃晃地，像个不倒翁。他们又一阵阵地将雪球砸过去，好久，都未能击倒它。

这时，一个身上裹满雪花的路人走来，从地上抓起一块石头就砸过去。但他击中了废物箱上方的一户玻璃窗，玻璃顷刻尖叫碎裂。

那人见闯祸了，脚上像踩着雪橇，带出一阵雪雾，跑没影了。

一如树倒猢狲散，刚才还玩得忘我的伙伴们也四下逃离。明人一步也不挪动。看着他们逃逸，心里充满鄙夷。

那户人家有人出来，看见明人，径直朝他走来。明人没跑。神情淡定。从未有过的从容。走近的人气势汹汹、兴师问罪："是你砸的吗？"明人坚决地摇头："不是。是刚才一个路人砸的。他是要砸废物箱的，砸偏了。"对方将信将疑。明人又以不容置疑的口吻说："我没说假话，那人已经溜了。"

说完，明人也转身就走。明人这次没跑。

明人那时年轻的背影，一定很坚挺吧。

生男生女

　　明人的朋友许君嘴臭，脾气倔，是个容易得罪人的主儿。在儿子娶媳妇的当日，他就板起长脸，一本正经地对小两口儿说："你们一定要为我许家生个带把的，我许家一定是得传宗接代的。"小两口儿乖顺，自然一口允诺。

　　没承想，小两口儿生的第一胎，就是个"小龙女"，许君也不生气，反正还可再生第二胎。属龙的小孙女胖嘟嘟的，眉眼像极了许君，许君欢喜得不得了。小孙女也特别亲近爷爷，一见爷爷，就往他怀里钻。把许君常常乐得半天合不拢嘴，跟在小孙女身后，屁颠屁颠的，像回到了童年。

　　做母亲的总想给孩子上点规矩。看到女儿有时缠闹不休，儿媳妇就会教训她几句。那天，女儿扒拉着碗里的饭，眼睛还死死地盯看电视屏幕。儿媳妇大声斥责了她几句。许君在一旁不高兴了："你们以后要训小囡，别在我面前训，我这做爷爷的，就是一个宠字当头。"说得儿媳妇吃饭噎住似的，一声不敢吭。许君的老婆悄悄地拉了把他的耳朵："你这人，不该说的别乱说！"

　　一晚吃饭，儿子儿媳妇都不在家，许君的老婆悄声告诉老伴，儿媳妇又怀上了。"真的？"许君举着小酒盅的手悬在半空，见老伴信誓旦旦的神情，知道不是逗他，他仰脖一口把酒盅喝尽了："这两小囡，太棒了！不愧是我许家的后代，我该有个孙子了！"这一晚，快到耳顺之年的许君喝了一斤白酒，又拉着老伴兴高采烈地吼了好一会儿京剧，尽是当年样板戏的唱段。

没多久，许君老婆又面带沮丧地告诉许君，儿媳妇找人看过了，说怀上的还是个女小囡。许君的心沉了一下，愣了愣，说："这看的人就看得这么准呀，她才刚刚怀上呢！"说完，许君独自出去了，心里头郁闷呀！

又过了两个月，许君托了一位妇产科的医生，让她帮儿媳妇看看。这医生是他的老同学，关系蛮不错的，他自然相信她。老同学给他的答案不容置疑："肚大肚圆，喜甜喜果汁，反应又大……这一定是个女孩！"许君好半天说不出话来，连声谢谢都忘记说了。

数月后，许君又找了另一家医院的院长，偷偷地给儿媳妇做了B超。B超的结果也是院长亲自给他解读的，应该就是女孩。他很勉强地吐出了两个字："谢谢。"许君步履沉重踽踽独行地回了家。

第二天，许君听闻儿媳妇要到医院做流产手术，不要这孩子了。据说亲家公、亲家母也点头了。他蹭地站起身来："这可不行！都什么时候了，她这样太伤身子了，她的父母不心疼，我心疼，不能让她太吃苦了！"

许君把儿子、儿媳妇都叫到了跟前，又板起长脸，一本正经地对小两口说："你们不许打胎，必须把孩子生下来！生的是女孩，我也喜欢。有两个孙女，是我的命，也是我的福分！"许君说得很执拗，小两口儿自然不敢违逆。生产期快到时，儿子就陪儿媳妇去住院了。

婴儿呱呱坠地，竟是一个带把的孙子，哭声亮亮的，仿佛唱着一曲高亢的京腔。

许君太高兴了，逢人便说这段故事。明人说，你小子嘴臭！脾气倔，但幸亏心善、人真，老天不亏待你！

楼上楼下

新建小区的 35 号楼最东边的一楼二楼的住户，平素从无来往。家里都有些谁，谁又是从事什么职业的，互相也都不知晓。不过，楼上楼下各养了一条狗，楼上的是一条边牧犬，灰黑相间的皮毛，壮硕高大的身坯，吼叫声也是雷鸣般轰响。楼下的则是一条博美狗，一身白色的皮毛，小猫咪一样小巧的身子，是主人的小宠物，也让小区居民见了格外疼惜。

楼下的小花园拾掇得丁净、繁茂。各类品种的花卉植物在春天姹紫嫣红，芳香扑鼻。有一个扫兴的事情，就是楼上时不时地会投掷一些垃圾下来，有时是揉成一团的餐巾纸，有时是捏扁了的中华牌香烟盒子，诸如此类。楼下的人也并不计较，主人方先生是明人的熟友，本是儒雅之人。在大学教书，在家时就会在园子里认真地收捡一下，还会给植物培培土，浇些水，性情相当平和。

小小的博美狗却不甘沉默。当垃圾什么的飞向园子时，小狗狗就会昂起首，朝着楼上方向一阵吠叫，声音虽显稚嫩，但也尖锐高亢，它在表达一种抗议和愤懑。楼上阳台并不见人影，但那条边牧犬却会在阳台上咆哮，对着园子里的博美小狗狂吠不止，眼露凶光，身子绷紧，仿佛随时像出膛的子弹，射向小狗。小狗不甘示弱，也支棱着身躯，用全身的气力在顽强地发声。两条大小不同的狗，都在捍卫自己的主人，若不是楼上楼下阳台的阻隔，两条狗一定会从文斗转为武斗。

这样的场面出现过好多次。两家主人最后也都像呵斥自己的孩子一般，把它们分别吆喝了回去。楼上楼下相安无事。

这天傍晚，方先生牵着博美狗去溜达。刚走了几步，就见楼上的那条边牧犬虎视眈眈地瞅着小狗。他见势不妙，迅即把博美小狗抱了起来，果然，凶猛的边牧犬扑了过来，扯住方先生的衣裤狂吠。方先生转身把它甩开了，又对着它做了一个准备踢腿的动作，这边牧犬才悻悻地离开了。

两条狗在园子里还对阵般地狂吠着，一在上，一在下，都不想首先退缩。楼上楼下的主人也熟视无睹，听任它们隔空对战。

这天晚饭后，方先生又去遛狗。却见楼上的那条边牧犬正和一条与博美小狗一样弱小的卷毛比熊犬在撕打，那条比熊犬哪是边牧犬的对手，已被咬得血染一身。这时，博美小狗忽然蹿了出去，勇敢地冲向边牧犬。边牧犬放开了比熊犬，那双眼睛见了博美小狗更显血红，还等不及方先生反应，它就朝着迎面而来的博美小狗狂咬，有一口死死咬住小狗的背部上方，那是狗肺的部位，血瞬时乱溅，可怜的小狗挣扎了几下，便不再动弹了。

方先生急忙趋前，边牧犬飞快地逃窜了。博美小狗瘫软着身子，眼睛也紧紧闭上。另一边，比熊犬也躺倒在地上，奄奄一息。

方先生克制着悲伤，仍然极有礼貌地与楼上主人去交谈的。他也是第一次近距离接触这个楼上的邻居，油头粉面，身材肥硕。他的目光里充满了傲慢，他看都没看方先生怀里搂抱着的已命归西天的小狗，只是哼哼了两声："那是狗事，要不，我赔你一千元？"

方先生没拿这一千元。他知道与这样的人评理，只是白费口舌。方先生本是心善之人。他把小狗埋葬在园子里，泪水溢出了眼眶。

楼上楼下依然相安无事。

几天后，那条边牧犬在小区外，被一阵乱棒打死。有人说是比熊犬的主人干的，也有人说是那条狗自己又惹事了，触犯了众怒，被路人惩罚了。

方先生对明人说，他也撞见过那狗的主人，他懊丧着脸，活像一条丧家犬了。

你所不知道的故事结局

　　世纪公园的围墙外，绿树丛中，有一圈健身跑道，红色的塑胶跑道，一般早晚时跑步的人多一些，健步如飞，或者如飞疾跑，来来往往，络绎不绝。

　　明人就是在这跑道上听见了两位快走男子的对话的。这天是周六，上午九时许，当年领袖说过的八九点的太阳，正在这个初夏的时空，勃发着生机盎然的光芒。明人虽已人到中年，但脚踩这鲜艳的跑道，头顶树枝间初绽的阳光，身心也沉浸在美好的意境之中。这时，他注意到了这两位男子的对话。起先，他们两人在明人的后面，大约有两米的距离，两人都是大嗓门，说的都是普通话，带点北方口音，步子不紧不慢，匀速地行进着。

　　"你每天都走吗？我是每天都走。"一位声音稍哑的说道。

　　"我每周走个三到四次，周末不算。"另一位声音稍亮的说道。

　　"我现在不走不行，一天不走，睡也睡不踏实。"声音稍哑的说。

　　"是呀，但有时太忙，还常有应酬，喝了酒，我就不走了。"声音稍亮的说道。

　　"我一天不走，就觉得对不起自己，觉得这一天白活了。"

　　"哦，这么强烈呀，你的感觉？"

　　……

　　之后有一段，明人没听清楚，因为明人虽也是匀速快走，可能步速与他们有一点差异，他们的距离又落后些了。明人有意放缓自己的速度。

……

"你也认得那个医药大王呀,他可真是英年早逝,太可惜了!"声音稍亮的感叹道。

"他在市场打拼,他的那位大学女同窗曾变卖资产,辞去公职支持他。他三起三落,终于在医药领域独树鳌头,公司还顺利上市。"声音稍哑的口齿清晰地叙述。

"那女同窗就是他太太吧?"另一位好奇地问道。

"哪里呀,人家跟他这样舍身打拼,他也没有娶人家。说是事业为重,个人成家放后面,他们一起同居了七八年。"

"他不是结婚了吗?"另一位又发问。

"是结婚了,公司上市之后,他就娶了自己的女秘书。他给了女同学一笔钱,就把她打发了!"声音稍哑的继续说道。

"什么?还有这样的事,我真不知道。"另一个声音原本稍亮的,有点哑了。

"你这个也不知道吧?他猝死之后,他的老婆,也就是那个女秘书,带着属于她的家产,很快就嫁人了,嫁的还是他的司机!"声音稍哑的那位,嗓音有点亮了。

"真的?"另一位哑了,沉默了一会儿,"怎么会这样呢?"

"还有一些事……"一位还在说着,但明人在并肩与他们走了一会儿后,怕跟得太紧,令人生疑,故意停下片刻,蹲下身子,装模作样地系弄了一下鞋带,有一段没能听见。他随后还是快步跟了上去。

刚才,明人眼睛的余光看清两人了。现在从背后打量,也可无所顾忌了。

声音稍亮的那个男人,人高大壮实些,一身运动衣裤,蓝衣绿裤,膝关节紧绑着的护膝,已被汗水濡湿。声音稍哑的那个男人,个子稍矮瘦弱些,戴了一副眼镜,也是运动衣裤一身。均是白色的,显得特别干练,手上还抓着一副耳机,显然他是快走加音乐族,是与那位方才偶然相遇,且行且聊的。

"你说那位司机,与他的老婆结婚三个月,也提出与她离婚了?"声音稍亮的此刻正转脸面向同伴,脸上满是惊讶。

"是的,那位司机顺理成章地分到了一半财产,他的老婆,哦,应该说也曾是医药大王的老婆哭得死去活来,她实在想不通,她这么在乎他,他不过就是一个穷司机呀,她完全是下嫁于他,当时还受了不少不解、质疑,甚至辱骂。她是在哭了三天三夜之后,才想明白的。在去办离婚那天,她的一头乌黑的头发也白了一半。"声音稍哑的那位,介绍得绘声绘色,情节可谓是跌宕起伏。

明人力求保持着与他们相应的距离,但他身旁的跑道上人来人往,磕磕碰碰的,有时未免难以去专注倾听。还好风和日丽,明人的耳朵还是捕捉到了声音。他们俩的表情也能连蒙带猜地估摸个八九分。

声音稍亮、身材高大的那位,正摇头叹息着:"真是不可思议啊,这医药大王辛苦打拼那么些年,到头来却是为司机在打工……"

"他大学女同窗如此苦难相助,苦尽甘来时,却被女秘书给上了位……"声音稍哑、身材瘦弱的那位,也跟着喟叹。

"我还再告诉你这后面的故事。"他又说了一句,这一句声音不轻不重,却像颗炸弹,炸在了同伴的心里,也炸在了正与他们即将擦身而过的明人的心里。"啊!什么故事?"那位声音稍亮的惊问道,也道出了明人的心声。

"你不知道吧?那个司机后来又结婚了,你知道娶的是谁吗?说出来……"声音稍哑的那位最后几句话,明人听不真切了。因为已到路口,明人该过马路到家了,那两位还依然前行着,声音已飘忽朦胧,身影也渐行渐远。

明人只得收住了好奇。人生,有多少你所不知道的故事结局呀,为你所知所不知,是你能想不能想,因你发生亦并非,在你生前或身后……

也许只见一面

　　明人在微博上即兴写了一首诗《也许只见一面》，有作曲者主动谱曲，并发来小样，请明人审定。是女声版的，旋律还算优美，也与他写的词比较吻合，他便回复认可了。作曲是二度创作，他向来比较宽容。

　　这歌在圈内还渐渐流传开来，都说蛮好听，蛮有意思的。有一位素不相识的男歌手私信明人，很想演绎这首歌，他还想带着这首歌，参加全国校园歌手大赛。明人略一思忖，与作曲者沟通了几句，也爽快允诺了。

　　明人忙于本职工作，有段时间把这一事给淡忘了。就听说这男歌手竟凭借这首歌，在大赛中得了一个奖。明人为这首歌高兴，也为男歌手高兴。作曲者来电了，也听说了此事，可这歌手也不报个讯息，似乎有些不礼貌了。工作一忙碌，明人渐渐也把这件事抛诸脑后了。

　　有一个周末，一拨外地朋友来沪一聚，《也许只见一面》的作曲者，那个初次见面的小老头来了，还有几个陌生的朋友。都是文学音乐迷，就把聚会活动搞成了一场朗诵演唱会。

　　气氛正酣时，一位毛头小伙子敲门而入，是在座其中一位的好友。他向大家致歉来晚了，刚赶了一个演出场子过来的，他自报家门是年轻的歌手，还唱过明人的歌《也许只见一面》。哦，就是这小伙子，明人微笑地向他点了点头，还向他介绍了作曲者。他们也是初次相见。

　　既然是歌手，又是姗姗来迟，那就得以歌代罚了。

小伙子的好友提了建议，大家也声声叫好，小伙子喘息未定，便站在客厅中央，清清嗓子，准备开唱。"唱什么呢？"他忽然发问。有人笑说，随便唱什么吧，只要你拿手的。他顿了顿，抬眼看了明人一眼，说："我就唱老师的《也许只见一面》吧。"大家又一阵喝彩，明人也频频颔首，他还未听过小伙子唱这首歌。

"目光与目光对接，也许只是一个瞬间……就算是此生只见一面，我给你我的春风我的笑脸……"

小伙子嗓音醇厚，吐字也很清晰，身心投入的表演，令在座的人都聚精会神。明人作为作词者自然更为在意，听着，听着，明人觉得不太对劲了。这首歌本是写路人之间的偶遇，虽只见一面，但美好的善意的情感，都留于人间，这寄托着明人对现实由衷的期盼，而非男女之意。但被这小伙子演绎成一首爱情歌曲了，虽然深情缠绵，但把这歌词唱歪了，把这歌的本意曲解了。明人心里顿时别扭许多。他瞥了瞥那个作曲的小老头，他也微皱着眉，眼神里流露出一丝遗憾。也许，还有一丝对小伙子的不满。

小伙子唱毕，四周掌声响起，明人还未说话，那位小老头就站起身来，言辞不无严厉："你完全唱错了！这不像我的曲，也更不像明人的词！小伙子，你心里只揣着你自己，只揣着爱情吧！"

场面一下子紧张起来，小伙子也尴尬地站立在那儿，不知所措。

大家的目光都渐渐集中于明人的脸上。

明人深知现在太多这样年轻的歌手，他们未谙世事，也不知真正的艺术，只是跟着感觉走。

他淡淡地说了一句："小伙子嗓音不错，但艺术，要静得下心，好好磨砺！"说完，微笑着看了一下小伙子、小老头，还有大家。

气氛缓和了，又一位朋友自告奋勇登台亮唱了，是毫无争议的俄罗斯名歌《莫斯科郊外的晚上》，把大家血管里的血都唱沸腾了！

临走时，明人微笑着向小伙子告别。小伙子握着明人的手，说："老师，我知道自己做得很不好，但您怎么还这样宽容我？"

　　明人笑着点了点他的脑门："回去再好好悟悟那首歌吧。"

　　"目光与目光对接，也许只是一个瞬间……请留下你的柔情你的怀念……"

你穿这鞋不合适

　　在这高档小区的会所门口，出人意料地摆着一个修鞋摊。修鞋的老头，体微胖、头微秃，脸常揪着微笑。听说这是一位老鞋匠，子女把他接来住了，他却闲不住，在这儿摆起了摊位。好在他安静、规矩，收拾得也挺整洁，居民们图个便利，因此对他也很欢迎。管理小区的物业公司也就睁一只眼闭一只眼，随他去了。

　　这天，明人路过那里，却听到了一个女人的不和谐的高嗓音。

　　他循声望去。那是一个打扮入时、不失典雅的少妇。她此时蹙着眉，眼里暗含不满，正在质问老鞋匠。

　　少妇说："你怎么老说我穿这鞋那鞋的不合适。我都跟你说过多少遍了，这是英国'金姬佳人'，著名品牌！是高贵的标志，你明白吗？"

　　"姑娘，我没对此有什么怀疑啊。"老鞋匠不卑不亢地解释。

　　"那前两次，你也这么说我，什么意思呀，是说我不配穿这种鞋吗？"少妇白净的脸庞，都憋出红晕来了。

　　"不是呀，姑娘，"老鞋匠抬头瞥了一眼少妇，继续不急不缓地说道，"你应该相信我。我做了一辈子的鞋匠，知道什么样的鞋子适合什么样的脚。"

　　"那，那都是我老公特意给我带回来的，你看这鞋，多漂亮，多昂贵，我穿着也感觉人精神了许多，你怎么老说不适合呢？"

　　老鞋匠意味深长地看了少妇一眼，摇了摇头，说："你爱信不信。"便不再吭声了。

少妇有点气咻咻地噔噔噔走了。明人发现，老鞋匠目送着她，又重重地叹了口气。

明人蹭在鞋摊边，与老鞋匠扯了起来。

老鞋匠说，他知道她穿的是世界顶级品牌的鞋子，也知道这品牌价值不菲，许多海外女明星都喜爱穿这鞋。但他也坦率地说，这品牌穿不惯的人容易硌脚，得用鞋石撑撑，就会好很多。

他还说，他向她指出的绝不是一句无厘头的话，也不是这鞋本身的问题。他完全是出于对这姑娘的爱护。"这姑娘与我女儿是差不多年纪，不应该受太多委屈呀！"老鞋匠又不由得摇首叹气起来。明人似有些不解。

过了几日，明人自己的鞋跟脱落了，找老鞋匠修补。明人坐着等候时，被老鞋匠娴熟的技术所吸引。老鞋匠右手握小铁锤，左手拨弄着鞋跟，一阵轻快的叮叮当当声之后，他把修补好的皮鞋已递到了明人脚下。

明人感慨着老鞋匠的精湛技艺，忽然瞥见了一双精致的女式皮鞋，就躺在老鞋匠的鞋柜上。

"那不是'金姬佳人'吗"？明人脱口而出。

老鞋匠点头称是。

明人问："是那个少妇的吗？"

老鞋匠这回迟疑了一会儿，慢慢地，摇了摇头。

明人不解，但又不便多问，正暗自寻思间，就听到一阵清亮有力的脚步声，风情无限地传来。明人定睛一看，是一位妙龄姑娘正款款走来。她比那少妇年轻，也比那少妇更妩媚，她袅袅婷婷地径直走近老鞋匠。老鞋匠指了指那双女鞋。

姑娘情不自禁地口吐莲花："这么快就修好了，太好了太好了。"

姑娘脱下自己穿的鞋子，迅速套上了这双鞋。眼前的她立马挺拔婀娜许多。

这时，明人听到一直未出声的老鞋匠，仿佛空谷回音般说了一句：

"你穿这鞋不合适。"

欣喜中的姑娘愣了一愣："你说这话什么意思？你都说过好几次了。"姑娘的嘴唇鼓凸了起来。

"这是谁给你买的呢？"老鞋匠和气地问道。

"我不是和你说过吗？这是我男朋友从英国专程给我捎来的。这是他对我爱的心意！"姑娘不无得意。

老鞋匠看了看姑娘，又摇头叹气了，手中的小铁锤狠狠砸在了铁制的鞋桩上，发出清脆的叮当声。

姑娘远去了。老鞋匠尾随的目光充满哀怜。

又一日，修鞋摊前忽然闹腾起来。少妇和妙龄女在那儿撞见了，都是来找老鞋匠修鞋的。她们发现了她们拥有同一品牌，同一款式的"金姬佳人"。这种品牌，在国内极其少见，而在这邻近的单元的陌生的她们俩，竟然有同样的"金姬佳人"。

围观的人群外，恰巧走过一个男人，走得很急，有点落荒而逃的匆忙。少妇和妙龄女抬起头，都看到了男人。

这一刻，她们明白了。

只是，她们不明白，她们被同一个男人耍弄的真实，早已被一个经验丰富的老鞋匠洞察到了，他已无数次善意地向她们发出警示……

请直呼我本名

　　高德师傅从公司党委书记的办公室走出，在走廊里碰见了温副总，温副总像变了个人似的，看见高德连忙停住了脚步，犹犹豫豫地说道：高、高、高、高副组长。高德师傅也一时反应不过来，朝着温副总瞥了一眼，言行也有些迟钝，这短短几秒钟里空气像凝固了似的。高德师傅看见温副总那张小白脸，一阵红又一阵白的，那目光也有点漂移不定，目光里似乎带着怯懦、带着恍惚，也似乎带着某种希冀。眼前的温副总又变得陌生起来，他们已经有二十几年的工作交往了，二十多年前，高德师傅已经在公司里工作五六年了，之后就迎来了一批年轻的大学生，其中就有温副总，当时他只是一个刚进公司的实习生。这些大学生后来都成了公司的中坚力量，温副总，还有另一位秦副总就成了他们之中的佼佼者。他们进入公司的领导班子，自然有他们的工作能力和业绩，高德师傅二十多年来在原地踏步，只是一个相当于副科级的、没有领导职务的管理人员，但他从不埋怨，也从不计较，他就是这样一个人，踏踏实实地工作。像他当年的老父亲，带着一种对组织的深厚感情，本分而且认真地在自己工作岗位上任劳任怨。高德师傅在职务和职称上没有进步，主因还是他的中专学历，同时每次评定职称和推荐相关的领导职务，他都因为年龄稍微过了门槛，而不能入围。其实大家对高德师傅的人品和工作的责任心也都是有目共睹的。高德师傅也是多年的老先进，他为人正直，从不阿谀奉承，也不见他与谁亲亲疏疏，就像一头老黄牛，埋头耕耘着。

　　这次新推选公司的总经理，考核小组成员除了上级有关部门和公司党委书记和领导之外，还推举了三个职工代表，参与全过程的监督和考核，高德师傅就在其中。刚才党委书记就是专门和他交代这项工作，嘱咐他秉公办事，认真代表职工行使这份神圣的权利。此时高德师傅蓦然醒悟，原来温副总叫他高副组长，是知道他刚刚当选考核小组副组长，这一名讳，他还反应不过来。这时候，他的眼前仿佛过电影似的，飞快地掠过了好多镜头，耳畔不断地变换着温副总曾经对他的种种称呼。刚进公司不久，温副总称呼高德是高德师傅，不久年轻人就担任了副科长，他对高德师傅的称呼就改为老高了，其实高德师傅还只有三十岁左右。高德师傅想，我还没有老高这个年龄，就叫我老高了？但他并没介意。因为私下里，人很少的时候，温副总还会咬着他耳朵对他说：老高，你就是我的老哥。这一声老哥，让高师傅心里多少有点熨帖。再后来温副总又当上了部门的正职，对高德的称呼就只剩下老高了，也没有再对他称为老哥之类的。这个高德也并不在乎，本来他们的年龄相差不多，叫老高也算是一个大家能够认可的称谓吧，何况被这温副总一叫，很多年轻人也跟着喊他老高了。

　　有一回，在食堂吃饭，忽然听到有人直呼他的本名，老远叫了两声——高德，高德。他很吃惊，这些年叫他高德的除了两个即将退休的老职工外，其他人几乎都不这么称呼他的，而且叫他的声音好像还比较年轻，也比较熟悉。他抬眼望去，看见是温副总站在那里招呼他，更让他惊讶了，他怎么就叫他高德了呢，连老高他都不配了吗？当时温副总叫唤他，是为了什么事，高德师傅已经忘记了，后来他明白了，人家温科长，现在是副总经理了，叫他高德似乎是职务的变化吧。反正名字就是被人叫的，不管谁大谁小，这名字叫着也不是对他的侮辱，所以高德师傅依然并不介意，仍然笑呵呵地面对所有人，也认认真真地干好自己的活。

　　这回，温副总又改变了称呼，叫他高副组长，他渐渐地浑身起了鸡皮疙瘩，非常地不自在。这算哪门子称呼呢，有必要这么称呼吗？你转口得这么艰难，值得吗？没有多少天这临时副组长就会自动解除了，那时又怎么称呼呢？高德师傅在自己心里连着一串发问。所以，当温副总再一次略显肯定和坚决地称呼他高副组长时，高德师傅断然一喝，请你直呼我的本名。这一声是从高德师傅的胸腔里发出的，真的有些炸雷似的爆响。不仅高德师傅自己有点愣住了，面前的温副总也一时僵住了，脸色猛地煞白，走廊里还有几位路过的职工回头张望。有一个办公室的门被打开了，有人出来探寻。高德师傅苦笑地摇了摇头，对温副总说了一声：你好，有什么事吗？温副总脸色尴尬，似笑似哭地说道：没，没什么事。两人都尴尬地嘿嘿笑了笑，擦肩而过了。

　　公示的总经理是在两周之后正式确定的，落选的是温副总，走马上任的是秦副总。他和温副总旗鼓相当，竞争激烈，最后终于胜出。高德师傅也曾是明人的师傅，他告诉明人，这位秦副总从进入公司开始直到现在，一直称呼他为高德师傅。

电梯里的问候

　　明人踏进刘处长的房门时，正巧一个小伙子闪身出门，还向他点了点头，以示招呼。屋内刘处长已在招呼明人赶快进来。只见茶几上置放着两个高脚玻璃盆子，堆满了水果和点心。明人故意夸张地做了一个用手去抓水果的动作，还笑着说：哟，你今天怎么回事啊？备了这么多东西，这么慷慨这么盛情地接待我。刘处长的脸忽地严肃了：赶快住手，这个千万不能碰。明人说：咋啦？这不是招待我的，还有其他什么贵客？刘处长苦笑了一下，握着明人的手，请他入座，给他沏了一杯好茶，那茶杯里翠绿的茶叶在清澈的水里翻滚着，漂浮着。明人说：这才是你一贯的招待方式，你今天怎么了？

　　刘处长坐下了，说：没看见那个小伙子吗？我也刚刚明白这件事。刘处长是三天前入住这个县城的老宾馆的。他也是征得上级同意，临时把专案组人员安排在这里，作为休整。他们在办理邻省的一个大案，专案组人员也是从各地借调来的检察系统的干部。刘处长说，这几天住得挺安静的，没什么人打扰，毕竟这里天高皇帝远的。但从昨天开始，奇了怪了，服务员竟然连续两天给他送上这丰盛的水果和点心，问了服务员这是谁安排的，服务员说她也不知道，是上面关照的。他很纳闷，他们的身份也都是保密的，在这里只是短暂地逗留几天，怎么这么快就有人知道了呢？

　　刘处长让一位副处长去了解。副处长很快把这小伙子给揪出来了，这小伙子是他们普通的成员，主要做些后勤工作。他责问这小伙子。

小伙子也是云里雾里的，后来聊着聊着眼睛亮了，蓦然想起了什么。原来，在他们入住后的第二天，小伙子在电梯里碰见了一位这个县所在省的省领导，堪称大领导了。大领导带着两个随从。大领导不认识他，但小伙子认出了这个领导，于是上电梯的时候，小伙子特意让这位领导先进了门，随后进了电梯，还主动向领导问候。大领导瞥了瞥他，问了一句：小伙子是这个宾馆的吗？小伙子说：哦，不是，我不是这个宾馆的。大领导又随口问了一句：哦，你是住客吧？小伙子其实也是随口回了一句：哦，对的，我是专案组的。此话既出，电梯里顿时沉寂了下来，他瞥见这位大领导面部像凝结了，什么话也没说，跟随他的两个人也一言不发，气氛甚是严肃。到了地下大堂时，小伙子又热情地让大领导先走。大领导站住了，很客气地说：您先走，您先走。而且他说得很坚决，很诚恳。小伙子不得不先跨出了电梯门。告别时，大领导还对小伙子微微欠了欠身，很礼貌地告别了。

后来了解到，大领导让人找了这个宾馆的老总，询问怎么回事，竟有专案组在这里，还让宾馆不要每天再往他那儿送水果、点心了。宾馆老总也不太知情，连忙做了打探，才探听到这拨人是临时在宾馆居住几天的。宾馆又开始恢复了对这位大领导房间水果和点心的每天奉送，但也给专案组的组长刘处长的房间特地送了一份。

刘处长把这个故事说完了，瞅了瞅明人说：这个你还能吃吗？明人说：这怎么能吃呢？刘处长哈哈笑了说：我刚才就是让小伙子去叫服务员了，什么都不用说，五个字：把它们撤了！

爷爷、外公和爸爸

这不是一个虚构的故事。为了保护他们的隐私以及叙述的方便，明人用字母代替了他们的真实姓名。

这四位明人的兄弟，原来是中学同窗，他们四人被同学们称为"四友帮"。显然，当年他们的关系是相当密切的。

时光荏苒。四十多年过去了，他们虽然还偶有联系，但各自为工作和生活奔忙，人生的轨迹也不尽一致了。

A君，当着一个小公务员，职位不高，权力不大，收入倒也稳定，和他的性格挺相配，本分老实。

B君比较活络，在一家外资企业任高管。拿的是年薪，抽的是洋烟，常坐国际航班各处公差，是一个人人羡慕的主儿。

C君呢，命运不济，高中毕业患了一场重病。康复之后好久，才在一家物业公司当上了保安，后任主管，四十多岁了还是王老五，前几年刚成家，生活渐趋平稳。

D君是唯一一位下海的，知道自己一向成绩差劲，一毕业就做个体户了，馄饨店，小卖部，倒卖国库券，后来做起了包工头，入股房地产公司，日子开始滋润起来。

都是同学，混得好不好是另一码事，同窗友情却是不可轻易舍弃的。所以，有时他们一两年也聚上一次，开怀畅饮，插科打诨，每次聚得都挺尽兴的。

大约又有一年没碰头了。A君就想邀约大家再好好聚聚。这聚聚的念头也不是没来由的，一是因为有一年没聚，也没啥联系，聚聚也是顺理成章；二是A君人生到了一个可以得意的崭新阶段，他当爷爷了。五十多岁就有孙子了，这也是值得炫耀与骄傲的呀。他打了电话给B君，B君立马响应，这段时间出差少，腾得出空儿，另外，他心中也自有窃喜，他当上外公了，女儿前几天刚生育，他正愁着没处去欢闹呢！他们又联系了C君，C君也一口答应，他心里也揣着好事，正喜不自禁呢：他做爸爸了！本来结婚就晚，终于中年得子，当是一大乐事。

　　三个人各有喜事，自然盼望着与老同学一聚，尽情倾诉，好好庆祝，也是快乐和幸福呀。

　　但他们未曾料到，在通知D君时，D君吞吞吐吐的，表现得很勉强，与以前的他判若两人。他们既疑惑又不悦。

　　以前几次聚会，只要谁一提议，D君准保很积极，不是在他家摆桌头，就是由他做东上馆子，他眉头从来不皱，不让他请，他还直说大伙儿看不起他。这回，他也不说什么，只是嗯嗯啊啊的没有完整的句子。自然，意见表达得也含糊不清。

　　也许他最近生意不佳，心情不快？最近房地产市场局部倒是有些委顿。或者是他家人不睦神情低落了？他生有一男一女，都刚成家，和发妻早离了，前年还找了一个和他女儿一般大的，他们也许相处不睦？

　　A君、B君、C君胡乱猜想了一阵，仍百思不得其解。最后还是A君建议，B君、C君赞成，"四友帮"还是要聚，这次就不放D君家了，但考虑D君情绪，订的饭店挨着他家近些。如此，他至少可以参加一会儿，若真有何事，也只能请他自便了。决定之后，他们再次通知了D君，并且叮嘱D君一定要来参加的哦。D君支支吾吾的，最后总算说了参加的意思。

　　这天，A君、B君、C君都如约而至，约定的时间都过了，D君还没亮相。A君拨了电话，那端D君接了，似乎闹腾得很，还有婴儿的哭声。D君忙不迭地致歉着，说自己晚点争取过来，让他们别等，先用。语气不像是在不快，似乎还可感觉到他不无欣喜和满足。

　　但直至两瓶五粮液都下肚了，D 君仍然不见踪影。他们暂时也不管他了，借着酒劲，把自己的喜事都倾吐出来了，于是大家频频举杯，欢庆祝福。

　　喝得差不多了，借着酒劲，A 君提了一个建议："我们干脆到 D 君府上一看，反正没几步远，大家又是老同学，应该不会有啥问题。另外，也可以知道一下 D 君的现状，说不定还能给他些帮助什么的。至少，我们三人的喜事也多少可以给 D 君带去一些快乐呀。"

　　按响 D 君别墅的门铃。D 君匆忙迎了过来，他连声道歉，把他们迎进了客厅。一阵奶粉和婴儿香的味道在屋子里弥漫。看着大家疑惑顿生的模样，D 君竟然有点羞羞答答地笑了，他请他们登楼一看。他们满是诧异，跟着 D 君上楼。推开三个屋子门，居然每屋都有一个婴儿！"怎么你开起育婴会所了？"A 君他们刚想发问，D 君开腔了："真不好意思呀，没把实情告诉你们，你们打来电话的那天，我正在医院，我女儿，我儿媳妇，还有太太，都住进了医院。""啊？怎么回事？要紧吗？"大家都有点莫名的担心。"哦，没什么，她们都到临产期了，一周前，她们在同一天生产了。""同一天？"大家惊呼。"是的，是同一天。"D 君这次回答得很干脆。"那，那，这一天，你同时当上了爷爷、外公，还有，爸爸？"A 君像发现了新大陆，充满了惊奇。"是的，是的。"D 君脸红了，也不好意思地笑了。

　　A 君、B 君、C 君此时盯视着 D 君，心里是说不出的滋味……

跟着你，跟着我

夜阑人静，明人回家，到了小区门口，感觉后面有略带气喘的呼吸声，回首一看，竟是八十多岁的谢阿婆。"这么晚了，谢阿婆您怎么还没睡啊？"谢阿婆表情漠然，眼神还有一丝游离。"睡不着，走走路。"说完她忽然脸色一暗，目光似乎闪过一缕不安："小弟，后面有人老跟踪我。"明人吃了一惊，看她的眼神似乎不像是在说假，他知道这两年谢阿婆上了年纪，略有些反应迟钝，或者说有老年痴呆的症状。但看她这个样子，又不像是信口胡诌的。

明人哦了一声，让谢阿婆赶紧上楼，自己停住脚步，慢慢地回首望去，借着星月的光辉，果然在三十米之外，那根灯杆后面，闪过一个身影，他故意放缓脚步，似乎是在散步。向那身影慢慢踱去。没走几步，那身影竟然闪跳到了道路上，直接向他走来了。走近一看，原来是谢阿婆的女儿，谢婷。

"怎么是你？"明人诧异。

谢婷微笑着，说："是我，我妈跟你说什么了？"

明人说："你妈认定后面有人跟踪她，原来是你。"

谢婷叹一声气，说："是我，跟了她一路了。"

明人问："是你妈又有点犯病了？"

谢婷点点头，说："她老是这个时候独自外出，还不让我们任何人陪着。又不知道她到哪儿去，上次就是这个时间出去，然后好几个小时不见她回来，我们都疯了似的满大街去找，惊动了邻居们也帮忙一起找，后来还报了警，才找到了她。"

"我看今天谢阿婆的神态还算可以。"明人说道。

谢婷接口道："是啊，她就是这样，时好时坏，但有时候真是难以确定。"

"所以你就这样尾随着她，一路暗中陪伴？"

谢婷说："不这样，怎么行呢？万一出了什么闪失，不是更麻烦吗？而且她坚决不让我们陪着，我只能这么躲躲闪闪地跟随她了。"

明人看了看谢婷，她也有四十多岁了，完全是一个妇人的模样，头发耷拉着，星光下也看得清她眼角的皱纹，人到中年确实不容易啊。"你母亲上去了，你也赶紧上去吧。"明人说。

谢婷说："我再稍等会儿，要不然她知道我在后面跟着，会生气的。只要确定她到了家，我就放心了。"谢婷抬头看了看她家的窗户，灯光微亮，露出一抹暖色。

明人说："你还记得你小时候吗？你妈妈是怎么跟随你的？"那时谢婷还是一个小女孩，长得也亭亭玉立的，都十八九岁了，晚上只要出去，谢阿婆必然要陪着她。谢婷到夜校读书，谢阿婆就候在学校门口，送她去接她回。两人像姐妹一样形影不离。后来谢婷工作了，每天晚上稍晚一点回家，谢阿婆也必定会赶到单位去迎候。谢婷回忆说，那一年她恋爱了，晚上和男友约会，她妈妈竟然也要陪着去。谢婷急了，这怎么行啊？人家难为情的。谢阿婆拗不过她，说："那好吧，你去吧，不过你至少把要去的地方告诉我吧！"谢婷就把约会的地点告诉了她。

那天约会她和男友在马路上闲逛，边走边聊，谢婷总觉得有人跟着他们，起先有点疑心，不会是这男友的什么家人跟着吧？后来一想，不会是自己的母亲吧？她时不时地回头张望，那个跟踪的身影若隐若现，果然是自己的母亲，她有点懊恼，太不像话了。要是被男友发现，还以为是不放心他呢。当晚回家后，她和母亲争执了几句，大小姐的脾气也犯了。

母亲说："我跟着又怎么样呢？"

谢婷说:"就是不要你跟!"

这一夜她们闹得不欢而散。过了两天,谢婷又去约会,也没有告诉母亲去哪里。她出了门,刚到小区门口,忽然下雨了,她想去拿把伞,回头看见身后的谢阿婆慌里慌张地,退也不是,进也不是,被她堵在了楼道口,她就明白,妈妈是又要跟踪她了。她哼了一声,回家拿了伞,撒开腿就跑,心里气恼道:"我看你怎么追!"

她看到一辆"的士",就跳上车,让司机迅速驶离了,回头车后一看,妈妈果然快步出来,又站住了,看着自己的车,显得无奈和恼怒。那晚,回来时已快子夜,看见妈妈一个人站在小区门口,她的脸铁青,可是看到女儿回来了,脸色还是缓和了些。妈妈轻轻扭了一下她的胳膊,深深叹口气说:"你的翅膀硬了,可是翅膀再硬也是我的女儿啊。"

后来,谢婷每晚外出,都会感觉有人在跟踪。又不想让她见到,谢婷心里明白,那是妈妈对她放心不下。

又一个皓月当空的夜晚,明人回家又看见了这一幕,谢阿婆在前面蹒跚地行走,在三五十米开外,有个人影,跟着她时快时慢的。不用说,明人就知道尾随着的是谁。他抬头仰望星空,那一弯月亮皎洁而温馨,星光灿烂。他想自己走到哪里,这月亮,这满天的星星似乎也跟着他走到哪里。跟着你,跟着我。星月交辉,才使这人间平添了亲切和美丽呀。

邻居赵五

　　明人和老王等几个人站在医院门口，迟疑不决了。又有两个邻居匆匆走来，见着他们，神情颇为诧异："怎么不进去？难道赵五他，走了？""别瞎猜，听说已苏醒，脸部烧伤外，其他没有问题。"明人连忙制止，并介绍道。"那你们怎么不进去探望呀？"其中一位疑窦顿生了。"这，这……"老王开口了，吞吞吐吐的。"有人说，这场火，是他引发的。他在家打牌抽烟……"这下现场一片静寂了。好一会儿，老王说："我看他可能是，他就喜欢喝酒，搓麻将，每天晚上都要闹到半夜。半夜里，我们都睡梦里了，谁会发现着火了呢！""这么看来，是他自己惹了祸，然后怕出人命，逐个敲了我们的门？"有人跟着嘀咕了一声。大家你看我，我看你，仿佛都想在旁人那儿得到佐证和确认。"如果是这样，他真是作孽，也是咎由自取呀！"又有人唱叹了一声。明人沉思着，一时也不知如何启口。

　　赵五家住十五层，是把自己两处动迁房卖了，购置了这幢居住楼的复式房。赵五家里排行老五，五十多岁了，前些年提前下岗了，无所事事，就爱找人在家喝大酒，搓麻将。喜爱清静的邻居对他很有意见，常常向物业投诉。物业找上门几次，赵五有所收敛，可玩耍的习性未改。

　　昨天半夜，明人和邻居们的房门被赵五敲响。赵五本就结巴，这回更严重了："快，快，快，快，走了，着，着，着火了！"果然就嗅到一股刺鼻的烟味，在一片慌乱中，楼上楼下的十多户居民大人小孩，都匆忙下了楼道，大都睡眼惺忪，衣衫不整，有的甚至就裹着毯子，扶老携幼，惊慌失措。赵五却没下楼，还往楼上噔噔噔跑，明人问他上哪儿，他说："去，去楼上，通，通知，其他人。""你自己注意安全！"明人提醒着他，扶着邻居一位老人下楼，看他急如星火地与自己擦肩而过。

安全撤到了楼下，消防车已呜呜地赶到了。十五六层烟雾滚滚。明人目光四下找寻，仍不见赵五的身影。坏了，他一定被困在楼里了。他连忙告知一位现场消防指挥这一情况。消防员迅速问明情况，拿着对讲机下了命令。只见几位消防战士蜘蛛人似的，飞速攀爬到了楼层。高压水龙头的水柱也扑向了烟雾和火海。

当消防员把赵五从起火楼层的烟雾中救下来时，他已昏迷不醒，面目全非。很多邻居当场就哽咽不止。明人也噙着泪，帮着维持着激动的邻居的秩序，让载着赵五的救护车飞驰而去。

"多亏了赵五呀！不是他敲门，我们都命运未卜！"邻居老王感叹了一句，其他邻居也附和着，点头称是。不少人泪挂双颊，既为赵五的行为感叹，也为他目前的状况揪心。

火很快被扑灭了。不幸之中的大幸，除赵五外，楼内无一人伤亡。消防兵也安然无恙。由于抢救及时，大火只在楼道一时猖獗，并未殃及各家室内。只有赵五家的门被烧成一团黑了。

一清早，是明人提议去探望赵五的。赵五是英雄，没有他一一敲门，后果不堪设想。他们抵达医院门口时，碰到了一早就在忙乎的邻居刘大妈，她说她想了半夜，这场火来得蹊跷，很有可能是赵五自己在家里抽烟燃了火，要不，他怎么会最先知道，而且也只有他家的门被烧毁了？这一说，大家都震惊了，连老王都嘟囔道："这个说法有道理。赵五不就是这样的人嘛！"

犹豫了好久。又有几拨邻居过来了，他们也都是赶来探望赵五的。这场面确实有点尴尬。

沉吟了一会儿，明人开腔了："在事情还未弄清之前，这还只是猜测。何况，赵五毕竟也是为了救大家，才烧成这样的。我们去看看他，也是应该的。"

明人说罢，自己就往医院走去。少顷，他身后，邻居们也跟随着他，走向了医院。老王和刘大妈则一脸不情愿地跟在后面。

躺在重症病房的赵五，脸部都被包扎得密不透风，只露出了两颗眼珠和两只鼻孔。鼻孔里还插着一根管子，护士正在给他进食——流汁。这让明人多少有点宽慰，但更多的是心疼心酸。毕竟也是有血有肉的人，是邻居呀！

老王、刘大妈都默不作声，邻居的心情想必也很复杂，明人想，赵五在他们此刻的心目中，也一定是面目全非的。

无论如何，他把自己买来的一束鲜花，递到了赵五妻子的手中，她一直在重症病房门口守候。他恳请她务必转达赵五，说邻居们都很感谢他，也很挂念他，希望他早日康复……

赵五的妻子抽泣着说："这两天赵五身体不好，他们早早熄灯睡了。突然，赵五从床上跳了起来，吓了她一跳，他使劲嗅了嗅，说声：糟了！连忙开门观望，又赶紧回屋，把我从床上拖了起来，一起下了楼。刚下一层，他又独自返回了。我拉他不住，他说他要叫醒邻居……"

在场的邻居，都听着，好半天都不吭声，有的人欲言又止，老王、刘大妈则表现得似信非信。

只有明人再三说道："谢谢赵五，真的谢谢赵五！"

几天后，火灾调查结果出来了，是楼道的电表间自燃。赵五的家门正巧紧挨着电表间。

赵五真是英雄啊！老王、刘大妈挨家挨户串门，说要推荐他为见义勇为的英雄。媒体来采访了，老王、刘大妈又抢先在镜头前露脸了："赵五是英雄，我们早就看出来了……"

夏天占领了你封面

好不容易挨到了偌大的一盘火锅冒出了袅袅热气，老白却忽然站了起来说：对不起，要告辞了。大家都很惊讶，刚刚落座说好一起吃宵夜的，怎么突然就走人了呢？老白老实交代说：太太来电了，说有要事催我回。

什么要事这么着急啊？

真的有要事，抱歉。

看他这副模样，大家也不好挽留他，看着他噔噔地走了。瞅着他的背影消失，有人嘀咕了一句：这小子这几个月真的像变了个人似的，他到底怎么了？另外一个也说：就是，他以前和我们喝香的吃辣的，哪次不是搞到下半夜，他比谁都来劲，现在都不大看到他人影了。即便到了也只是露露脸，连东西都不吃什么。

明人也觉察到了，说：你们不觉得，这老白人也消瘦了很多吗？

啊，他原来两百多斤的大块头，现在明显消瘦了，脸型下巴都瘦削了。你看他的肚子都平缓了，哎！这小子到底怎么回事？不会是患了什么病，他血糖高吗？

大家相互望望，好像都没听说过。

不过我看他精神倒挺好的，明人说，比之前抖擞许多，不像是一个生病的人。

下次再碰到，我们得好好拷问拷问他。大家这么议论着，虽有点扫兴，但也举起大大的啤酒杯就着火锅开喝起来。

不久的一个周末，老同学又聚，老白这次准时到了，有人开他玩笑说，你不会又提前告退吧？

老白狡黠地一笑说：这很难说，谁家里没有个什么事呢？

大家笑话他，是不是你现在越来越怕老婆了，老婆微信一发，你就立马撤退回家。这犯着哪门子事啊？大家说笑着，边开喝起来，老白早就改变了模样，小口小口地抿酒。大家故意敬他，让他喝满杯。他说：悠着点吧悠着点吧，岁月不饶人。

明人说：我们都是一样的年龄，你怎么卖起老来？

老白一笑说：我们当然都是一样的年龄，可是也不如之前了，真的要多保重保重身体啊。说着，又瞥了一下自己的手机：哟，老婆又来微信了。

有人说：你得老实给我们交代，家里怎么老有事？把你的手机给我们看看，你太太到底发的是什么指令。大家一哄而上，对着他一阵围攻追逼。老白求饶不过，只得乖乖把手机交出来。明人顺着他打开的手机屏幕一看，上面写的是这几个字：夏天又占领了你的封面，你看着办吧。明人看了自然不会明白，瞅瞅老白，他倒是一副得意的模样：你们猜猜，猜得出的我叫他大哥。呸呸，谁要你叫大哥，我们本来就是你的大哥。嬉笑怒骂之后，大伙儿还没有把这个谜底给破解。

老白又得意地笑了，说了一句：你们看看我减了多少斤重？这回大家又七嘴八舌地猜测起来，最后还是明人猜得八九不离十，至少二十斤吧。老白说：还真是的，我感觉到自己轻巧了许多。

是啊，你不仅轻巧了许多，还感觉到你就像在恋爱一样，好像特别来劲。明人又说。

哎！又让你说对了。老白向明人翘了翘大拇指，脸上掠过一丝坏笑。这很快就被明人发觉：你家伙在耍弄我们吧？还是老实点说出来，你怎么减肥的？还有夏天占领了你的封面，究竟什么意思？

老白仰首喝了一盏酒，说：你们不知道夏天是谁吗？

谁？谁是夏天？

哎呀！我们同系同届的那位夏天呀！

哦！大家渐渐想起来了，这个夏天可是他们学校的翘楚啊！当年就是学校各方面的佼佼者，后来到了美国深造，据说留在那里成了科学家，而且成就不凡。咦？你怎么和夏天联系上了？有人说。

老白说：半年多前，我太太在街上碰到过他，他竟然提到了我，还把这微信给了我太太。

明人颇为诧异，他皱紧了眉头，说：这不可能啊！我和夏天是有联系的，他这几年根本没有回国，不信你们可以看看。明人把夏天的微信给大家展示了一下。微信昵称是夏日炎炎。

老白就发话了，这不对呀，夏天的微信就是夏天呀，怎么是夏日炎炎呢？难道他有两个微信？

明人寻思了一下说：这不太可能啊，我就是和他用这个微信联系的。明人说罢，还把夏日炎炎的微信打开，把他的朋友圈的相册也展开了，那里偶尔还有几张夏天的工作相片，当然更多的都是他所涉及的科技方面的一些短文。

老白也把他那个夏天的微信打开了，可是相册竟然出现一行字，只向朋友展示三天的内容。三天的内容没有新的推出，一道横线，横亘在那里，让老白立时空落落的。他有点悻悻地说：我这个，是什么玩意儿？

明人说：恐怕你这个不是真正的夏天的微信吧，你见过他本人了吗？和他微信聊过天吗？

老白说：我太太关照的，说夏天很忙的，不要打扰人家，有个微信加上了就可以了。

那夏天占领了你的封面是啥意思？

你看人家夏天这么忙，但他每天快走都是两三万步的，人家科学家还坚持锻炼，看看你这副熊样。我想想对啊，我比不上人家发达，在身体健康上不能输给人家吧。于是我也就奋起直追啊，每天只要看到夏天占领了封面，我就坐不住。宵夜更是不敢吃。不好意思，我上次就是看到太太提示，微信运动又显示了这个文字和画面，赶紧找个托词去街上快走了。

你这半年就这么坚持下来，减了这么多？

是啊。

看来你还要归功于这个夏天啊。

老白肯定地说：当然应该感谢这个夏天，不过你现在把我搞糊涂了，我这个到底是不是我们那个同校同届的夏天？

明人也摇了摇头，无法回答。

几天后，答案揭晓了，是老白当天回去追问他太太的，太太如实地告诉他，看他这副懒样屄样，她不得不把老白一直推崇的遥远的夏天搬了出来，用夏天来刺激老白，果然老白被激活了。老白稍有懈怠，他太太就会用这句话来刺激他，微信运动封面也令他按捺不住。果然还真把他逼到位了。

那这夏天到底是谁啊？

他太太说，她压根儿没有碰到过夏天，这个夏天是她闺蜜的老公，人家是市田径队的长跑运动员！

可开交了。一个扬言要把狗宰了，另一个拿着棍棒护卫着自己的宠物狗，还是这位戴鸭舌帽的老人过来解的围。他让小伙子赶快去医院检查下，打个预防针什么的。另外，也苦口婆心地对狗主人说，不就是咬了人家一下嘛，就当是自己的孩子与人家碰了，大人犯不着也跟着生气呀。该赔个礼赔个礼，该赔点医药费赔点医药费，狗宝宝以后管住就是啦。戴鸭舌帽的老人的一番话，说得大家心服口服。

诸如此类的事多了，戴鸭舌帽的老人就有了一定知名度。

众望所归，居委会找到了老曲，老曲犹豫着，最后还是走马上任了。

干了几个月，干得还挺欢。老伴嘀咕他这样太累，他则一笑了之。他对明人说："我这人没啥能耐，就是热心，既然让我干，我就能干好。""您也要保重身体呀。"明人发觉他的精神又恢复到了以前，如鱼得水呀，他只能这么叮嘱他了。

下了楼梯，就见几位小区居民向他问好："曲主任好！""曲主任辛苦了！"老曲点了点头，竟字正腔圆地说道："为居民服务！"

在小区门口，明人碰巧听到保安与一位妇人的对话。妇人问："那个戴鸭舌帽的人，就是我们的曲主任吧？"保安回答："是的，不过您不知道吧，他曾是部队里的大校，差点就是少将了！""是吗？看不出呀！不过，是个好人。"妇人说道。

明人此时感觉像夸自己一样，心里甜丝丝的。

活宝二张

　　这万祥弄里，都知道这两个活宝，也有人说现在称之为：奇葩。

　　二张，一张是叫张凡，二张则叫张简。其实两人在这方圆一平方公里，也算得不凡，也不简单啦，在同龄中也是人物了。

　　先说张凡，高中毕业就到澳大利亚攻读学位，待了六年回来，先进某知名外资企业，之后自己下海掌舵，进军投资行业，业绩不凡。再说张简，从安徽高考到上海，大学未毕业，已涉足房产中介，多年之后，不仅自己在万祥弄买了一幢老洋房成家生子，还扶持了家人、家族和乡亲数十人迁徙上海，好些人就在万祥弄周边安营扎寨。喏，万祥弄堂口的那家特色小吃店，就是张简的太太的三表叔的小舅子经营的。一日三餐常常吃客盈门，门前还有一队人候着，可见美食小吃，堪比法国大餐哩！

　　这天周日，明人坐在门口的桌子前，也正细嚼慢咽几道点心。看见有几个老外也慕名而来，没读过几年书的农村娃，那个三表叔的小舅子——小老板，心里着实兴奋也有点惊慌，赶紧让人去找张凡，张凡留过洋，这英文在嘴里顺溜着呢。叫的人一出门就撞上了张简，张简正牵着一条哈巴狗，准备街上遛狗去。一看小伙计急匆匆的神情，就关心地询问了一句。待小伙计道出原委，张简便拍了拍他的肩膀，说别叫什么张凡了，他也就半罐水。你回去向老板报个信，就说我张简就到。

　　张凡、张简这二张，是一对哥们儿，常玩在一块。不过，也常常较着劲，是那种上海人说的"扎台型"的意思。

小老板听说张简到了。脸上的笑纹愈发灿烂了。自家人自然更会为自己撑台面，想当初这个弄口的好铺子，好多人竞争呢，不是张简摆了桌，托了人，把物业公司的人搞定了，他也拿不到这个黄金地段的门面房。他就佩服张简这小外甥，虽然这层关系其实拐了好几拐。

张简到了，就和几位老外支支吾吾，连手带脑地比划，摇摆，磨叽了好半天，张简还专门把塑印的菜单拿在手上，指指戳戳的，才把他们要的小吃点好，也就三碗菜肉馄饨，六只烧卖，三客蟹粉小笼。小吃上得很快，老外有滋有味地咀嚼的时候，张简也坐在那儿，和老外有一搭、没一搭地闲聊着，不时还目光扫视一下店堂内外。那里有好多对他钦慕的目光呀！熟悉的和陌生的食客，那个小老板是点头哈腰的，目光几乎不离，对张简几近五体投地，比他手上牵着的哈巴狗，还要像狗。

张凡这时也来了。他是来吃一碗馄饨的，这是他自小的习惯，在澳大利亚则把他憋坏了。一到上海，每天必去吃一碗正宗鲜肉小馄饨。进了店，瞧眼前的阵势，他很快明白了，嘴角不易察觉地坏笑了一下。他摆了摆手，算与张简打了个招呼。

几位老外风卷残云般就把桌上的食物全吞进肚子里了。该结账了。张简又与老外叽里咕噜了好一会儿，拿着菜单又比划，又说明着什么，脸早憋得通红通红的，几位老外仍然不知所措。张简实在耐不住了，就从自己口袋里掏出了一张十元人民币，又连说带手势地说了一阵。几位老外恍然大悟似的，其中一人掏出一张十元人民币，潇洒地放在桌上，嘴上连说"OK"，起身便要走了。

小老板在边上急了，这顿小吃怎么十元钱就打发了，这是老外使坏，还是怎么回事，他求救般地看着张简。张简竟当着老外耸了耸肩，似乎也是一脸无奈。

张凡在一旁哈哈大笑起来。张简瞪了他一眼："你笑什么笑！"

张凡对小老板说："你外甥从来就是国际著名慈善爱心人士，你不知道吗？"

三位老外说话间已准备离开。小老板急忙拦在他们面前，拼命摇手。老外面面相觑，也都耸了耸肩，那动作当然比张简更正宗。

张凡对老外说了一句，老外互相看了看，其中一位便拿出了一张百元人民币。张凡连忙说了一句："OK！"老外朝张简瞟了一眼，笑呵呵地"拜拜"了。

明人看了一眼张简，张简对张凡说："我，我没说错呀，是他们没搞明白。"

张凡笑了，笑颤了身子，他对明人和大伙儿说道："咱们张简兄，上次和我一同去比利时，一座撒尿男孩子小铜像，明明只要二十欧元，他连说了几声NO，硬是付了五十欧元，把个比利时老头都搞傻了，很不情愿地接了钱，看着我们的眼神，像是看着外星人。"

"哪里，我以为他说的是二百欧元。"张简脸红着辩解道。

"后来请我吃了一顿正餐，只要二百五十欧元的，他却付了五百欧元！"张凡又爆料。

"那，那是没听清楚呀。"张简又说。

"所以说你是慈善爱心人士呀！"

"你在一旁，怎么不提醒他呢？"明人禁不住发问了。

"他一定要抢着说，显得他懂英文，我只能恭敬不如从命啦。"张凡又诡异地一笑。

这一对活宝，此时脸对着脸，大眼瞪小眼，一个高兴，一个沮丧，分明刚刚当众又斗了一回输赢。

刘四斤

刘四斤，即刘副处长。四斤也非他小名，是众人对他的称谓。此名其实也不假，许多人都目睹过他一次痛饮四斤白酒的豪举，令人感佩并自叹不如。

明人也曾与刘四斤同桌共饮。只见他双手擎起一只高脚玻璃杯，杯中白酒溢满，老到的人一眼能看出这酒杯至少盛酒八两。他将杯子端在唇边，张开大嘴，双手一倾，脑袋一仰，动作协调紧凑，一杯酒径直灌入口中，喉结略显颤动，杯中酒迅即清空。他把杯子倒放在脑袋上空，不见一滴酒珠遗落。如此这般，随后他连喝五杯，脸不红不白，说话依然口齿清晰。明人怕他喝伤了，让他赶紧喝杯水，他也婉拒了，撵起桌上的一只鸡腿啃了起来，半天还不上一趟厕所。这酒究竟是怎么排解出去的呢？明人与许多人一样，好奇而不解。

有一个传闻说，刘四斤的父亲曾经在酒厂工作，他小时候屁颠屁颠地跟着父亲在厂里玩耍，父亲就时不时地喂他几口酒。久而久之，他的解酒酶就被刺激生发并日益强大。但明人没听刘四斤亲口说过，心中存疑，也没有贸然询问过。

刘四斤在圈里圈外名声都不小。据说，有一个从澳门过来的江湖大哥，专门找人邀请刘四斤摆个龙门阵，被刘四斤坚决拒绝了。他说他不是江湖之人，是政府官员，岂可胡来？要喝，也是为公务而喝。

此话也一点不假。只要领导召唤，他几乎都会立马赶到，让喝多少就喝多少，喝得别人天旋地转，喝得有人贲门骤开，他还是面不改色，从容不迫。

那次，单位与当地驻军有一个活动。原本轮不上他，但到了宴会厅，单位的一把手想到了他，特地把他叫了过来。酒过三巡，双方比拼气氛开始升温，一把手就把刘四斤推了出来，他一人对两人，对方两人总共喝多少，他就一口喝多少，就十来分钟光景，刚才还嘴硬的两人，不住讨饶，甘拜下风，退下席位了。一把手后来夸奖他，你是喝出了我们拥军的雄风呀，人家驻军本就有雄狮之誉。

再一回，上级部门来考察，他们主动提出中午喝，下午也要喝，其中有几人是东北出身。单位正好也有几个项目在他们那儿等待审批。单位一把手不敢怠慢，连忙叫人安排周到细致了，还让刘四斤全程陪同，来客盛气凌人，每次还没动筷，就先要碰个满杯。刘四斤所在处室的另一位李副处长平常就木讷，一杯酒下去，加之是空腹，整个宴请期间就再也说不出话来，只是红着脸，傻傻地笑，有关项目审批的事也没法提了。还是刘四斤游刃有余，大将风度，兵来将挡，水来土掩，谁敬多少就喝多少，而且是反复敬，敬反复。几轮下来，几个东北汉子都服了。当刘四斤再提着一杯白酒在他们面前摇晃时，他们的脑袋拼命摇晃，再三说不喝了，再喝就回不去了。回不去可不行呀，还等着他们回去批项目呢！上司一努嘴，刘四斤就跟着说了一句："那等你们批了项目，下次来再喝了！"上级来客齐声说好，也纷纷向刘四斤伸出了大拇指。

刘四斤心头美滋滋地，在单位的实际地位也扶摇直上，年年先进都非他莫属。

这两年，刘四斤明显闲了下来。八项规定是一项铁律，公务宴请归于正道。刘四斤的作用就明显减弱了。

这当口，处长调离了，正好有一个空缺，刘四斤做了五年的副处长，没有功劳也有苦劳，也该上位了。他的一个竞争对手，就是三脚踢不出响屁的李副处长，他虽然踏实能干，那影响度自然比不过刘四斤的。

官场多变，夜长梦多，刘四斤也怕失去这次机会．他想找一把手倾吐心声，可现在不像以前饭局多，容易碰到，也容易借酒壮胆。办公室里去拜见，太郑重其事，也无法感情交流。在一次如厕时撞见一把手，他谦恭地对领导说："我想请您，吃饭喝酒！"一把手回过头来看他："喝酒？什么时候还喝酒？"一把手一脸严峻。

"不，不是公款，是我个人请，请您。"刘四斤舌头打卷了。

"个人也不行，下级请上级，也不靠谱。"领导回答很干脆，看到刘四斤沮丧的模样，又补了一句，"以后吧，以后有机会，我请你喝，我知道你很能喝。"说完，就走了。

刘四斤愣怔了好久，缓不过神来。这以后有机会，这机会还会有吗？他真的好沮丧。

这一晚，他真邀了几位同事到他家喝酒，他喝得很猛，很烈。菜上一半，他独自喝了超过四斤，说话竟然模糊起来，脸色发红，眼皮也耷拉了下来，把主人的身份也忘了，把客人也怠慢了。他喝倒下了，连着一周住院告假。

这一周，领导催等着他们处理一个项目方案，他无法顾及，是李副处长加班加点搞出来了。

一个月后，处长的人选定了，不是刘四斤，是李副处长。

第三辑

司机老马

　　明人坐过老马的车。老马的故事则是偶然听说的。

　　老马国字脸，粗眉大眼，爱戴一副宽墨镜，有一股森严逼人气势。他干的却是把方向盘的活儿，一干四十年有余，车技娴熟，市内外道路都熟悉得很，仿佛天下之路尽在他的肚腹之中，早先没有 GPS 之类的行车指引，之后有了，也不如他驾轻就熟，要到哪个点，和他说清了，一踩油门，当中不带任何迟疑困惑。牛老板就曾赞叹过：老马，识途之人！

　　牛老板说的这一句，还挺文绉绉的，其实他是个大老粗。他在部队干过，后来转业在一家化工厂做销售，再后来自己下海闯荡，竟也打拼出一方天地来。早年，他看中了老马，是看他的这种形象，挺有神秘感和威严的派头，就把他招入麾下，起先只是做跟班，打打杂。后来有一回，自己的宝马车在小巷被别人的车前后堵得难以动弹，他又有急事要去处理，司机也急得满头是汗。折腾了大半天，宝马车还像一只笨猪一般直喘粗气，老马这时主动请缨了，他让司机离座，自己跨进座位，在牛老板一脸狐疑的目光中，他手足并用，屏气凝神，那副墨镜在鼻梁上也纹丝不动。三五分钟后，宝马车竟横空出世般，行驶于车道了。如此精湛的车技，令牛老板眼睛一亮，不久，就让老马成为他的专职司机了。老马识途的种种优点，都开始充分展露了。他车开得稳，把车也呵护到位，车内车外都拾掇得干干净净，可谓一尘不染。人也挺像模像样，一脸正气，不擅自用车，甚至不许未经老板同意的任何人进入车内。在为牛老板开车的一年多内，从未发生过一起交通事故甚或车辆剐蹭事件。

但牛老板还是把他辞了。有一回，牛老板在车上有点困，正打着盹儿，忽然车子一个急刹车，幸好他系了安全带，他身子往前倾了倾，完好无事。再看窗外，一辆小车在避开他们车子时，慌不择路，撞在了路边的栏杆上，车前盖立马扭曲翘起。司机老马的墨镜下边的腮帮子微微颤动着，这是透示着一种得意。

司机老马爱憋气。人家超他或有意无意地压着他的车了，他必定稍作调整后便追赶上去，超越人家，或者用车或明或暗地去逼停人家。逼停了也不理论，一踩油门，扬长而去。此时可见，他的腮帮子笑颤着，微微的。

这太随性，也太危险了。在商海谨慎遨游的牛老板，坚决地把他辞了。不过，他还挺讲情意，向在机关工作的一个老朋友推荐了老马。他们正需要司机。

老马在机关循规蹈矩，干得稳稳当当，也改了爱斗牛憋气的坏毛病，年年被评为好司机，直干到到龄光荣退休。也正巧机关"车改"。

这一年，他刚退休，牛老板又把他召回去了。他让老马为自己的儿子牛小牛开车。

据说富二代牛小牛的司机已换了无数个了，那些什么保时捷、玛莎拉蒂、兰博基尼等之类的名牌车，都坏了好多辆。牛老板不得不干预了，他信得过老马，把他找来给儿子开车，他才放得下心。

老马名不虚传，何况又在机关历练了这么多年，富二代牛小牛常常把脱了鞋的脚高高地搁在前排座背上，随着车内音响大声哼唱着，时不时地蹦出几句对老马的赞赏。

老马笑而不语。墨镜下的腮肉也只是微微抽动几下，他紧握方向盘，仿佛在排除一切干扰，聚精会神地驾驶。

有一回，忽然绝非雅观地躺在后座的牛小牛怪叫了一声。老马飞快地回望了他一眼，那"富二代"指着前方车道刚超越他们的那辆红色宝马车说："快，快，快超过它！"

老马明白了，这牛小牛又来劲了。前几次，只要有美女驾车的，他一准让老马超车，有时在高速路上，实在不安全，他也蛮横断然，让老马一切听他的，出了事他负责。

内环高架上，是下班高峰，车道上挤挤挨挨的车，稍不注意，就可能碰撞。老马自然知道这点，但这小主子牛小牛不管不顾的，他也不好拒绝。但他心里有数，稳稳地踩了油门，在车与车的缝隙间穿插游走，很快就与那辆红色宝马并驾齐驱了。

牛小牛摇下车窗，向那个陌生的美女驾驶员挥手致意了。那个美女驾驶员并不理他，加大马力，又把他们甩在后边了。牛小牛火了，他让老马再追赶上去："这小妞太不给脸了！"

老马心有不屑，但也不能轻易违命。于是，车子又快速奔驰，迅即又赶超了红色宝马车。之后，还有好多次，两辆车或前或后的，较劲一般，让老马想到年轻时开车斗牛憋气的情形，这是他被辞深思之后深恶痛绝的，早就暗下决心改正了。不料，现在又干上了。不，应该是被迫干上的。他有一点厌恶。

忽然，车子正与红色宝马齐头并进时，牛小牛猛然站起身，疯了似的扯拉了一下方向盘。车子立马向右一拐，即将撞向那辆红色宝马车。

老马知道，这富二代是想撞车，这是比他当年逼停对手更狠的一招，他也听说，这牛小牛用这种伎俩搭讪美女，追逐美女，屡屡得手。反正他老子有钱，撞了车他全赔，甚至代换更昂贵的名车，以此接近美女，获取美女芳心。

刹那之间，老马蓦然扳正了方向盘，车右侧大约只差几厘米，与红色宝马车擦肩而过。好险呀，后面车的司机都发出了叫声。红色宝马车的美女此时也吓得面如土色，车速明显放缓了。

"你怎么不撞上去！你这胆小鬼，出了事，我负责！"牛小牛咆哮着，手挥舞着，唾沫四溅。

老马竟不吭声。他依然稳稳地驾驶着车子，牛小牛看不清他墨镜后面的眼神。

　　回来后，老马便主动向牛老板请辞了。牛老板颇惊讶，给牛小牛开车，给了他高薪，还为他另买了保险，别人求都求不来呀。老马只说了一句："感谢老板，我只是老了，不适合开车了。"说完，他摘下了墨镜，一双瞳仁亮闪闪的，透着一股明净和坚决……

瘸腿上官

进了这机关大院，这瘸着腿的瘦老头就老在眼前晃荡。起先是在门房间，明人进去时，老头还盘问了几句，问他找谁。让他登记拿条，后来看他在刘处长那儿小坐时，还看到他送来开水，顺便带走了墙角的那一篓废弃物。刘处长陪明人在机关小花园溜达时，还看到这老头一瘸一拐地拾掇苗圃。

虽然一瘸一拐的，老头还是显得挺利索，走路还带着点小风，独来独往，工种交替，角色多变，忙得不亦乐乎。

不过，这瘸腿老头的形象稍有些委琐了，与这机关似乎不太匹配。刘处长是老朋友了，明人脱口而出："你们是不是不要多出钱？要不就是谁家的亲戚，被硬塞进来的？"

刘处长微微一笑："你反正在这里采访，还要待几天，你可以好好观察。"

这几天，明人就在这机关里待着了。他有刘处长这张名片，各科室对他都热情接待。他一连采访了六七个机关干部。这个机关的干部都很年轻，明人也正是为采写年轻的机关干部这一主题而来的。

采访间，这瘸腿老头还不时在明人面前出现。那些学历颇高、踌躇满志的年轻干部们，都叫他老瘸。有时是空调忽然罢工了，于是就叫老瘸来修理；有时是热水瓶见底了，小年轻大声召唤老瘸来换瓶。还有一回，是明人的水笔写不出了，某科长连忙拨了电话，让人送来。不一会儿，就见老瘸歪歪扭扭地过来了，把一摞水笔放在了明人的面前。

明人问刘处长：“这老瘸一人干几人的活儿，你们给他多少工资呀？”

刘处长说：“真不多，就一千五。”

这拿着一千五收入的老瘸，不要让这年轻充满活力的机关大煞风景就可以了。有一位年轻的科长对明人说道。

这天，明人还在采访，就听门外一阵喧嚷，有年轻的女科员在尖叫："着火了！着火了！"

明人飞奔出门，看见走廊西端腾起一片火焰，他大声说："不好！"连忙去找灭火器。迎面撞上了刘处长和两位年轻的机关干部，他们也都急急忙忙的，还有些慌不择路。奇怪的是，他们个个手提着灭火器，却不打开，还几乎异口同声地喊叫着："上官是谁？上官人呢！"

蓦地，就看见一个瘸腿老头扑了过来，他举起一个灭火器，迅捷地启开插销，就向火焰冲去。

明人也连忙跟上，打开了灭火器。刘处长和几位机关干部好半天才拨弄开灭火器，也加入进来。

火很快就被扑灭了。

明人依然记得刚才的一幕：刘处长他们提着灭火器，不打开，都只找什么上官，上官是谁？他问刘处长。

刘处长指了指灭火器上挂着的一个小木牌，上面写着：管理人上官。刘处长说，这是干粉灭火器，大家平常都忙，不会用呀。

上官是谁？刘处长又喊了一声。

这时，边上站着的老瘸，摇摇晃晃地走近，不卑不亢地说道："上官是我！"

刘处长哑言了。

在场的人都哑言了。

他们只知道，他叫老瘸。

老瘸此时站得很直，形象也高大了许多。

风中的铃铛

　　这条位于南市的老弄堂，虽然狭窄、陈旧，但现已被改为一条文创小街，破损的街面和道路也都修旧如旧了，倒也显示出一点特色和生气来。明人和周君步入这条弄堂，饶有兴味地溜达和观赏着，这些各家各户开设的文创店面，有的就把许多小玩意放在门口的横板或者竖条桌上。周君看得特别带劲，之前他也来过，给明人做过推荐，说这个弄堂，文创之风吹遍了家家户户，确实值得一看。老弄堂里微风徐徐，倒也显得十分惬意。

　　这时，他们就听到了铃铛清脆悦耳的叮叮当当之声，像音乐一样优美。他们循声望去，瞥见了一户人家，在窗扉上系挂着一副铃铛，这些金属玩意儿挤堆在一起，发着幽幽的金铜色的光芒，在风的推拥下，碰撞出好听的声音。周君的眼睛也亮了，小时候他和明人都看过一部故事片，里面就有一个小铃铛，小铃铛十分可爱。铃铛之声也像童真的笑声一样，极为清纯。周君禁不住走了上去，想用手去抚摸一下。不承想，一不小心，手臂就碰上了门板上的一个玻璃工艺品。那蓝色的玻璃工艺品，摇摇晃晃地，就往地下坠去。明人想去挡住，却来不及了，蓝色的玻璃工艺品，在地上砰然作响，碎成一地。这下弄得他们俩面面相觑。这时，从屋内就走出一个中年妇女来，胖胖的身材，一副气势汹汹的模样，柳眉倒竖着，她毫不客气地斥责他们，把东西弄坏了要赔偿。容不得他们两人解释，她又说道，这个工艺品价值上千，你们必须拿出现钱来才能走人。她的态度相当蛮横，周君很不服气，他说：是你这个东西没放好，我们只是看一下风铃，你是不是故意挖坑啊？那妇人咆哮了起来，说：你这个男人太不像样，碰坏东西还不讲理，赶快给我买下来，要不然就给你颜色看看！

她这么一吼叫，好些人围拢上来，其中就有这个弄堂的租客、主人们。明人一看这架势觉得不太对劲，便息事宁人地跟妇人说：是我们碰坏了东西，我们应该赔的，你放心，不过你开个合理的价格，好不好？那妇人眼睛都不眨，随口就说了句：那就付九百块。明人向周君翻了翻眼，看着那妇人这副模样，禁不住摇起头来。有一阵风正巧吹来，铃铛又发出声响，叮叮当当的，这时候，明人和周君忽然感觉这铃铛声多少有点刺耳了，他们付了九百块钱，就匆匆地离去了。他们不是担心惧怕什么，只觉得刚才的那种愉悦的好心情被糟蹋了，他们还是赶紧离开这里为好。

在弄堂里又逛了一会儿，明人和周君一不小心又拐到了这系挂有铃铛的这家门口，风吹动着铃铛，铃铛依然叮叮当当地响。他们想到了刚才那个场面，想到了那个妇女，便踅身离开。刚转身还没有走出几步，就听到背后有女孩的喊叫声：哎，就是你们两位，请留步，请留步！他们还以为又是那个妇人要出什么花样，头也不回还是往前面走去。没想到那个女孩竟然从后面追了过来，拦在他们面前。小姑娘也就十三四岁的模样，还扎着马尾辫，戴着一副近视眼镜，这副眼镜，框架大大的，形同于蛤蟆镜，很夸张地搁在她的鼻梁上，但这女孩的目光和语气都是柔和的，她说：两位叔叔，你们请留步。看她这样的笑模笑样，本来想发脾气的周君，也明显地缓和表情了，只听小女孩说：刚才是我妈不好，你们碰坏的那个工艺品，最多也就值两百块钱，喏，这些钱退还给你们。说着她把一叠纸币塞到了周君的手上。还没等他们缓过神来，她已经离开了，还回过头来，说了句：对不起啊，两位叔叔，我妈妈脾气不好，你们多原谅。

铃铛又在风中响起了，叮叮当当的声音清脆而且悦耳，明人和周君凝望着小女孩小巧的背影，他们愣怔了好久。那背影是那么可爱，而那铃铛声也令他们感觉心情愉悦。

菜刀和剪刀

厨房里搁着一个本色的木架子，菜刀和剪刀，还有其他几把刮苹果皮的刀具，都插在木架的孔隙里，依次有序地排列着。

在柳萌和娜娜的家里，这是一种平常而又特殊的用具，从菜刀和剪刀上下位置的变化中，好朋友就可一眼辨识这夫妻二人时下的情感地位和状态，进了屋，说话就有了方向，不至于冒冒失失了。

柳萌夫妇的好朋友没几个，明人算是他们信任的一位大哥。他是懂得菜刀和剪刀的其中三昧的，到了这对小有名气的明星夫妇家，必先找个理由到厨房扫上一眼，菜刀和剪刀的排列，是不可忽视的风向标。如此再开口，抑谁扬谁，就顺水推舟了。

这不，踏进门，就发觉剪刀插在菜刀上头了，剪刀位置的提升和突出，说明柳萌的这段时间一定出状况了。明人对笑脸相迎的夫妻俩边回敬爽朗的一笑，边让他俩一起坐下，聊了几句，就意味深长地对柳萌说："这几天回家又很晚吧？看你眼圈黑的，玩疯了吧，你不注意身体，也别让娜娜妹妹操心呀，你瞧瞧，娜娜的眼圈是不是也黑了？"

此时，娜娜的眼圈不是黑了，是红了，泪水也迅速濡湿了她的双瞳。明人哥的话感动了她，她喃喃地说道："你，你看，还是明哥看得明白。"还未说完，一滴泪珠已溢出眼眶，挂在脸颊上。

"小子，你太过分了吧。"明人瞪了柳萌一眼。

"哪里的事呀，明哥，这几天我是被周哥他们几个拉去打牌了，斗地主。我什么地方都没去，什么人都没见，明哥，你是知道我的。"柳萌连忙辩解，转脸又对娜娜说，"你看你，又多想了，我是和周哥几个大老爷们儿一起玩牌，会有什么事呀！"

"你敢有什么事！你要有事，我就拿剪刀干了你！"娜娜杏眼圆睁，一脸嗔怒，带着点咬牙切齿的狠劲。

"我哪敢有事呀，我的姑奶奶，我以后每天都早点回家，好吧？"柳萌声嘶力竭，又带着点嬉皮笑脸。

两人在明人面前闹过了，渐渐也平静了，话题也跟着转移了，家里的气氛也亲切融洽起来。明人离开时，还在客厅远远地向厨房不经意地瞥了一眼，厨房房门大开着，那把剪刀一如插进炮筒里一般，似乎随时冲将出来。他为柳萌捏了一把汗："你这小子，要早回家哦，千万别让娜娜着急了，不然，有你好果子吃！"娜娜早已喜笑颜开了："有明哥为我撑腰，他敢惹是生非！"

有一回登门拜访，明人又察觉不妙了。娜娜倒茶递水果的脸上绽放着欢笑，柳萌则脸色阴沉，对娜娜说话瓮声瓮气的。明人特意观察了下厨房里的木架子，那把褐色柄的菜刀，已高居剪刀之上，刀把呈四十五度角昂然而上，仿佛呼之欲出。这回，他抑扬分明，旁敲侧击，既点到娜娜为止，又让柳萌心情平复，自尊重拾，屋子里的气氛也云开日出了。明人也从他们各自的倾诉中，知道了原委。

昨天傍晚，他们的一位老同学来访，还是当年娜娜的追求者。过去的事已然过去了，柳萌说他当然不会计较了。关键是老同学来访，娜娜好几天前就知道了，也早做了准备，柳萌却是当天才知道，他不得不把当晚单位的公务招待都推掉了。不这样，柳萌又怎么放心他们两人独自在家对饮？他怀疑这是娜娜故意隐瞒，不想让他参加的。吃晚饭前，娜娜还把柳萌一直舍不得喝的洋酒给拿了出来，像招待最高贵最重要的客人。柳萌当时冲进了厨房，气得把剪刀都扔了，把菜刀从下一格抽出来，又狠狠地故意弄出大的声响插进了最上一格的位置。柳萌是故意让他们两人都听见。

果然，娜娜老公长老公短地对柳萌叫呼起来。那位老同学知趣，说话也小心许多，视柳萌为他们的话题中心，对娜娜也是嫂子长嫂子短地恭敬应对。

柳萌小心眼。这位老同学撞见过一幕：当年柳萌与娜娜关系已敲定了，几位室友聚餐，柳萌把娜娜也叫来了。有一位室友喝多了，竟死乞白赖地要和娜娜喝一杯交杯酒。只见柳萌对服务员喊叫了一声："菜刀在哪里，把菜刀拿来！"剑眉倒竖，目露凶光，娜娜被震住了，那个室友也酒醒了一半，在座的其他几人也瞠目结舌。幸亏有人打圆场，迅速转移了话题，菜刀自然没上来，酒又喝了小半会儿，也算兴尽而散。

现在菜刀又高悬在那儿，虽刀光不见，刀把子却已然杀气四溅，谁还敢对娜娜存有任何非分之想，抑或娜娜本身表现得也心神荡漾，甚至如痴如醉。柳萌的目光与菜刀把子相碰，他的手心也阵阵奇痒。

而剪刀自知理亏似的，甘拜下风，自退舞台，显示出一种微不足道的懦弱架势，似乎威力早已不再。

剪刀是记得的。有一晚，柳萌半夜归来，喝得醉醺醺，身上还有脂粉香气。娜娜与他争执了几句，他还顶嘴。娜娜一气把他堵在沙发上，对他不轻不重地说道："你别玩得过火。哼哼，我告诉你，我们之间不可能离婚，只存在丧偶，或者，我们成为终身的姐妹。"说着，她扬了扬手中的剪刀，那剪刀在灯光下闪出一道光亮，刺进了他的眼睛，刺疼了他的神经。他的酒完全醒了。

每回到这一对明星活宝家里做客，明人都首先习惯地瞥一眼刀架，这菜刀和剪刀究竟谁在醒目的突出位置。两者上下的位置时有变换，其实，在什么位置，但终究不见谁先血刃，还是相安无事的。不是吗？

摇纸扇的小老头

在这个自助的旅游团里，这个头发花白、脸庞瘦削的小老头，实在是不起眼的。他衣着老土，T恤，衬衫，一看就知是廉价的，而且穿了不短的时间，不过都整齐干净，像他的下巴上的一撮小胡须，乌黑发亮，一尘不染。

上车下车，他都拿着一柄纸扇，时不时地展开，对着面颊轻轻地晃动，微风，若有若无，他的那撮小胡须也不见晃动。路途上，欢景中，他总是这般慵懒，也不无优雅地轻摇着纸扇。有时还从左手裤兜里掏出一方蓝色的手帕，略碰一下沁出汗水的肉鼻子和额头，折叠好了，又轻轻地塞回了裤兜。明人注意到了这个细节，在与他走近时，随意攀谈了几句。

小老头的口音一听就和说小品的严顺开差不离儿：典型的上海普通话，还有点重重的鼻音。再一问，原来是川沙人，川沙早就属于浦东了，现在兴旺得很。小老头说两句话，轻摇一下纸扇，眉间川字形的皱纹忽深忽淡，两条淡淡的眉毛，像两条卧蚕，安静地趴在那里。明人想，这个小老头还真文静、优雅，上海滩现在也找不出多少了。那柄纸扇，大约也是上世纪中期的产物了吧。

到巴黎三天，为去奥特莱斯还是凡尔赛宫，团队发生了不小的争执。原团体购物时做了安排的，不料有几位妇人临时提议，放弃参观凡尔赛宫，增加购物活动。大家各抒己见的时候，川沙小老头还是轻摇着纸扇，抿着嘴，一声不吭，若无其事地朝着窗外浏览。明人碰了碰他的肩，问他，你的意见是什么呢？他转过头来，淡眉微扬，一脸微笑："我反正是来散心的，跟团队就是，无所谓的。"说着，又轻摇了几下纸扇，纸扇散发出一阵淡雅的清香。

团队决定去近郊的奥特莱斯。导游在车上再三提醒大家，那里扒手多，要小心钱包。

明人也无购物欲，便与几位团友随意游逛，小老头也在其中，一会儿进一家店，出了门，又到对门一家闲逛。

逛了二十多分钟，又逛到一家服饰店时，在店里购物的一个团友小单脸色灰暗，语气急切地追上来，说他的双肩包被偷了。那个双肩包大家都见过，蓝绿相间的，他每次都是挂在脖子上，顶在胸前，保护得好好的，因为里边有大伙的护照，还有临时保管的一笔团队活动经费。这可关系重大呀，大家的心都悬了起来。

小单说，他看中一件夹克衫，把包放在脚边，把上衣脱了，试一下装，也就几十秒光景，夹克衫还在身上裹着呢，双肩包已不见了。

小老头不紧不慢地问道："是发生多少时间了？"小单说："就刚才一会儿。"

大家你看我，我看你，都有些不知所措。丢了包的小单也是神色惶恐。

这时，听见小老头用他的上海川沙普通话低声说了一句，你们分别把门看住，小单，你快去找那个售货员报案，要她把警察叫来检查。

店堂里的顾客不算多，也不算少，小单在那个胖胖的售货员那里讲了半天，售货员只是象征性地帮小单去丢包处张望了一下，耸了耸肩，表示无可奈何。导游也来了，与售货员再三理论着，售货员才慢腾腾地挂了一个电话。三分钟后，来了一位戴着袖章的男子，他听了小单的话，说要小单跟他出去。小单拿不定主意，眼光找寻着什么。那男子正催促着他时，小老头堵在了前面，他让导游帮他翻译，坚持要警察来检查，来调看监控摄像头，他说他注意到了这里有监控。那男人却在摇头，说若非警局同意，他们是谁也无权调看监控的。僵持了好一会儿，店堂的顾客开始躁动起来。小老头忽然操起一衣架，朝着收银柜台砸去。警报器骤响，一拨警员和保安迅疾进入了商店，封锁了进出口。

他们把小老头和导游带到了里间。几分钟后，警察开始清查，双肩包在一个试衣间的椅子下被找着了，显然还没来得及被打开甚或转移，东西都在。

小老头被警察带去讯问了半天，大家都在议论呢。他竟毫发无损地回来了。明人悄声问："你是干什么的？这么厉害。"小老头鼻音嗡嗡的，纸扇轻摇着，一脸平静地说道："我只是一个退休警察，很普通，没什么的。"

单身老王

宝强姓王，跟那位草根出身，凭着其貌不扬演技不赖而家喻户晓的明星同姓同名。宝强是明人的老邻居，小时候一起玩过。不过，宝强比明人大好多，真正玩耍在一起的时间并不多。但在一个单元里住着，低头不见抬头见，所以他们也是非常熟悉的。宝强年轻那会儿，长得精壮结实、粗眉大眼的，看上去很有点男人样。可惜他平常话不多，表情显得有些木讷，和人相处也十分谨慎，有点"戆头戆脑"。

邻居或者同学之间，他都显得悄无声息地，不太为人注意。明人思忖过，也许是他读书不好，缺乏那种聪明劲儿，也许还因为他有一个曾经做过地主的父亲。据说他父亲的名字还和曾经叛党、分裂党的王明同名同姓。这一切可能就给他也带来了阴影。

有一例可以说明王宝强的木讷老实，或者说是怯懦。有一次，明人在玩造房子的游戏，地上画着一个个框框，放着一块砖头，抬起一个腿来，边跳边行进，既要能够一格格地蹦跶下去，同时要带着这个砖头，跨过一格或者两格，但不可以踩在线上。正玩得带劲的时候，王宝强来了，看了一会儿也来了兴趣，不由分说，抬起腿来，也蹦跶起来。他把明人的游戏搞乱了，明人很气恼，就推了他一把，他差点跌倒，怒视着明人，却一言不发。他的身材比明人要高大许多，却又很快收回了目光，悻悻地走了。

时光荏苒，再见到王宝强时，已是四十多年过去了。王宝强明显有些衰老了，头发花白，背微驼，脸上皱纹纵横交错，但从他的目光里，明人依稀还能找到当年年轻时的一点神情。那是一次老邻居的聚会上，王宝强看明人的目光，热情而温和。他主动和明人打招呼、握手，挺有礼貌的。明人也给了他真诚的问候，老邻居们在一起相聚的氛围很欢快。

后来就听说，王宝强的同龄同学，那个叫赵发的，组织他们过些时间再聚。赵发还邀请明人参加，明人虽然小他们几岁，但在他们心目中算是个人物，有明人参加，自然他们也会感到骄傲。明人工作甚忙，他只是笑笑未置可否。后来他们聚了，也电话问过明人，明人未能抽出空来。听说他们聚得也很高兴，赵发本来就是他们同学中混得算不错的一个，曾在机关里当过科长，还是有点号召力的。之后他们又聚过几次，都是赵发召集的。有一次，赵发在中秋将到之前，又发出了"集结令"，明人也在受邀之列。好多次都没参加，明人过意不去，在他们活动尾声的时候，匆匆露了下面。大家非常高兴，王宝强就坐在明人的斜对面，还是那副傻傻的，又带着温和表情的模样。活动地点是赵发选定的，一个不大不小的饭店，点的都是家常菜，酒的品种倒比较丰富，红酒、黄酒、啤酒还有洋河大曲。明人想，这个赵发每次召集，钱都是谁出的呢？他们这一拨人，大环境处于"文革"时期，又毕竟是普通的职工家庭出身，所以读书都不太好，混得也都不太好，好多人都不到年龄就下岗，现在都过六旬了。明人看着他们心生感慨，赵发很活跃，一会儿提议一起干杯，一会儿又说上几句段子，俨然是中心人物。吃喝间听到有人叫赵发排长，明人想起来了，当年赵发还是他们班的红卫兵排长，难怪活动能力这么强。没听见王宝强说过什么，他只是举着杯到明人身边，敬过一次酒，笑的还是那种表情，有点傻，但挺温和的。明人说应该叫他老王了，都这把年纪的人了，明人也知道，老王至今尚未婚娶，但看这模样，他绝不属于钻石王老五。

聚会结束时，赵发又用他的高亢的声音先提议道：下个月第一个周末我们再聚，我买单！这时有人插言到，前两次也都说是你买单，也没见你买单呀。赵发立刻说，今天我买，今天我买。又有人说，人家王宝强早就把单买了，前两次也都是他买的。王宝强倒有点不好意思了，说，没关系的，你们都退休了，我还在干，还有些收入。有人悄悄与明人耳语，他还在菜市场里做临时协管，每次都是他最后悄无声息地把单给买了，也不知道他图的啥。明人凝视着王宝强，眼眶有些湿润。赵发还有其他人，都纷纷想要加明人的微信，明人没有加，走时只和王宝强悄悄地加了。

他们都认识

　　几个朋友都是认识的，虽然职业喜好等不尽相同，但也有十多年的来往，今天在明人家一聚，也都欣欣然。

　　坐中有人提及了一个名字，叫余冰，说起前几天他与这位余冰一起在吃饭。没想到，这成了大伙儿饶有兴趣的话题。

　　"你和余冰一起吃饭呀，真的假的？牛！我梦里都盼望着呢！"说这话的是老尤，他在一家民企工作。说话时脸部极生动，五官和脸部肌肉都会随着语言表现得很丰富。

　　"余冰我也见过，不要看是名人，有时还蛮随意的。"在体委工作的大方说道。

　　"我挺崇拜余冰的，什么时候也让我见见？"一年纪最小的小胖子从来口无遮拦，他在一家公司当快递，人晒得黑黝黝的。

　　明人虽然是最后发言，但胸中自有成竹。他在西北工作过多年，余冰与他一见如故，他还说过如果早认识明人，他也许早就来上海工作了，当年上海将他作为人才引进，他这北方汉子担心与上海人合不来，犹豫再三，就婉拒了。明人当时笑说，如果你去到了上海，西北就少了你这样一位名人了。

　　大伙儿七嘴八舌地发表意见，没想到，大家都认识余冰啊，还都对余冰表现了由衷的尊重与崇拜。

　　大伙儿还怂恿刚与余冰吃饭的那位，立马拨通余冰的手机，大家也想与余冰联络一下感情，大伙儿为结识亲近余冰而高兴呀！

也是盛情难却，那位连忙拨了电话，难得大伙儿对他众星捧月般，他也想表现表现的。

电话打过去，果然余冰接了。那位告诉余冰，他身边的几位朋友都说认识他，都很想与他说上两句。那位还说了几个人的名字。但从得到回复的表情看，那位有些尴尬了。

明人先接了电话，刚想亲热地叫一声余冰，手机里传出的却是一个陌生的、声音略显尖细的男声。明人认识的那位余冰却是有标准的男中音，浑厚而且充满磁性。一时间，明人有点慌了。

放下手机！明人才明白了怎么一回事，看来，他心头的那位余冰并非那位提及的余冰。

明人认识的那位余冰，是西北的一位著名作家，文字洒脱漂亮，人过花甲了，还是英俊倜傥。

明人这么一抖出，大方也醒悟过来："我说的余冰，是位速滑名将，上次冬运会上很有风采，还拿了奖牌。"

老尤也憋不住了："你们说的到底是哪个余冰？我还以为是说那个出版《面面荡人生》的民营企业家呢，他有思想也有见地，那企业也干得很红火！"

明人和大伙儿都有点糊涂了，原来大家所谓认识的，并非是同一个余冰，他们说的余冰，明人也闻所未闻，这算是隔行如隔山吗？

这时，大家把目光都转向了小胖子，这平常挺爽气的小伙子，此刻竟吞吞吐吐起来。

大伙儿的目光还是紧盯着他，似乎在期待什么，是好奇？抑或是也想找到一个同行？

小伙子嗫嗫嚅嚅地说："我，我，我说的是那个，小鲜肉？"

什么？大伙儿的目光像定住一般，缠绕着小胖子，把他的脖子和脑壳都收得更紧了。

"就是，就是那个最近上映的青春片里的大学生，叫余冰的。"

又是闻所未闻。从不看青春剧的明人自然不知道还有这么一个余冰。他环视了另外几位朋友，他们的目光也是茫然，并且还带点黯然色彩的。

他们，包括小胖子的身影，在明人的面前也模糊和陌生起来。

大灵不灵

春节又遇上老同学夏了，明人见他的头发比之前更稀落了，脸色也有点云遮雾罩的，便和他开了一句玩笑："怎么，雾霾都聚集在你脸上了，呵呵，日子过得不好吗？"

"就这么一回事，一句话，叫……"夏的话还未说完，边上有同学就随口接上了："叫大灵不灵！大灵不灵是吗？"大家随即欢笑起来。

同学夏的口头禅，就是"大灵不灵"！

起先，同学们多年后相聚，同学夏开口闭口"大灵不灵"，一开始听着挺逆耳，久而久之，都视作插科打诨的固定语句了，倒让朋友圈子也平添了一点戏谑与欢笑。

夏也倒正儿八经地说过他对这句话的兴趣来由。那天，他随一位大领导陪同一位更大的领导参观一个机器人展览。那位大领导紧随更大的领导身边，寸步不离。参观了一半，更大的领导面带微笑，频频颔首，大领导在一旁便赞叹了一句："蛮灵的，灵的。"可没几分钟，更大的领导面色严峻了，显然发现了什么问题，办展方反复解释。临近尾声了，更大的领导面色依然不悦。他还扫了大家一眼，似乎意味深长地征询大家的看法，大家鸦雀无声，唯听见大领导不重不轻地嘀咕了一句："大灵不灵的。"那声音刚落进更大领导的耳朵里，更大的领导脸上掠过一丝不易察觉的微笑，被同学夏捕捉到了。多美妙的一句话语："大灵不灵！"从此同学夏讲话里就带上这一句了。

熟识他的人都知道他的意思，他说好朋友大灵不灵，实则是一句赞扬，用调侃的方式表达了，显示关系非同一般，好朋友也只是哈哈一笑。

他说这顿餐大灵不灵，并非真的不满，也只是信口开河，想增加一点喜庆色彩，主人也见怪不怪。

他说这天气大灵不灵的，天气倒真的是不阴不阳的样子，可他说的是天气，这么说倒也很生动，老天不会生气，大家自然也不会往心里去。

可初次见面的，他冷不丁也来一句"大灵不灵"，这就让人面露尴尬了。

那天，同学龚带着他老婆也来参加同学小聚，刚一落座，他就扯起嗓子，开起玩笑来，说同学龚"念书"那会儿就"大灵不灵"，现在也"大灵不灵"，怎么还有女人看中他，也"大灵不灵"吧。龚太太听了有点不舒服，虽然有人帮忙解围了，但对同学夏一直不理不睬。席散告辞，同学夏想将功补过，热情地和她打招呼，还嬉皮笑脸地说："别忘了我的名字哦。"人家总算挤出了一丝笑容，扔给他一句："怎么会忘了，大灵不灵！"

大灵不灵，是同学夏的口头禅，也成了他的一个特别外号了。

有同学就推波助澜："下次我给你介绍一个女孩，她也叫大灵不灵。"大家于是起哄："一定要带来，一定要撮合，来个大灵不灵胜利大会合。"

后来，那个也三句不离"大灵不灵"的女孩真与夏一起碰了面，夏还与她一拍即合，说得相当投机。明人注意了一下，他们交流的半小时，"大灵不灵"是出现频率最高的语句，也有人笑语："真是都大灵不灵的！"他们的故事明人此处不表，另行讲述了。

话说春节见到同学夏时，他一脸阴郁，明人和他关系最铁，自然细加关心，用的则是打破砂锅问到底的办法。结果真是让人忍俊不禁的。

夏在某单位任副职已八年之久了。"八年啦，不提它了，大灵不灵！"夏常常这么感慨。前不久机会倒来了，单位正职提任了，副职中排名最前的夏自然成为关注对象，分管领导对他也挺关心，还专门推荐过他，最后，夏还是没能如愿上位。

分管领导把夏找了去，问："你什么时候得罪大领导的？"夏是丈二和尚摸不着头脑："我没有呀！""那，大领导怎么把你否决了？"夏云里雾里的，一时回答不上来。

原来，有一次午餐，人事部门负责人见大领导和分管领导都在，便凑过来，征询这个单位派谁来接替正职。分管领导说："夏某某吧，应该可以胜任，您看呢？"大领导正啃着一只鸡腿，含糊地说了一句："大灵不灵呀！"分管领导和人事处长面面相觑，不知所云。正巧，有人又凑了过来，此话题自然中止了。

后来，上会提名的是另一个人。

这事，让同学夏颇费思量，大领导为何只说了一句："大灵不灵！"他感觉大领导是不会排斥他的。大灵不灵是夏的外号，更是大领导的口头禅。大领导是他的"大灵不灵"之说的祖师爷呀！大领导的本意，也许并非此意……

同学夏百思不得其解，神情更显"大灵不灵"了。

胖胖夫妇和傻妞

　　下了班，明人刚踏进自家单元的门厅，就听见楼上传来一阵吵闹声。声音显然来自二楼，间或还有杯子落地的碎裂声，一定又是胖胖夫妇开吵了。这对活宝啊，时不时地要演这一出，明人喟叹了一声，犹豫了下，从楼梯步上了二楼，就看见他们的宝贝女儿傻妞从房间里走出来，看到明人很礼貌地叫了一声伯伯，径直走到了门外。明人说：你爸妈又吵了吧？他走进门，看见胖弟和胖妹双目圆瞪，屋子里的火药味很浓，地上是玻璃器皿碎成一地的乱象。看见明人走了进来，两人欲言又止，明人指指胖弟又指指胖妹，什么话都没说，挥了挥手，两人看了也不太好意思解释什么，都悻悻各自退去。不用说，他们两人又是为了一些芝麻小事发生家庭战争的，明人走过去看看桌上的饭菜都凉了，问傻妞吃过饭了吗？胖弟蜷缩在屋角的沙发上，点了点头说，她吃过了。胖妹说：你还不是给她吃的冷饭？她的语气依然充满指责。胖弟立马回道：让你早点回来，你怎么这么晚回来？

　　明人连忙又制止他们，他也不想听他们各自的理由，这对年轻的夫妇，三天一次小吵，一周一次大吵，整个楼内的人都知道。他只说了一句，你们再怎么吵，也不能苦了孩子。他走到门口，傻妞站在那里，正拿着一本书在翻看，明人一看是《成语词典》，没想到傻妞竟然还有这样安静的心情，他问道：你真吃过了吗？傻妞歪着头说：吃过了，伯伯，我没问题。明人拍了拍她的肩膀，他觉得傻妞还真是挺不容易的。

　　胖弟胖妹是十多年前成的亲，胖弟来自奉贤，后来为私人老板开小车，胖妹来自浙江宁波，在一家私人公司打工。两人长得都有点胖墩墩，也生就一副娃娃脸，也不知道他们是怎么认识的，但他们走到一块，大家都觉得挺般配。胖弟胖妹这么一叫，胖胖夫妇也就顺理成章了。他们结婚不久，生了一个女儿，也肉团似的胖乎乎的，两人自然也很高兴。不过这个女儿三岁才刚学会走路，四岁才张嘴，五岁还常常尿床，六岁上小学的时候，竟然不识几个汉字，更别说二十六个英文字母了，于是她的"傻妞"的称呼也传扬开了。

　　小夫妻俩不知什么时候开始，常常拌嘴，有时还吵得不可开交，几乎要动手，摔杯子之类的事是家常便饭。明人作为邻居，也是他们的兄长，经常劝阻他们，但是他们两人争吵依然不休。明人有一次和他们认真地谈过，说你们走到一起不容易，就算为了傻妞你们也不该这样天天争吵。两人分别都梗着脖子说，要不是为了傻妞他们早就……话没有说下去，明人就制止他们说，你们不应该有这样的念头，应该互相尊重，好好地照顾你们自家的孩子，好好地善待这个家。两人不吭声了，明人也没有再说下去，他们的争吵声似乎大幅度地减少了频率。后来就听说傻妞的学习成绩开始上去了，人也比以前显得秀丽苗条许多。胖弟喜滋滋地告诉过明人，说：傻妞在学校的一次课文背诵比赛中竟然获得了第一名，她把李白的好几首诗，一字不差地背诵下来，让老师和同学们都非常吃惊，觉得她好像变了个人一样。就是傻妞的数学似乎不见长进，他们于是聘了一个课外老师，给傻妞补课。有一次又发生了一次争吵，争吵的起因是傻妞回家，胖妹竟然没有去接送她。这天碰巧明人坐在胖弟的车上，从郊外赶回城区，胖弟一边开车一边拿着手机，和那头的胖妹争吵了起来，他几乎是大声咆哮：你这个女人太不懂事了，竟然让傻妞一个人坐车回家，她怎么会认路？那边也毫不让步，两人吵得很厉害，明人也听不下去了，轻轻拍了拍胖弟肩膀，劝他不要着急。胖弟狠狠地挂了电话，对明人说：我们家这个人太不像样，本来应该到老师家去接傻妞的，竟然让傻妞自己坐公共汽车回家，她说她到车站去接，现在她在车站已经等了十多分钟了，连傻妞的人影都没找见，傻妞从来没有一个人坐过公交车，都是我们带着她的，她怎么会坐车，找得到家呢？

看着胖弟气急败坏的样子，明人对他说，你不用急，这样吧，你把车直接开到车站，或者是老师家里。胖弟说，已经没用了，时间已经好久了，傻妞一定坐错车了。那个车站有好几条公交路线，胖妹她自己也经常坐错，何况从来没有单独坐过车的傻妞呢？胖弟万分着急。

胖弟说：现在胖妹自己急了，为什么早没想到，早点去老师家等候呢，这个人就是这么大大咧咧的。车子刚刚进入城区，胖弟的手机响了，传来的是傻妞的声音。胖弟连忙问：你在哪里？傻妞的声音倒是非常轻松愉快，我在哪里？我倒是要问你们在哪里？我早就回家了，你们怎么回事，到哪里去了，妈妈呢？

你已经到了家了？

是啊，我自己坐车回的家，傻妞回答道。

那你在家里别动，我跟妈妈说，让她赶快回家。我还担心你万一坐错车，或者多坐了几站路。里面传来傻妞清脆而响亮的声音：怎么会呢？就是坐错了，我也会坐回来呀。胖弟没声音了，脸色缓和许多，明人知道他心里的那块石头终于落地了，傻妞认得路啊！

明人吃了晚饭，又到二楼去看了看，胖胖夫妇的房间门正巧虚掩着，他侧耳听了听，听见胖弟对胖妹说：你是不是好好改改？老是这样，弄得家不像家的。胖妹也不饶人，还嘴道：我劝你也改改，多点时间照顾这个家。两人说着说着气氛又紧张起来，语句也不怎么顺耳了。这时又听见胖弟说：要不是傻妞，哼，我早就……他话音未落，傻妞的声音就响起来了，她说：爸，妈，我觉得你们两人还是分手吧，天天这么吵，我都烦死了，你们不要说为了我才这样凑合的，你们这样凑合我一点不稀罕。傻妞的话让明人也听呆了，这傻妞还真是什么都懂，心知肚明啊，她不是傻妞，她是一个冰雪聪明的孩子。房间里静悄悄地，后来就传出了胖妹的抽泣声。明人推门进去，看见胖弟也抽泣着，他拥着胖妹和傻妞，仰着脸，让泪水尽情地在脸上流淌。

后来明人再也没听到他们的争吵声，他真为他们这一家子，为胖胖夫妇，也为傻妞高兴。

多喝点温开水

在美丽的亚得里亚海边——克罗地亚，明人遇见了当地的一位小伙子，叫迪达。迪达曾在上海留学过，所以能说一口流利的中文。明人笑着对他说：你的中文绝对比我的英文好。迪达听了哈哈大笑。他说他曾以为中国人都蛮严肃的，没想到留学四年，结识了好多中国朋友，他们都挺幽默风趣的，你今天也是我碰到的其中一位。两人谈得很投机，明人问他：当时你在上海留学，印象最深的是什么呢？

迪达毫不迟疑地说：我和你说个故事吧，毕业的时候，学校教务长让我代表留学生致辞，我一上台就带着调侃的口吻对大家说：请大家多喝点温开水，我要开始演讲了。起先底下一愣，都没有什么反应。他接着说：在上海的这四年，我觉得这里有一样东西特别神，你们知道是什么吗？还没等底下有回应，我就说，是温开水，为什么这么说呢？我说：只要我身体不适，比如感冒了，我的同班的中国同学就会关切地询问我，有没有发烧，有没有腹泻，有没有去看过医生，这些都问仔细之后，又会叮嘱两句，要多喝点温开水。

那次我胃痛，饭也吃不下，校医给我诊断配了药，我的可爱的同学又来关心我，最后再叮嘱我，多喝点温开水。那天我起床晚了，头有一点发晕，但动动胳膊伸伸腿好像也没什么大碍，同寝室的室友关切地询问，临了又是让我多喝点温开水。我说：中国的温开水竟然这么神，似乎能包治百病，我还真第一次耳闻，会场上滚过了一阵笑浪。我说我一定把这个记在心里，我也希望同学们多多保重，一切顺利，多喝点温开水。

底下又是一阵笑浪，比刚才更剧烈，随之掌声响起。这迪达也挺幽默的。明人说：这故事就完了吗？

迪达说：没呢，我在留学的时候还碰上过一件事。我的一个室友失恋了，非常痛苦，几天几夜，不吃不睡的，其实这个室友人长得挺帅，学习也挺优秀，我就不明白，什么样的女生就把他甩了呢？我把他从床上拽起来，说是哪个女孩这么没有眼力。走，哥们儿帮你去理论理论。那同学自然不愿意，但被我三缠五纠的，他把那女生所住的房间号和名字告诉了我。找到了女生宿舍，管宿舍的老大妈不让我进，我说，你把那个叫刘莎的给我叫出来！那个小鸟依人般的刘莎终于出来了。神色略显紧张，看见我一个老外站在她面前，而且完全陌生，她从头到尾打量了我一眼，带着疑问的神情说：你找我有什么事吗？

我说：我认识你，你把我哥们儿给抛弃了，这么好的哥们儿，我就想问问你，是什么原因。

那女孩竟然笑不露齿，保持着镇静：呵呵，你问我，那你为什么不去问问他自己呢？

我说：人家为你不吃不喝的都三天三夜了，你难道不应该去看看人家吗？

那女孩竟然眉头都不皱：那你要我怎么做？

我说：你应该去看看他，至少也要托我带句好话去。

那女孩眼里闪过了一丝调皮，她竟然对我说：好啊，那你就跟他说，好好休息，多喝点温开水。说完她嘻嘻一笑，转身就走了。我愣在那里，半晌说不出话来，这话我可以对我的室友去说吗？这不是把他当做病人了吗？我一时未能琢磨出其中的含意。

回到宿舍，我忍不住，还是把这句话向那个可怜的家伙转达了，没想到那个家伙竟然像打了强心针似的，突然从床上蹦跳了起来：我明白了我明白了，我知道自己错在哪里了。说完他急急忙忙地奔出门去。再回来已经是半夜了，那小子吹着口哨，一脸得意洋洋。

我说：怎么，失而复得？

小伙子很得意，对我拱手作揖，感谢感谢迪达兄，幸亏你帮我转达了这一句话。

我当时就纳闷了，这句话到底是什么意思呢？话中难道有话吗？后来那个仁兄还是告诉说：上海的这些女孩，最痛恨的就是男朋友说这句话，说我病了你也不来看看我，也不来给我送点东西，而在电话那头让我多喝温开水，这算哪门子事？我似懂非懂地点点头，不管怎么说，我心里也有点陶醉，毕竟我助了室友一臂之力，把这段爱情挽救回来了。

四年下来，这句话对我的影响太深了，那天毕业典礼，我就不得不把这句话说了。明人听了笑着说：这白开水真能包治百病啊，你现在相信吗？或许上海朋友还可能开你这一玩笑，说给你一块砖，那是叫专治疑难杂症，或者给你一只猫，这叫妙手回春。但这白开水，还是很有些道理的啊。

迪达也笑盈盈的，他说：没错，这白开水还真是有意思，不过真正感觉到有意思的，还是有一天我的中国朋友来看我，他也在克罗地亚留学两年了，聊了一会儿，他就要找有 Wi-Fi 的地方。我说：这么急干吗？

他说：他的老外婆要和他视频，老外婆都九十多岁了，每个礼拜要和他视频一次。于是我帮他找了有 Wi-Fi 的咖啡馆，看着他和远在中国的老外婆联系上了，老外婆反复叮嘱他，你要身体当心，你要安全当心。当电话要挂时，老外婆又反复念叨，你要多喝点温开水啊，别忘了多喝点温开水啊！耳闻这句话，我先愣了一会儿，随即，我的眼窝一热，像有什么东西要夺眶而出，我感觉我的同学也双眼湿润了。原来这是一句沉甸甸的，给予了许多深情的一句嘱托啊。我也忽然想起，这些年回到克罗地亚，再也没有听到我身边的人，这么对我说过，我的眼泪控制不住地滚落了下来。

　　明人和迪达都沉默了。半晌之后，明人举起了杯子，轻声地对迪达说了一句：来，迪达兄弟，我祝你快乐，也别忘了多喝点温开水。话音一落，迪达笑容绽开，回应道：谢谢你，你也别忘了多喝点温开水呀！他们哈哈大笑起来，咖啡馆里的其他客人，都好奇地看着他们，不知道他们究竟碰到了什么好笑的事。

律师方

律师方脸瘦削，身子也细瘦，远远地望去，他的骨架单薄得就像麦田里吓唬麻雀的稻草人，用竹竿套着外衣，看上去是那么弱不禁风。他戴着一副眼镜，眼镜片厚厚的，可见近视度不浅。他的英文水平特棒，据说在英国的伦敦大学待了好多年，回国后很多单位都要他，后来他选择做了律师，那也是一个知名度挺高的律师事务所。又一说他的律师水平一般，但他的英文水平非同一般，所以在涉外的案件当中，他总是大显身手。

律师方也就是这么叫喊出来的。律师方有一个优点，很多朋友都喜欢，就是他的豪爽和仗义，有什么事找他，特别是在翻译英文方面，他都乐意而为。明人有位朋友的孩子考英文六级，要他帮着补两天课，他抽出时间就到朋友的府上，竹筒子倒豆似的给孩子上课，说得很到位，孩子很有收获。朋友要给讲课费，但他拒收，说收了你就是看不起我这个朋友。朋友怎么好意思呢？送他礼物，他也坚决不要，最后还是他自己开口说道：这样吧，你请我喝三瓶啤酒就可以了。

明人和朋友请他到小饭馆吃饭，连叫了三瓶百威，他一瓶一瓶喝，喝得有滋有味，喝得都一干二净，最后抹了抹嘴，道了谢，就匆匆告辞了。这下朋友们也都知道了，律师方有什么事你可以尽管找他，请他喝啤酒他就满足了。

又有个朋友让他翻译一篇文章，他承诺两三天就给对方，朋友说：

没关系，多放几天吧，你们律师事务所事情挺多的。没想到两三天之后，那篇翻译稿就到了朋友的电子邮箱，朋友一看，翻译得非常到位和流畅。也向他致谢，并邀请他喝啤酒，律师方说：好啊，可这些天太忙，过一段日子吧。大约半年之后，朋友再三邀请他，他才和朋友会面，喝了好多啤酒，圆了朋友一个小小的心愿。律师方说他这段时间也是真的忙，朋友很感动，还让他带了一箱啤酒回去。律师方谢绝了，说：喝就喝了，拿是不可以的。他表现得很坚决。朋友看着他，律师方耸耸肩，朋友也只能学他样，无奈地耸耸肩。

　　律师方有朋友们喜欢的优点，也有令人几乎深恶的嗜好。朋友们聚会的时候，难免会带一些女孩来，有的是自己的老婆，也有的是正在恋爱的女友。律师方见到女孩仿佛都是老朋友似的，和她们交头接耳，又喝酒，又碰杯，还问这问那的。最为讨厌的是，他老是握着这些女同胞的手，有时吃个饭借个理由也借着酒劲，要握好几次。握手的时间，也比正常的握手有所拖延。他的手长得骨骼粗大，青筋毕露，肤色黝黑，有点野性的味儿。有一次，一个朋友的太太也在席，他第一次见到，坐在她身边，当着大家的面说道：这嫂夫人我还是第一次见到，长得还真是美。他开玩笑说：你应该成为我的女朋友。大家知道他说的是笑话。他又伸出骨骼粗大、青筋毕露、肤色黝黑的大手来，要握人家的手，人家也不扭扭捏捏，和他握了握。他握了好一会儿，人家也不好意思把手抽走，人家老公看着，心里就有点不爽，但也不便发怒，只是开玩笑似的说：你还握着，谁帮我拿菜刀来。这么一说，他就松了手。但过了十来分钟，他又借故去握人家的手，说：嫂子，我再和你握手，你是我见到的最有气质的嫂子。人家不便拒绝，和他握了握，他右手握了，左手也贴了上去。小小的白皙的手就被他两只手像汉堡包似的裹得严严实实。这场饭局，他至少握了人家三次手。当晚回去，这对夫妻吵了一架。老公责怪她，为什么不抽手？老婆很委屈，说这是你的朋友，我只是尊重而已。老公就发怒：尊重什么，握了一次就够了，接二连三的这叫握手吗？话说急了，朋友的老婆也发火了：以后这样的活动不要叫我参加了，免得闹得不欢而散!

对律师方来说，仿佛这一切都没有发生，有女孩在，他都会凑上去，甜言蜜语，赞美一番，语句倒一点都不出格，也找不出任何瑕疵来。可他骨骼粗大的手，总是要去抓一下人家的小手。有一位朋友，离婚后找了一个年轻女孩，女孩是老师，比较有礼貌。律师方又习惯性地行动了，赞美她，也和她握手。酒过三巡，又说上几句，再握人家的手，说：我们来个第二次握手。那个朋友脸都抽搐了，他们两人相识相爱至今，也就是牵牵手而已，没想到律师方竟然这么过分。那朋友脸上像挂了霜似的，他脾气本来就暴，但因为是明人召集聚的，他看在明人的面上也不便发怒。他和律师方也是刚认识，最后，还是明人把律师方叫了过来，说要和他碰两杯，这才为女孩解了围。

明人私下里对律师方说：你这个习惯得改改，你握着舒服，人家心里可不舒服。律师方说：这有什么？握手是正常的礼仪，朋友关系好才握手，没什么事的，放心吧。明人没能劝动律师方，这样的场合律师方依然我行我素。说实话，他的这些招数有时也让场面添趣不少，所以有时大家也并不计较，知道律师方就是这样的人，何况人家是英国著名大学深造过的。只是不知道，英国绅士们是不是都有这样的怪癖。

这天，朋友又欢喜一聚，也是明人召集的。律师方是中途赶来的，他喝的当然是啤酒，一杯接一杯，喝得嘴边都是啤酒沫。桌上有几个女孩，其中还有一名演员，是朋友六带来的。朋友六是好多年前从山上下来的，混迹影视圈，据说也是一个刚愎自用的家伙。初次见到律师方，律师方如此三番地去握那女演员的小手，他也不厌恶，说来也凑巧，律师方的电话响了，是他的老婆打来的。明人也和她在电话里说了两句，让她也过来，律师方的太太也挺爽快，说好啊，我就在附近，等会儿赶来参加。律师方的太太也是长相并不差的一个女孩，来了后落落大方地和大家交流碰杯。有意思的是，虽然太太在，律师方还是几次去赞美桌上的其他女孩，和她们碰杯，还和她们握手。那个女演员之前他就握了两次，太太来了之后，他也不回避，又握了好几次。明人发现他太太的眼睛里掠过一丝恼怒。

再见到律师方是半年之后了，明人发现律师方好像换了个人，对桌中的女孩再也没有以往的言辞和行动了。而且他惊奇地发现，律师方右手的食指短了一小截，明人又忽然想起朋友私下里传说的，说律师方被他的太太剁了手指，也有人说是在一个月黑风高的夜晚，被一个蒙面的男子迅速切下了一截手指。不管是什么传闻，律师方确实是掉了一截手指，难怪他把手尽可能地放在了暗处，那双骨骼粗大、青筋毕露、肤色黝黑的手。

明人悄悄地问他，这手指怎么回事，律师方支支吾吾地说：没什么，是我不小心碰折了。脸上勉强牵扯出一些笑容来，牵扯得很生硬，明人的心也被他牵扯痛了。

装修后的理发店

街上碰到一位小伙子，瘦高个，背稍驼，上唇留着一绺胡须，亲热中带点拘谨地向明人打招呼。是楼下那家美发店的理发师，明人理发常找他。小伙子理解明人的意图，动作利索干净，明人也就懒得找其他人服务了。

"您好久不来了呀，头发也长了。我们店装修后又营业了，等您来呀。"小伙子是异乡人，夹带着淮北口音的普通话。明人摸了摸自己的头发，客气地回答道："好呀，抽空一定来，谢谢你！"他拍拍小伙子的肩膀，这是他表示亲切友好的习惯动作。

第二天傍晚，明人就去了美发店。头发长得杂乱如同草丛一般，镜子前，两只耳朵的上半轮已被乱发遮蔽了。早到了修剪头发的时候了。

可一瞥见红白蓝的三色旋转灯，明人的脚步又迟疑了。这家多年光顾的美发店，如今装修得气派豪华，灯光炫目，装饰不凡。明人愣怔了好一会儿，才渐渐重新抬起了脚。前两年的那次装修冲击，还在心池里动荡着。

这家美发店面积不大，两排不过二十来个座位，清一色的面对宽大明净的一溜儿亮镜。这一家理发店价格低廉，灯光也不像有的理发店那么暧昧迷蒙，捉摸不定，一看就是干净的去处，所以生意不赖，明人也习惯往这里走。理发师们都蛮年轻，也都谦恭礼貌。

但那次装修后，他再步入店堂，发觉亮堂了许多，设施也簇新齐全，连理发师的衣着都统一挺括了。白色基调，镶着蓝色飘带的衣饰，颇像年轻潇洒的水兵了。这倒有一种令人宾至如归、赏心悦目之感。明人也心有几分快意。那位瘦高个的小伙子迎上来，明人算是他的老主顾了，也乐意而轻松地随他指点、入座了。刚一坐下，他就瞥见镜橱上的右下角，贴着一张红底白字的标签，写着美发主任几个字，下边还有小伙子的大名。明人朝小伙子由衷地一笑："从理发员提为主任了，祝贺呀！"小伙子嘿嘿地笑着，一边准备着理剪工具，一边说："谢谢啦，谢谢啦。"小伙子还像昔日那般利落，或推剪，或吹发，一丝不苟，十来分钟就搞定了。结账时，明人才发现，价格比装修前明显增加了。不会是小伙子的身份提升了，这价格也随之增加了吧？倘若如此，这倒也是理所当然的。明人这么想着，也没好意思问，但又在账单上发现了一行什么费，虽然仅仅二十多元，明人还是眉头皱了皱。粗算下来，原本简单的洗剪吹，也就五十来元，这次装修之后，就翻个倍了，这倒是一个生意经呀。

后来就听说，很多这样的店家，就是靠着一次又一次装修的机会，在装修店堂、提升环境的同时，也在装修门面，提升价格档次。难怪，这家美发店也是隔三差五地装修。屈指算来，这五六年，都装修了三次之多了。

也难怪，明人见了装修得如此华丽的美发店，多少有点却步了。

当然，他最终还是走了进去。店堂人略显稀少，瘦高个的小伙子也早候在那儿了，见到明人步入，便迅即迎了上去。小伙子穿得更挺括了，素白的衬衣，塞在藏青色的西裤里，还戴着一个领结，人更显精神了。

在理发时，明人通过已新换成偌大硬气的镜框及其镜面，不经意地用自己的眼睛余光，发觉这里设施更不一般了，布局也已调整，似乎还设置了具有神秘而又高雅气息的区间。

果然，小伙子边修剪着明人的头发，边轻声说道："先生，若有时间，可以选择我们许多新的项目做做。"

明人不由得耸起耳朵，在镜子里打量起这个小伙子。

小伙子又说道："我们设有包房，可以为您做推拿，也可以做按摩……哦，您头发稀少了，我们还可以给您植发，真的，还是挺见效的，好多人来做……"

明人豁然开朗了，小伙子是在推介他们的项目呀，敢情装修之后，这家小小的美发店果然格局大变，新项目层出不穷呀。

明人笑着婉拒了，但小伙子还是塞了一张他们的项目服务单给他。明人扫了一眼，竟有七八十项之多，除了常规的头发护理之外，他还瞥见了三纹、美甲、耳烛、按压、足疗、皮肤护理之类……美发店，一经装修真的全方位提升了，这真是神奇的突破！

结账时，费用自然又飙高了许多，小伙子名牌上，已镌刻了四个烫金大字：美容总监。明人飞快地扫视了一下，几乎个个理发师都是这般称谓。

"你又晋升了？祝贺！"明人含笑地对小伙子说，小伙子微微有些脸红："不好意思，不好意思！"

阿峰的笑声

　　老同学都陆陆续续地到了，阿峰的笑声还没有像往常一样出现，自然，身影也迟迟不见。这就奇了怪了，每次同学聚会，他都准时到达，人未进门，他的特别的笑声就会滚珠一般朗朗地响起，随之，身影出现，不高大，在同学之间，似乎还显得瘦小。不过，握手寒暄，谈笑风生，风度翩翩，"峰笑"阵阵。"峰笑"，是明人对他的笑声的一种命名，得到了同学们的一致认可。今天，他怎么了？

　　"我听说他这些日子炒股，输得很惨，不会是闷闷不乐，不来聚会了吧？"印斌与他住得近，他的一番话引起了大家的担忧。阿峰当年高考落榜，进了一家单位，单位本来就不景气，这次炒股失败，对于他的打击是雪上加霜的呀。"赶紧问问他，还来不来了？不管怎么样，都要劝劝他，想开一点。"同学张情真意切地说道。立即，明人就先拨了电话，通了，阿峰却没接。这下大家的心更悬在喉咙口了。印斌赶紧发了一则短信："阿峰，你在路上吗？我们在等你。任何事要想开，我们老同学都等着拥抱你！"短信写出了大家的心声，但也迟迟不见回复。大家见面时的热乎劲儿，明显地降温了许多。

　　当年的高考是场不见硝烟的战斗，竞争激烈残酷，七九届又是出生高峰的一拨人，三十比一，高考录取率奇低。高考前，大家的心弦绷得紧紧的。明人记得当时连课余十分钟，都会抓紧背几个英文单词，连上厕所都一路小跑，匆匆忙忙的。至于业余娱乐活动，几乎都主动取消了。教室里笼罩着一种紧张、压抑的气氛。不过，这气氛中，有一个笑声特别地令人荡气回肠。那就是阿峰的笑声。阿峰的笑，是透亮透亮的，像太阳从云雾或黑暗中忽然奔腾而出，毫无阻挡。这种笑声，又让明人感觉像滚珠的声响，朗朗的，势如破竹。谁都会不由自主地被这笑声所感染。阿峰的成绩，在班上是中游偏下，因为体检查出色盲，不少专业又不能报考。可他好像没有任何负担，每天依然"峰笑"不断，从容不迫，读书备考不见放松，也不似其他同学高度紧张，以至于失眠连连。

高考之后，阿峰虽然落榜了，之后工作也不佳，可是在同学之中，仍是一脸"峰笑"，笑声朗朗。在比他当年考得好，现在似乎也更有出息的同学面前，他也表现得自然淡定、谈笑自如。这么多年来，大家在职场拼搏，很多同学已面显疲惫老相。女同学仍然花容月貌一般，衣衫也是时尚光鲜，可是凑近一看，皱纹微漾，憔态初显。只有这个阿峰，肌肤光洁，精力充沛，一开口，就带笑。一笑开，就"峰笑"朗朗。这回，也许阿峰真扛不住了吧？

正当大家不无忧虑之时，走廊里突然传来了一阵笑声，是"峰笑"无疑，朗朗的，像滚珠掠地。随即，阿峰那并不高大的身躯进入了屋子，在他脸上丝毫看不出任何忧愁、烦恼。眉心舒展着，"峰笑"在他脸上漾动，在他的喉结跳动。

"你这家伙，怎么迟到了？大家都在为你担心呢！"印斌先拍了他一肩膀。"是啊，这炒股输赢谁也说不定，这次崩盘，栽的人多了去了，你别放心上。如果需要钱，我们可以帮你。"同学张迫不及待地安慰道。"你们担心什么呀！我虽然就只这点钱，可是输也就这点钱！贫穷或富贵，在我早就看淡了，快快乐乐地生活，才是最要紧的。"阿峰笑着说道。一笑，那声音就立即把大伙儿都感染了。这阿峰，这淡定从容，这快乐的笑声，还有驻颜有术，原来都源于这早已养成的良好心态呀！如此看来，他比班上每个人都要早成熟，都要早成功呀！

明人说道："听见你的'峰笑'，就是一次心灵洗涤！"阿峰不好意思了："我哪有这么伟大，我就是寻常百姓。"说着，他笑了，笑声朗朗，像阳光洒进了大家的心田……

约翰张

　　约翰张本名张顺风，这名字是父母起的。约翰张这辈子还真是顺风顺水，顺心顺意。不知道什么原因，他又给自己起了一个英文名字，叫约翰。这称呼在朋友同事间传扬开了，约翰张也就这么被叫了起来。约翰张的个头不算太高，但他腰板挺直，人就显得挺拔，也略显高大。他长脸秃发，三十多岁就有白发了，干脆剃了一个光头。两侧稍稍长出一些白发，当中还是秃瓢儿，所以他平常戴着一顶带檐儿的帽子。上唇还蓄着胡子，胡子倒是黑黑的，他的眼睛长得更有意思，小小的，那瞳仁似乎木木的，看着你时，一动不动，有点说不出的味道。他说话是慢条斯理的，那种慢劲儿，急性子是受不了的。

　　说到他的模样就得提到，他多次向别人主动诉说的故事，说有次他和明人一起去做足疗，那个足疗小姐突然对他们说，你们两人长得很像两个名人。明人和约翰张都盯视着她，听她说出下文，因为明人和约翰张多少也算是小名人。也许小女孩也很关注文学影视界，可能认出了他们。不料，那小女孩说，你们一个像毛主席，还有一个像蒋介石。明人头发略微倒梳，前额开阔，前庭饱满，好多人说，像中年毛泽东。再看约翰张，一本正经的时候确实特别酷似蒋介石。女孩这么一说，约翰张也挺高兴，竟然多次在公众场合说了这个故事，其实明人第一次见到约翰张还真有点吃惊的，上海滩上怎么会有这样的男人呢？当时他没戴帽子，头顶一片白霜，穿得花里胡哨，还系着一条花围巾，身边跟着一位名声不大不小的女明星。明人瞧他的模样，还真以为他是被人叫做 gay 的那种家伙。

后来才知道，他身边美女如云啊，吃饭喝酒都有美女相伴，是个正常的异性恋。约翰张原来也是一个媒体人，在体制内的，思路清晰，也写得一手好文章，是一家著名大学的文科高材生。他曾经夸夸其谈，当年他就和现任的主管宣传的某市领导，还有电视台的台长一个办公室工作，都是吃记者饭的。如果不是自己下海，也轮不上他们两人坐这个位置了。明人听了不信，拿起电话接通了那位电视台台长，还没有说上几句，约翰张瞅了瞅明人，发出声音来，台长我好朋友，台长我好朋友，没你说这事，没你说这事。明人和台长也是很熟了，电话里说这事，大家也都哈哈大笑。显然约翰张和台长确实也是老熟人了。

约翰张下海搞了一个影视公司，这些年来风生水起，有些影视剧还频频获奖，票房特别不错。明人常常嘲讽他，说他拍的好多都是抗日神剧之类的，也没见过什么艺术大片。约翰张似乎把赚钱看成头等大事，投资影视剧，想的更多的都是票房，这些年财源滚滚，他还筹划公司上市。赚了这么多钱的人，有时候还挺吝啬的。虽然也经常请明人他们吃饭，先是在外面的店家里，但就此一家，跟他似乎有什么合作，雷打不动，点的也都是些家常菜。每回都是如此，让明人吃得生厌了。后来，他干脆在自己的公司搞了个食堂，让司机兼厨师。也都是些家常菜，红烧肉都算是大菜了。好多朋友都说，这家伙太抠门，真是上海小男人的腔调。这么多年来的相处，虽然吃请多半都是他，但看不到他有其他慷慨之举。有朋友为此调侃他，他就笑，那种眼睛眯缝着的笑，那笑声先是丝毫不闻，渐渐地才多少有些呵呵的响声，好像是憋不住了，笑得很得意，大家见了他的笑也都忍俊不禁，他就说，我这个人从来不行贿不送礼，生意做得踏踏实实。他把拍电影作为一场生意来看，难怪他的作品见不到什么太高的艺术水准。大家借着酒劲又嘲讽他，他也乐呵呵的。

这天，有个朋友请他喝酒，那个朋友也是生意人，腰缠万贯。席间，朋友让他安排自己的女儿在那部电影里出演女三号或者女四号，只要戏份多一点就可以。他悄悄地说，你放心，我们不要一分片酬，我还给你一笔费用。他伸出了手指头。约翰张看着他，那朋友立马说，两百万。约翰张定了定神，细小的眼睛里的瞳仁也是愣愣的，好像酒喝多了似的，木木的，直直的。但也就一会儿，他又眯缝着眼睛笑了。他说，老兄，我们是好朋友，不做这个生意好不好。说罢，用手上的酒杯碰了碰朋友的杯子，一口把它喝净了。

明人在边上看得一清二楚。和约翰张时间久了，知道他是有底线的，后来又听说，约翰张每年都要捐献很多钱，给西北落后地区的孩子们，而且不留名，不留姓，这是他们公司的财务不小心泄露的。

同学一场

霍从来三番五次地打来电话，发来短信，明人心就有些软了。真如霍从来反复说的"毕竟我们同学一场……"是呀，毕竟同学一场，何况他也再三强调，不会惹他讨嫌的，明人答应和他一聚。

霍从来走进星巴克的一瞬间，已提前到达的明人感觉他比二十年前精神了许多，米色的夹克衫，蓝靛色的休闲裤，一身装束倒也显得随意和大方，与土豪模样似乎并不沾边。一直听说霍从来在商界混得不错，也算是一个成功人士，半大不小的老板了。有几次霍从来主动联系明人，想请他吃饭聚聚之类，明人都婉拒了，一则确实忙，公务缠身，身不由己；二则心里也有顾虑，这土豪同学找自己，不会没有目的。

霍从来读书时就是小混混，吊儿郎当的，成绩中下游，追逐女生的水平却是一流的，差不多一个学期换一个女朋友，换女朋友像季节性换衣，他看着都有点烦。在校时本来就话不投机，毕业之后更没什么联系了。

接二连三的恳请，再不见一面，就太辜负同学一场了。于是，就约在星巴克小坐。

霍从来一进门，眼珠依然滴溜溜地转，他一下子捕捉到了明人的目光和身影。他的圆脸更加圆润了，微笑堆积在脸庞上。

明人与老同学握了握手，相互谦让地点了各自的茶饮，这期间，霍从来自始至终咧嘴笑着，目光逗留在明人的脸上，那微笑和目光有点谄媚。与他土豪的身份似乎并不相称。明人也只得以微笑相对，并主动热情地与他寒暄起来。

霍从来的圆脸洋溢着兴奋的光彩，他三言两语地介绍自己目前所经营的项目，有点小小的得意，但还努力克制着，时不时自嘲道："对您来说，我这就是小生意了。"

"对我来说？我只是两袖清风的公仆，怎么能和你比呢？"明人笑道。

"哎，话不能这么说，你是同学中的佼佼者，衙门里的菩萨呀！"霍从来一脸认真地说道。

明人噗嗤笑出了声："还菩萨呀！亏你想得出这个比喻！"他想起在学校时曾经给霍从来起过一个外号，叫霍和尚，有时还故意把霍字念差了，念成"花和尚"了。眼前的霍从来依然胖乎乎的圆脸，剃着一个板刷头，那模样与和尚似像非像，让人好逗。

应该说，最早的十来分钟，霍从来是专注的，他和明人交流着，目光也是迎合着明人的言语表情的。明人并不自在，他和霍从来交流也是不卑不亢的。老同学，尊重是必需的，何况多少年没见了。

男侍应生把咖啡端上来，手力重了点，小勺子从碟子里掉落在桌子上。他连忙致歉。刚才还一脸谦和的霍从来忽然沉下了脸，说话也毫不留情："侬哪能搞的！开啥小差！"小伙子嗫嚅着嘴想解释，他不由分说又扔过去一句话："侬当阿拉是穷瘪三，勿会付钞票呀！"他还想骂，小伙子歉疚地说："我给你换一个。"转身走开了。

霍从来还在骂骂咧咧的，明人心里掠过一丝不爽。

侍应生拿来一个勺子，小心地放在碟盘里，还一迭声地向霍从来打招呼："对不起，真对不起。"

"不要说了，走吧走吧！"霍从来像赶苍蝇一样驱赶侍应生。

两人又交流了一会儿，霍从来虽然在克制着，不托出他的意图，但他当然知道明人身居官场，也有一定的影响力。他这么邀请明人一聚，自然不是仅为了重叙同窗之情。但他表示过不给明人添麻烦的，因此也小心翼翼地，不想贸然直奔主题。

明人则把这看成是老同学二十年之后的一次相逢。往昔今日，生活职场，皆成话题。

明人觉察霍从来的眼珠子不似刚进门之后凝神专注了，好多次骨碌地转，有时盯视着明人的左后方，眼神流露几分暧昧，明人也不经意地朝左后方瞥了一眼。原来那里有一位年轻女孩独自坐着品尝咖啡。他读出了霍从来的目光，那是二十年前在学校念书那会儿就经常看见过的，用三个字可以概括：色眯眯。

从店堂里又走过一个女孩，他的目光又追随过去，还似有似无地朝人家眨了眨眼。明人悄悄给了他一句话：从来没变。

霍从来嘿嘿一笑，收回了目光。但之后，目光又从明人这儿游离开去，定定地凝注于不远处的星巴克门口，店堂里又走进几位窈窕女郎。

明人又笑说着，把霍从来的目光拽了回来。

又闲聊了一阵。忽然，对面的霍从来两眼又起光来，目光直直的，人也禁不住站立起来："是，是刘，刘领导，太巧了太巧了。"他自言自语着，向明人说了声："对不起，稍等一会儿。"便脸上大放光彩，比方才更加堆满了笑，谄媚的笑，奔向进入店堂的一位中年男人。传到明人耳朵的是惊喜而又肉麻的一声欢呼："刘领导，太高兴碰见您了……"

五分钟后，霍从来还没回来，他正坐在那位刘领导对面手舞足蹈地述说着。明人悄悄地离开了，只在桌面上留了一张便条："单我已结，同学一场。"

是的，同学一场，有的同学，再见就只这一场，就这一次了。

爱帮人的林姑娘

林姑娘扑闪着大眼睛，笑靥如花，一声"大叔，您好！"像泉水叮咚。

明人说："又有什么事要帮忙吧？说吧，帮人迷。"对这位邻家女孩，明人是看着长大的。人长得俏丽，心眼也好，活脱脱阳光透明的一个小天使，她在一家公司当白领，周边熟人找她，她都帮忙。她父母都在报社，都替她办过此类事。担任了一官半职的明人叔叔，也是她常常委托的对象。

在电梯口，林姑娘略带羞涩地说："不好意思，大叔，又有事想请您帮忙了。就是我们单位的那位小伙子。上次因为库账不符，幸亏您找我的头儿打了招呼，给了他从轻处罚。"

明人脑海里蹦出一个小伙子的形象来。那天也是在电梯口，林姑娘候到了明人，边上还站着一位妆容修饰过度的年轻人，涂着口红，打着耳钉，连头发也挑染过了，不男不女的模样。后来，他才知道，这就是时下著称的"娘炮"！说实话，他心生厌恶。

林姑娘说：他是公司同事，碰到了一点难处，请大叔帮忙。

他们公司老总正巧明人挺熟。于是顺水人情，他就拨了一个电话，也是给林姑娘一个面子。不过，他当着她爸妈的面，打趣道："你不会喜欢上那个小伙子吧？"林姑娘连忙摇头："怎么可能，那我爸妈还不把我打死呀！"她爸妈也善解人意地说："我女儿就是菩萨心，最爱帮人忙！""救人一命，胜造七级浮屠！"林姑娘跟着说了一句，把大家也都逗乐了。

曾有一次，林姑娘同事的老公在酒店动手打了服务员，被警察叫了去。林姑娘也匆忙拨打了电话给明人，说是让明人给派出所说个情，批评、罚款都可以，千万不要闹到人家单位，她老公还等待进步呢。林姑娘在电话里千恩万谢的，明人也不好推辞，便答应一试。后来派出所负责人说，这人脾气暴躁，嘴也臭，已几次为小事动手了，真该好好治治他的。明人不知这人的底细，也不便多说什么。派出所最后还是客气地从轻处理了。明人为此婉言提醒林姑娘，这样的人不可太纵容，这样的闲事以后也少管。林姑娘瞳仁闪亮，睫毛眨动，说："明白了，大叔。"

即便如此，明人发现，林姑娘这个帮人迷，丝毫没有"收敛"。不仅是如此，林姑娘的父母，还有另外几位有些身份的老邻居，林姑娘总是有事相托。她不嫌烦，邻里关系热络的那些长辈们，也不好推却。这孩子，就是这样的人嘛！

这回，听说又是那个"娘炮"的什么事，明人皱了皱眉。林姑娘笑嘻嘻地说："还是老问题，老板要炒了他，一定要让我帮忙。小家伙挺可怜的。"

明人叹口气："都不吸取上次的教训，这年轻人值得帮忙吗？"

林姑娘纯净的眸子，又笑意微漾："我看他还是粗糙疏忽，大叔，马克思还说过，年轻人犯错，上帝会原谅他的，嘻嘻。"

明人点了点林姑娘的脑袋，苦笑了笑。临走，林姑娘还千叮万嘱："拜托大叔了，拜托拜托。"又抱拳在胸，神情殷殷。明人摇了摇头，遂又点了点头。

然而这事并不顺畅。"娘炮"还是被老板炒鱿鱼了。老板不是不给明人面子，他对明人说了，有些话现在还不能说透，但这人够呛。明人多少有点明白，也给予了充分理解。

但那天，看见林姑娘红肿着眼睛回家，明人就有点纳闷，这么快乐爽朗的女孩，碰到什么事了？是林姑娘的爸爸告诉了明人，说："单位里都传开了，说我姑娘没为那个小伙子搞定，是好处费拿少了，也有人传言，说我姑娘这么爱帮忙，原来都是为钱财。有的人曾经托林沁办事，但没办成的，也在背后嚼舌头，难怪办不成，原来没意思意思烧点香。我姑娘无从解释，委屈得哭了好几回了……"

林姑娘绝非这样的人。凭直觉，明人都能感受到这孩子太纯净了。他也为林姑娘感觉难受，想要为她做些什么。

明人找到了他们公司的老板。老板是老哥们儿了，给明人沏了一杯好茶。竟然鬼魅似的朝明人笑视了好一阵，把明人看得心里寒丝丝的。"你小子，什么意思？"明人禁不住发问。

"你老帮林姑娘办事？是不是真和她……"老板坏笑道。

"你小子开什么玩笑！俗不可耐！我是这样的人吗？人家林姑娘可是个好孩子！"明人气不打一处来，连声说道。

"莫急，莫急，老兄，我自然是了解你的。可是，公司里说什么的都有，也有的说，林姑娘和邻居大叔什么的，可能有一腿……"老板认真地说道，"不过，你别当真，我知道这是胡扯。不过，那个小伙子的事，你还真不要再过问关心了。"

"为什么？"明人不解地问道。

"我核查过，好多对林姑娘的谣言，都是他散播的，确实无疑。"老板说。

"真的？"明人惊讶了，林姑娘真是为了他，竭尽全力的。

"真的没错。说林姑娘拿了他钱。我们查了，自始至终，林姑娘都是无私帮助他。只是某天早上，他急着找林姑娘，林姑娘和他一起吃了早餐，那小伙子付的钱，林姑娘只吃了一碗馄饨面……"

"是嘛！"明人感叹！一碗馄饨面就把天地搅浑了？！

"林姑娘帮忙帮错人了呀！"老板也跟着感叹。

小区门口又碰到林姑娘。明人刚要启口，林姑娘就笑容绽放："叔叔，我知道您要说什么，放心，我想明白了，不会在乎这些流言蜚语的。"明人颔首笑问："那你还那么愿意帮人吗？"

"那当然。助人为乐呀。不过，今后我会睁大眼睛的。"说完，她咯咯咯地笑了，仿佛洒落了一片阳光。

第四辑

被狗猫亲了一下

金秋的周六下午，天气有点回温，明人套上了短运动裤，在小区里甩手快走。在拿着手机听着阿凯的微信语音时，小腿肚忽然被一团湿乎乎的东西碰了一下。只听见有人说了一句："又亲人家了！"他侧身俯望，是一只小哈巴狗，正抬眼望着自己。这小狗果真是亲了自己一下？他看见自己腿肚子上沾了些许水渍，其他似乎没什么异样，也就继续往前快走起来。回头一看，小狗还跟在身后，还有再次扑上来的架势，这回他呵斥了一声，狗的主人，那个老男人也不好意思了，把小狗叫了回去。

应该是被小狗亲了一口。明人边想着刚才的那一瞬间，湿湿的，也有点痒痒的，其他几乎没什么感觉了，边微信回复阿凯：晚上准时参加他的家宴。

在小区里又快走了两圈，也没见着那条狗和他的主人。明人按惯例回家冲浴，换了一身干净衣服。洗浴时，还专门检查了一下小腿肚。没有明显的出血伤口，也不见齿印清晰的咬痕，近脚踝处有一道红印，应该是之前自己的抓印，不像是新伤。他自我判断、否定着，多少带着一点忐忑，去赴宴了。

阿凯是老同学了，他们三天两头聚，今天邀请的也都是老友，只有一个阿凯的表弟，是初次相见，说是从新西兰回来的。

寒暄后入座。明人就聊起了方才被狗碰了一下的情景。他知道阿凯养过狗，应该知道亲与咬的不同感受与区别。

阿凯说："有伤口吗?"明人说："这倒没有。"阿凯说："没有伤口，没关系的。"边上另一位老同学也附和道："不是狗咬一下，就都会得狂犬病的，别心神不定了，来，喝酒了!"阿凯说："是的，不用担心，看你腿肚子上什么都没有，也就是狗亲了你一下，没什么的。"

话说到此，明人也不好意思多说了，自己扯开话题，举起杯子，与诸位碰杯，一口饮尽。

酒酣耳热，大家一杯接着一杯，喝得都挺尽兴。那位阿凯的表弟喝得不多，两次敬明人的酒，酒杯都是浅浅的，碰在唇上也只是象征性地抿一口。阿凯说表弟不喝酒，随他去吧。

明人"哦"了一声，回敬阿凯表弟时，表弟端起杯子，站起身，显出恭敬尊重的神态，他对明人说道："前段时间我也被狗咬了一下，注射了疫苗。您刚才说被狗碰了一下，我建议您最好去打几针狂犬疫苗，以防万一。"

阿凯听到了，朗声说了一句："表弟我看你到国外，脑袋变傻了，人家只是被狗亲了一下，有必要去这般折腾吗?"

表弟不吱声了，目光只是在明人身上逗留。明人谢了谢他，又举杯回敬另几位朋友了。

这一顿酒，差不多喝到了半夜。夜深人静时，明人躺在床上想到自己下午被狗碰了一下，忽然就又心神不宁起来，小腿肚子感觉有某种不适。

拧亮灯，又查看了一下，还是不见什么特别的异常。上了百度搜索，各种说法都有，但有一种说法让他不由得汗毛竖起，说是小狗长的是乳牙，咬的牙印有时肉眼也无法察觉，自然痛感也微乎其微。这下他睡不着了，辗转反侧，最后想定了，第二天一早就打狂犬疫苗去，打了省得担惊受怕的。

周日一早，他去了就近的医院。外科急诊的人还真不少。进入注射间时，有人叫了他一声，他抬头一看，是昨晚见到的阿凯的表弟。他问："你怎么也来看病?"表弟眨了眨眼，嚅了嚅嘴唇，说："是哥来了。"少顷，只见阿凯挽着袖子，高抬着手臂，从里面的位置上走了出来，一见明人，也是意想不到的表情。

"你怎么了?"明人问道。阿凯嗫嚅着，有些不好意思，还是他表弟在边上说了："他今早也被邻居的猫给亲了一下，也看不出有伤口，我对他说，猫比狗更易感染狂犬病，这么一说，他就立即来医院了。"

"没伤口，又没关系的。"明人故意学着阿凯昨天的语调说道。

阿凯说："可，可这是猫呀。""得了吧!"明人捶了捶他的右肩膀，说，"命都是自己的，好自珍重吧!""是呀，各自珍重，以防万一。"阿凯表弟在一旁一字一句地说道。说得很是庄重。大家都笑了。

腌笃鲜

黄五圣诞回国度假，明人就计划着要请他，还有郑重兄弟也要请来一起聚聚。掐指算来，又有四五年没见面了，都到了五十知天命的年纪，对年轻时的回忆会浓烈而深挚，这种相聚的机会也愈发显得弥足珍贵。

日历已翻到了冬至的这一天。在与家人围坐在一起涮羊肉时，明人心里就泛起了这几天老也挥之不去的问题。该安排什么样的菜肴，来款待这两位当年的同窗铁杆兄弟呢？黄五是从异国他乡回故里，郑重也是久违了，他也向他俩掏出心窝里的话了，要请他们吃上一顿难忘而且算得上他们情意的宴席。话亮出去了，心里却空荡荡的，始终找不着答案。他还轻轻掌了一下自己的嘴巴，你就是太爽气，把自己套住了！

明人是记得最近的那次相聚的。也是黄五从早已定居的异国返乡回来，明人做东，安排在了一家五星级酒店，郑重自然也赶来了。他是换下警服，套上了休闲装赶来的。他说禁令如山倒，有些耽搁了，见谅。黄五，也叫Jeff，故意逗他，那你与民同乐，先自罚一杯哦。郑重说，这个当然，谁叫咱们是最好的兄弟呢！不过，酒我平常只喝红葡萄酒，最多喝个小半杯，但今天老友相见，酒可满杯，我第一口先喝一半，算是向两位大哥致敬了，如何？

郑重话音刚落，黄五连忙附和：就红酒，就红酒，喝红酒也挺好，少喝点，少喝点！

　　美籍华人 Jeff 这么一说，明人知道拗不过他们了，他把自带的五粮液向他们晃了晃，无奈一笑，也不勉强，他自己也并不嗜好这一口。

　　轮到点菜时，明人就更控制不住了，他刚点了几个硬菜，也就是价贵物美的菜肴，比如佛跳墙、蜗牛鹅肝、鱼翅捞饭，还有刚上市的阳澄湖大闸蟹。Jeff 黄五首先喊话了，说自己从不吃这些，还是点些清淡、家常的菜蔬、豆腐之类的，吃得更健康，吃得更入味。郑重也表示，这些山珍海味他也好久不吃了，自己"三高"，可以再点些黑木耳、山药、芹菜之类的东西，够了，足够了。

　　明人一筹莫展。他自己也属于"三高"人士，可有朋自远方来，都点这些土菜，岂不有所怠慢，他还是想坚持再点几个硬菜，黄五和郑重两人不依不饶的，他说那就再来个虾仁炒蛋什么的，他们也反对，说蛋黄也不可多吃。他只得作罢。

　　这一餐，大家细嚼慢咽，酒也是微抿一口。天南海北地闲聊着，气氛倒像是中规中矩的公务应酬，不冷不热，也没有高潮迭起。结束之后，回到家，明人还觉得有一点不尽兴，他想，这真叫"士别三日，刮目相看"了，现代人都把命看得更重了。

　　想起他们在校期间，某一晚，明人在校门口买了十个茶叶蛋带到宿舍，他是准备这宿舍的三兄弟可以分享两三日的。不料，郑重，那时还叫郑狗，他的馋猫鼻子先就嗅到了茶叶蛋的味道，从上铺一骨碌翻身下地了，拿了一个，刺啦一下，就把蛋壳剥离了，迫不及待地把鸡蛋塞进了嘴里，嘴巴在鼓动着，一只手又抓住了一个茶叶蛋，刺啦两下，又剥好了，等待放入嘴里。黄五，那时还没取洋名 Jeff，正好推门进屋，两眼放直了，也径直朝茶叶蛋奔来，迅雷不及掩耳，就将一只光滑白嫩的鸡蛋送进了嘴里，黄澄澄的蛋黄碎粒也在双唇间显露，吃相极其不雅。三下五除二，十个鸡蛋很快就被消灭了，吃完了，黄五还在说，你怎么不多买几个？明人说，你们饿狼似的，也不怕被噎着？

　　现在想来，最难忘的一顿聚餐还是他们参加工作之后不久。口袋里有点自己赚的钱了，就到明人的单位附近一聚。是一家小饭店，说好每人分别点一个冷菜一个热菜。三个冷菜：明人点的是猪尾巴，郑重点的是白切猪肉片，黄五点的是猪头肉；三个热菜：明人点的是红烧肉百叶结，郑重点的是大蒜炒猪肝，黄五点的是黄豆猪蹄。大家笑坏了，这些菜可都是他们读书年代最想吃的！在点最后一个汤时，大家分别在手心里各写上一个菜名，然后一、二、三，一起亮出手心，竟然都是三个字：腌笃鲜！这回，大家更是狂笑不止，他们这三个是真正的食肉族呀！

腌笃鲜上来了。一个土色的砂锅里，冒着袅袅热气的纯白的汤面上漂浮着厚厚的油花。肥瘦相间的腌猪肉、鲜猪肉都沉积在锅底，用筷子一鼓捣，白嫩的笋片，也跟着露出了汤面。肉香诱人，三个人吃得有滋有味，几瓶女儿红也很快瓶口朝下了。

之后都记不清自己是怎么回到家的。不过，大家都记得这一餐猪肉宴，尤其是腌笃鲜，吃得满口生油，味蕾痛快，肠胃痛快，身心痛快呀！

这一定是没齿难忘的。如今，还会安排这样的饕餮大宴吗？明人在冬至夜晚，真的怀念那一顿聚餐，鲜美无比，这情意深厚呀！

没过几日，黄五到了。他们相约的地方，是一家知名的酒店。菜自然都是名贵的。这不是奢华，这是对黄五的重视。起先，大家也是像上次那样，点的多半是清淡养生的菜肴，连汤都是萝卜排骨汤，说是这几天雾霾太重，以此清肺。喝的还是红葡萄酒，喝得也是斯斯文文。三个人喝得有些兴味索然。

萝卜汤刚喝了两口，黄五先放下了碗筷，他憋不住了，说：我想点一个汤。

郑重眨了眨眼睛，竟然笑了，说：我也想点一个。

明人说：那就每人点一个，各自写在手心上。

少顷，大家同时张开手掌，"腌笃鲜"三个字，都龙飞凤舞的像是要展翅高飞起来。

连忙叫来服务员，竟然不知道有此菜名。又把店经理叫来，听明白了，说，有是有，好久没人点这个了，可以马上去安排。大家一阵雀跃。

腌笃鲜送上来了。大家又叫了几瓶女儿红，酒肉穿肠过，情意暖心窝，一阵猛吃猛喝，味道虽然不如当年，但依旧醇香诱人。

出了酒店门，仰首望星空，星光陷入迷蒙之中。他们想，今天这一晚，一定很难忘！

老周养狗

老周突然宣布要养狗了。朋友、同事谁都不相信，他能静下心来养狗？连他老婆都鼻子哼哼的，打女儿出生开始，他什么都不管不顾的，有一次等不及老婆回来，把三岁女儿一人扔在家里，自己匆忙赶去应酬了。女儿趴在窗口，差点从十五楼摔出去。他还能养狗？做白日梦，说狗话吧！哼！

可老周真养了一条狗，是一条拉布拉多犬，浑身毛发细密，乖巧灵活。每天晚上他不待应酬结束，便匆匆告辞，归心似箭，步履匆匆。一到家，和女儿还没说上一句亲热话，手已搭在狗身上了，温情脉脉地爱抚起来。随后，老周便兴冲冲地与狗一起溜达去了。

这话绝对没错，是去溜达的。你若看到老周遛狗的情状，一定会赞成这样用词的。老周牵着狗绳，不似他在单位发言时那般从容，也不像对待上门客户那般的冷静。他牵着狗绳，绳子在手腕上绕了两三圈，把几根手指还缠得紧紧的，左手紧拽着，右手还时不时来帮忙。

那狗温驯时，妇女一样地挪步，不疾不缓。老周手上的狗绳呈现出一种下垂的弧线，悠悠的，像自然弯曲的一截流苏。那狗灵活顽皮地奔走时，老周手上的狗绳就绷得钢丝一般紧紧的，他的瘦弱的身子跟着绷得紧紧的，趔趔趄趄的，一脸惊恐状，他怕狗会绷断了绳子，子弹一样地飞出去。那霓虹灯闪亮的大街上，依然车水马龙，狗一头栽下去，还不是落入虎口？

所以，他抓紧狗绳，但又担心忽然绷断了，时松时紧，步步小心。

这时，你就看不出，是他在遛狗。整个过程，是变化着的，说他们相伴着溜达，或许更恰当。

左看右看，横看竖看，老周养狗、遛狗都不像样。

偏偏老周又下决定了，他要再加养三条狗，也就是说，加上先前的一条，他要养四条狗了！

有人说老周真是疯了，也有人说老周是走火入魔了。也有人在嚼舌头，说这老周是吹牛皮，说说罢了。

可再怎么说，老周还真养了四条狗。晚上，老周两只手牵着四条狗，架势倒也不小。只是，他的身子更显弱小了，跌跌撞撞的，真像被在执行五马分尸似的。四条狗在前后左右地蹿跳，咿哩哇啦地喊叫着，狼狈不堪。

明人一次撞见了老周，问他怎么想起养狗来了，而且一养还养了四条。

明人是老周的老邻居了，也是老周信得过的朋友，他向明人咬耳朵说，现在规定很严，他也不想惹事，养一条狗解解闷。有一位大师说，你养一条狗不行，得多养几条。他想养两条，大师当即否决，说两条更不行！你想，犬再加两口，是什么字呀，是一个哭嘛。这不好听。大师告诉他，养四条狗对他有利。四条狗就成一个器字了。老周都过不惑之年了，至今原地踏步，还是一个机关处长，再不抓紧，就过这个村，没这个店了。养四条狗，就是图个吉利，也有大器晚成的意思！

明人说："这你也信？"

"半信半疑，但求个心诚则灵吧。"老周嘴咧咧，看不出是笑，还是哭。

不久，机关还真要推荐一个副巡视员，副局级的，要从机关的老处长中间提拔。这在机关掀起暗流涌动。

牵着四条狗的老周是热门人选，他每晚在大街上遛狗的形象，也是独一无二，众目睽睽。

某一日，明人又撞见了老周，老周比往日似乎又瘦弱许多，四条狗倒蛮壮实的，生龙活虎般，还围堵着明人，不住地吠叫。

老周斥退了它们，他告诉明人，他在副局级的推选中败北了。

明人问："这是什么原因呢？"

老周说："是竞争太激烈，大家都想上，还有人反映给上级，说我革命意志衰退，一人养了四条狗。"

"这算什么罪名呀？"明人为老周打抱不平，"你的领导是怎么说的呢？"

"领导在会上不点名地说了一句，说有人连两个手下都管不住，还能管住四条狗？"老周气咻咻地说。

"这也太不像话了，怎么能说出这么没水平的话呢？"明人愤愤不平，"哎，你有没有请教那位大师，他是怎么说的？"

"大师说了，养四条狗是对路的，怪只怪我手下只管了两个人，两个人一男一女，不容易摆平。若只管一个人就好了，器字就只有一人呀，大器就能晚成了。"老周的脸哭笑不得，明人也杵在那儿，一时说不出话来……

我的真牙比他多

在一家鸡粥店找到大冯和小马时，他们已喝得微醺，双脸通红，眼睛也有点充血，看来喝得挺尽兴。见到明人，小马把杯子推了过来，并斟满了酒，说：你先喝一杯吧，然后看看我们哥儿俩谁的酒量更好。明人笑了笑，说：怎么又比试上了？小马点点头，一副不服输的模样。大冯则在一边笑眯眯地，也不吱声。明人刚抿了一口，小马把自己满杯的酒端了起来，冲着大冯说：来，再喝一杯。大冯站起来，和他碰了一下，两人仰脖把杯里的酒都喝得一干二净。

喝完了，两人都向对方，也向明人亮了亮杯底，好汉一样抹了一下嘴，又把酒杯续上了酒。明人见多了这种场面，认识他们也快有二十多年了，这哥儿俩绝对是一对活宝。他们在一起，总是要明里暗里地比试一下。大冯和小马是一对发小儿兼老同学，他们从穿开裆裤开始就成了玩伴，两人一起上学，从小学到中学，后来又各自下乡务农，走的是他们这个年龄的生活轨迹。

他们读书那会儿成绩都平平，两人也都是忽高忽低的，还经常做些比较。大人们也对他们很在乎，如果大冯成绩出来了，他家人必然要来了解小马的成绩，而小马呢，他的成绩出来了，他的家人也会向大冯家问询。倘若两人成绩半斤八两，再差劲，那么大人们也不会计较了。如果相差悬殊，那低的那个必然会被家人狠狠责骂。两人暗中似乎也在较劲，有时考得好的那个，脸上总是充满阳光，考得低的那个就满脸阴晦了。

中学时，大冯当上了副班长，小马什么职务都没捞上，这令小马闷闷不乐。当晚两人玩在一起就很不开心。大冯说，这是老师和同学们对他的信任。小马说，不就是因为你人长得稍高一点？他们欺负他身材长得弱小，要不然当副班长的为什么不能是他呢？两人闹得不欢而散。虽然不欢而散，毕竟还是好伙伴，后来还在一起玩，形影不离。大冯和小马也成了小区和学校的一个有趣的移动着的风景。

那时下乡务农是中学毕业以后的一个去向，他们两个都是家中老大，也都选择了到近郊农村去务农。大冯去的是崇明长江农场，小马去的是崇明长征农场。都在大田里干活也比较不出什么，小马稍显活络点，先混了一个炊事班的活儿，但大冯后来居上当上了排长，两人私下里又是一番狠狠地较劲。

明人认识他们的时候，他们都早已成家立业了，工作也都不错，一个在事业单位，还有一个在国企。第一次见面，明人就明显感觉到了两人之间的不服输的心理，大冯那时已在事业单位担任一个相当于科长的职务，小马呢，在国企当一个干事，办公室的职员。小马借着酒劲对明人说，别看他官比我大一点，却未必比我舒坦，我在办公室也算是总经理的红人，管着一摊重要的行政事务。说罢，他拿酒杯去敬大冯，大冯装作没听见，和他满满地喝了一杯。

从这以后，好像经历了一道分水岭，大冯的事业蒸蒸日上，一直到了相当于正处级的事业单位的一把手。而小马呢，虽然也混上了行政科长的职务，但行政职务要比大冯低了两级。只要见面，小马从来不客气，他虽然也会当着众人的面，说大冯是自己的兄长，也是像模像样的领导，但私下里他又明显不服气，有时流露出一丝心态来，说：不过就是一个事业单位的头头罢了，又不是什么机关的大官。大冯耳朵不聋，听到了依旧笑模笑样，说：你是大科长，一个公司的吃喝拉撒全都靠着你，来，什么都不说了，我们先喝一杯，民以食为天嘛。他打趣地说道。但那种谈吐之间超越小马的优越感，也会让所有人感觉得到。小马当然不会让步，说：那我就敬敬你这个大领导，看看谁更有酒量，更重友情。他喝了一杯又一杯，大冯也陪着他喝了一盅又一盅。直到明人在边上看不下去了，劝阻他们，他们才渐渐地收手了。

　　他们也为各自的娶妻生子较过劲，小马先结的婚，大冯不到两个月也把婚礼给办了，虽然不算闪婚，但显然也受到小马婚礼的催化。两人的妻子也都很平常，大冯有时会开玩笑地说，小马，你的太太，长得真是小巧玲珑啊。小马回敬道，当然比不上你家太太人高马大，气势十足啊。两人这么一调侃，明人和众人也跟着大笑，这对活宝又开战了。幸好他们两人生的都是儿子，要不然一儿一女的，又有的话说了。双方孩子成家的时候，大冯和小马还互为证婚人，大家其乐融融。不过较劲的暗流，明人还是觉察到了，比如大冯的儿子办了十二桌，小马后办的，为他儿子办了十五桌，为此小马还有点暗暗得意。小马私下里说过，你不是有职有权吗？怎么还比我少几桌？这种得意劲，看了让人发笑。大冯依然还是那副模样，没有搭理，只是笑笑。大冯的儿子很快就生子了，令大冯很高兴。小马的儿媳不甘示弱，也生了一个儿子，虽然分量轻了点，但是癞痢头儿子自己喜欢呀，小马也是一脸春风。

　　时光不饶人，他们很快都到了退休年龄，六十岁退休，事业单位和国企一个标准。两人我看看你、你看看我，好像有什么话要说，但都释然一笑，酒杯又碰上了，这也叫殊途同归嘛。可在这酒桌上，还多少有点不甘，因为大冯在事业单位退休，一个月有四千多块的收入，相反，企业退休的小马每月只有三千多块。酒桌上这么一说，小马又有点愤愤不平了，说：大冯啊大冯，你不就是名字上比我多两点嘛，你不就是比我早几个月出生嘛，你不就是身材比我高一点嘛，你怎么老超我，怎么都是你占便宜？大冯呵呵地笑，说：我们从来都是半斤八两的，没什么好说的，老兄弟了，喝一杯。话这么说，嘴角还是流露出一点小小的得意，满满一杯酒喝掉了。小马咬了咬牙，好像自言自语说道，再怎么样，哼，我的真牙比他多。明人听到了，禁不住大笑起来，笑了会儿，总算把自己控制住了，要不然真会笑掉大牙。再瞅瞅两人都头发稀疏花白，脸上皱纹纵横了，竟然还这么较劲，心里头又不禁暗笑起来。

包子乐

　　包子乐长得五短身材，肚子圆滚滚的，头发早就谢顶了。很多年前，明人在那个学校工作的时候，包子乐就是这副模样了。因为他姓乐，长得又这副模样，大家都顺口叫他包子乐。有人干脆叫他肉包子，他也并不生气。明人也跟他开过玩笑说，你在地上一打滚，一咕噜转，赛过皮球了。他也笑呵呵地不恼不羞。

　　包子乐天生这个好脾气，而做事也是一板一眼的。他在学校行政科负责采购工作，采购的活儿就他一个人包揽了。他经常外出，学校也看不见他的人影，但每每回来都是收获颇丰，不仅帮学校采购了大量当时市场比较难得的物品，也帮那些教职员工私人购买走俏的商品。有人当面也开涮他，你在外面一定多吃多占了，看你吃得都这副八戒模样了，他仍然笑呵呵地说，我也没办法，还不是为了大家。

　　那年头吃喝也是一种福分，采购也是令人羡慕的活，特别像学校这样的，并不要长途的复杂而艰苦的采购任务，好多人都觊觎这个位子。不过包子乐干得好，大家都有口皆碑。有年轻的员工想买一些进口商品，新婚夫妇可以作为婚礼上的一种光耀，但那时要有进口购物券，正式的叫法叫侨汇券，一般人是拿不到的，除非你家里有侨眷。这个时候包子乐的作用就显现了，哪位教职员工说一句，他都拍胸脯应承下来，那些手表之类的洋货，能顺利地交到了那些人的手中。大家都对包子乐赞不绝口，说他简直是神了，他也不是侨胞侨眷，哪来这些购物券，后来有人探听到，他到商场门口，是用高价兑换的侨汇券。他在友谊商店门口等候，问那些进出的客人有没有多余的侨汇券，很多人都不理睬他，他也并不退却。

有次碰到一个老克勒模样的中年男子，包子乐一瞧就跟了上去，尾随在他后面，紧盯不舍，在圆明园路的一栋洋房的墙角，那个中年男子停了步，小眼睛朝他瞄了瞄说：你想要的话，要翻跟头的。包子乐迟疑了一会儿，立马回复道：没问题，我现在就翻给你看。说完他把身上的挎包放到地上，然后小跑几步，竟然在空旷的马路上翻了一个三百六十度的跟头。翻得很不标准，也很勉强，差点摔倒在地。那个中年男子目瞪口呆，好半天说不出话来。后来包子乐才醒悟，人家不是要他这么翻跟头，人家要的是他出几倍的价钱来兑换购物券，这段笑话传扬开了，也证明了包子乐的憨厚和他的实在。

有一段时间包子乐心情很失落，来了两位年轻的大学毕业生，校长、科长都很重视他们，两个小伙子聪明伶俐，手脚活络，采购物品比他门道更多。还通过电话采购，让人送货上门，既减少了差旅费，又能把货直接送到学校当场检验，当场钱货两清。再后来又实行了网上采购，包子乐当年勉强高中毕业，还是后面补读了一个技校，因为老实巴交，做事也蛮踏实，就被留校工作了。那个网购他一点没沾过，对他而言难于上青天了。人家年轻人占了他的用武之地，他也无奈，干干杂活，管管仓库。但也从来没见他发过牢骚，有过抱怨，神态自如，仍然是那种油光光肉滚滚的弥勒模样。

那年学校组织了一个小型的运动会，举办地就在学校操场，其中教职员工还安排了一个自行车比慢，几个小伙子都活龙活现，起跑令一响，他们都竭尽所能，把着方向盘尽量让车轮缓慢地移动，左右稍稍挪动。但只见包子乐骑着自行车，像平常一样，踩着自行车，一直稳稳地往前行进。大家看了大笑不止，这叫什么比慢，这包子乐还真是脑子搭错了，但包子乐仍然笑呵呵地自顾自骑着车，不快不慢地直线行进。毋庸置疑他是最早到达终点线的。他一到终点线，大家更笑得不可抑制了，这包子乐参加什么比慢，还不如做旁观者。这时候再看那些年轻人，他们都较着劲，差不多都在十来米的距离，离终点线还远着呢。有一位顶替包子乐的大学生峰，更是占据最后的位置，他向前行进的速度非常之慢，几乎凝滞在跑道上，大家都在为他喝彩，他左右平衡着，龙头或左或右，就不见倒下，那边终于有人稳不住了，龙头一歪脚踩在地面上，这位大学生仍然占据着主导位置，极其缓慢地在前行，当其他人差不多都挺不住倒下时，他完全是胜券在握了，还想让车行得更缓慢点，车身却摇摇晃晃，控制不住，摔了下来。比赛的结果出人意料，包子乐获得了这个比赛的第一名，而且当之无愧。

多年以后那些年轻人也都发生了变化，除了一个从学生科调离到办公室之外，包括那个大学生峰在内的，负责采购和管理的那几个人都被调离了岗位。那位大学生峰也在其列，他在操作一笔课桌椅的采购时，因耐不住寂寞，或者经受不住诱惑，犯了点小错，通过网上交易发给了一家据说价廉物美的公司。不料货物迟迟没有收到，最后大学生急了，千方百计找到那家公司，竟然被告知那家公司也快破产了。之后不得不报警，警方和学校一核查，发现大学生也确有漏洞，前后把关草草了事，甚至还收过这家公司寄来的一份价值不高也不低的礼品。虽然后来钱款追回了，但大学生峰采购的岗位也就丢失了。后来，政府采购都是在网上有严格的采购途径，只有一些价低零星的物品还需要人去操办，据说，这活也只有包子乐肯干和能干好的。

那年，明人又回母校去看了，特别聊到了包子乐。没想到包子乐那天正好在校，也赶来和明人见了一面，还是那副肉滚滚的油光光的模样，笑呵呵的，腮帮子上的肉都快溢出来了。他说他还在采购这个岗位上，下半年就要退休了，虽然没多大本事和成就，但把本职工作干得还挺顺，他很知足，因为他的同龄人好几年前下岗的下岗，提前退休的提前退休，像他这样没什么文凭能够做到六十岁的还真少见。明人握了握他的手，那手也是肉滚滚的，就像他的这个身材的一个缩影。不禁又想起当年那个自行车比慢的场景，明人禁不住也呵呵笑出了声来。

谁是黄馨

老同学春节聚会，明人把当年的班主任梁老师也请了过来。梁老师已年过七旬，满头的白发，满脸纵横交错的皱纹，他还拄着一根拐杖，走路已有些艰难。

前几年他生过一场大病，卧床了一年多，此刻能出席聚会也实在珍贵。要知道当年的他可是潇洒挺拔呀。

梁老师一进门，好多同学都拥了上去，梁老师长梁老师短的，有的问他还认识自己吗，有的招呼梁老师赶快入座，有的搀扶着梁老师。气氛甚是热烈。明人注意到角落里坐着的罗斌，也从沙发上站了起来，但他只上前了两步，却没有迎上去。为了打破尴尬，明人对梁老师说，你看罗斌，罗斌也过来看你了。罗斌有了这个铺垫，他走了上来，恭恭敬敬地叫了一声：梁老师好，好久不见您了。梁老师慢慢地坐下，抬起他那双略显浑浊的眼睛，慢慢扫视了一下在座的同学，面带微笑，当年的那种欢笑依稀可辨，仿佛就在嘴角流淌，只不过如今又多了几分和蔼。梁老师握着罗斌的手说，罗斌啊，我记得你，当年喜欢戴绿军帽，很精神，比潘冬子还精神。大家都笑了起来，这个年岁对《闪闪的红星》中的潘冬子都很熟悉，那是他们小学时候的偶像，后来步入了中学，潘冬子还在他们的脑海里，梁老师用潘冬子比喻显然唤起了他们美好的回忆。

快四十年不见了，师生们欢声笑语，时不时爆发出一阵掌声。罗斌略有点拘谨，他现在在一家报社担任副总编，也算是一个知名人物了，他谦恭、少语，又文质彬彬。明人知道他有心事，罗斌挨着梁老师坐，话却不多，这很容易冷场。明人朝罗斌使了一个眼色，同时对梁老师说：梁老师，罗斌几次想来看你，上次你住院我就代他问候来的。梁老师仰起脸，眯缝着眼看着明人和罗斌说：我记得，记得，罗斌是个好学生好孩子，他现在干得很不错，是我们学校的骄傲啊！罗斌赶忙摆摆手说：梁老师千万别这么说，千万别这么说。

现在的罗斌和当年的罗斌一样，一直是谦虚好学、内敛进取的那种人。但明人还是开了一句玩笑话：罗斌你谦虚什么？梁老师说你成功就是成功啊！同学们说是不是？同学们山呼海啸一般，又共同举了杯，向罗斌敬酒。

梁老师的兴致也很高，和同学们说这说那的，仿佛毫无师生之间的那种距离和隔阂，甚至有女生嬉皮笑脸地问道：梁老师你当年怎么一直单身啊？是不是看不上谁啊？

女同学们起哄说：梁老师你说说看，怎么回事啊？

梁老师又眯缝着眼睛，那略显浑浊的眼睛，显得光亮四射。他笑道：你们这些孩子，那时正青春年少，嘻嘻哈哈快快乐乐，还会关心我的事情？

有同学笑道：哪里啊梁老师，你也是我们的偶像，我们好多女同学可迷你啦！大家又笑了。

梁老师也笑了，皱纹显得更加密集了，他说道：那怎么也不见你们谁跟我写过什么信，有过什么表白啊？他的嘴角露出一丝顽皮。大家又笑。

有同学说：谁敢啊？你这么英俊潇洒的，谁给你表白还不被那些妒忌的人给吃了！大家又哄笑成团了。梁老师也笑出了泪花，用已布满老人斑的手，缓慢地擦拭着，这时一位同学竟然发问：梁老师，我问你一个问题，当年您挺欣赏罗斌的，怎么只让他做了半学期的团支部书记，就马上换人了呢？这个问题问得突兀，也颇尖锐，大家都有点惊讶，明人也感到这问得似乎不是时候，而罗斌瞥了一眼那个同学，略有一丝不悦，显然他不想提这个问题。

没想到梁老师却一点也不显得尴尬，他看看那个同学再看看罗斌，然后缓缓地说道：这个还真的要怪我，想想当年我也就三十来岁，我还都没有恋爱呢，我比你们懂得并不多啊，我想这里面是一个误会。上次明人来看望我，就问过这个问题，我没说，因为罗斌不在，今天都在，我就先向罗斌致个歉，这是一个迟到的青春的道歉。罗斌纳闷地看着梁老师，也一时不明白是怎么回事。当年在班里他的成绩也是顶呱呱的，同学缘也就不用说了，他知道梁老师对他非常欣赏，还推荐他当了团支部书记。但过了不久，他莫名其妙地被人替下了，后来听说也是梁老师建议的。他想不起来什么地方犯了错，或者得罪了梁老师，但他是一个内敛的人，什么都不说，还是埋头读书，因为他心中只有理想。但这么些年他心里也始终存在着这样一个难解的谜。今天这么好的机会，能够知道这个谜底是什么，无论如何都能够释然和一笑而过的。所以他另一方面心底里自然也非常想知道究竟是怎么回事，什么原因。梁老师说：当时有同学告诉我说，我们的团支部书记可能恋爱了，在写情书。我不信，一个初中学生就恋爱了？后来还果真找到了证据。大家瞅着梁老师，又瞅着罗斌。罗斌是一脸的疑惑。

梁老师说：我在罗斌的课桌椅里发现了他的笔记本，打开最新写的文字，我屏住了呼吸。写的什么，我现在还记忆犹新，他写道：我喜欢黄馨，她太美了。还写道：她婀娜多姿，令人充满依恋和遐想啊！罗斌，你是不是写过这些？

罗斌的思绪飞闪，很快找到了当年的那具体的细节，他脱口而出，那是我每天记的日记啊！是啊，日记就是心声啊！梁老师接口说，我当时想这么小的年纪他就恋爱了，这还了得，这支部书记做了不会惹出什么大麻烦来吗？我立马不管三七二十一就向团委老师提出了建议。不过现在看来，我是错的。哪个少女不怀春，哪个少男不思春呢！

罗斌啊，你和同学都要原谅我，那个年代我们都把早恋看成是教育的最大威胁啊！何况我这年轻的老学究呢？不过我还是有个疑问，谁是黄馨呢？当年我从学校的名册上查过，没有查到有叫黄馨的同学，也许是校外的。罗斌不会在外轧上坏道吧？我当时真是揪心。我现在也想好奇地问一下，罗斌啊，谁是黄馨？

罗斌笑了起来，笑得很灿烂，他的声音还是低调沉稳的，他说：这个黄馨引发了这么一个误会，真对不起大家。有女生尖叫地喊道，别扯这么多，老实交代谁是黄馨，你竟然早恋上了，我们都以为你是好学生呢。跟着也有人起哄。罗斌笑道：我是有记日记的习惯，那个黄馨真不是什么女孩，我父亲当年在院子里种了一种花，枝条柔软，树枝也摇曳多姿，那灌木高不过两到三米，但每到清明节前那花朵绽放，淡黄色的，很美丽，散出淡淡地清香，我很喜欢。

你说的黄馨，原来是一种花卉？梁老师盯视着罗斌问。罗斌说：是呀，这个黄馨就是花卉黄馨。场面一下子静寂起来，足足有十秒钟。随即梁老师先爆发出他的笑声来，同学们也跟着大笑起来，罗斌也笑了，明人注意到，好几个同学，还有梁老师，罗斌眼睛里也都充满了泪花。

时间是个神奇的裁缝，它把许多不快，都裁剪掉了，留下的是无尽的美好。

礼 数

正午，明人与老郑穿过商业街，走向路边停放着的尼桑车时，一位姑娘迎面走来，略有些发黄的长发披散在肩上，面庞有几分憔悴，口音则是一口南方普通话："叔叔，购房吗？给您看看这个。"说着，姑娘递过来一张花纸片。不用看，就知道是售房一类的广告。明人朝她摇摇头，嘴里还吐出了"谢谢"两字。老郑就不耐烦了，推开姑娘的手，厉声嚷道："不要，不要，不要！退一边去！"姑娘这时窘迫地站住了，嘴唇哆嗦了几下，没发出声来。明人和老郑一前一后地拉开车门。坐上车时，明人回头顾盼了姑娘一眼，姑娘还僵滞在路间，一阵风把她的长发吹乱了。

"刚才你对人家姑娘，也太狠了点吧。"车辆启动，明人又瞥了一眼姑娘，对驾车的老郑说道。"我最讨厌这种推销人员了，你不对她说重一点，她就把这到处散发的广告塞在你手上了，还要缠着你唠叨不休！谁有这闲工夫去搭理他们。"老郑说得振振有词。明人说："其实，这些年轻人也不容易，他们也是为了谋生。""哎，你的儿子呢？听说他大学毕业之后也在自己闯荡？"明人又问道。"是啊，他说他要自己找工作，不愿在我的小公司里干。"老郑无奈地说。"孩子长大了，自己闯闯也是应该的。"明人劝慰说。"就怕他受苦受累受委屈的，可我儿子脾气犟，怎么劝他也不听。"老郑叹了一口气。

两人行驶了十多分钟，老郑才发觉揣在裤兜里的手机找不着了。路边停车，连车内椅子缝隙都找遍了，也没找到手机。"一定是刚才上车时，从兜里滑落下来了。以前也曾经发生过。"老郑断言。明人让他连忙掉头，迅疾赶去。到了那儿，车水马龙，人来人往的，在停车的十多米范围，睁大了眼睛搜寻，两人最后是一无所获。这半个小时的光景，如果真丢这儿了，也一定被人捡走了。老郑面色有点发白了。现如今，丢个手机有时比丢个皮夹还令人烦心，多少联系人的电话呀。手机里还储存着各种密码等信息，够折腾的。明人理解老郑的心情，他说，我来拨一下电话试试。他拨通了老郑的手机，居然有人接了。明人连忙问："你是谁呀，手机怎么在你手里？"那边回话了，是一个女孩，声音似有些耳熟："叔叔，刚才你们开车走了，我发现了地上的手机。我估计是你们丢的，正愁找不到你们呢！"哦，是那位散发售楼广告的姑娘。"那真谢谢你了。你在哪儿？我们来拿。"明人朝老郑点了点头，老郑的面色明显地好转起来。

就在附近的一家餐厅里，明人和老郑见到了那位姑娘。她的桌上刚端上一碗热气腾腾的素菜面。她看见两人进来，就站起身，将手机递了过来。

"谢谢你，谢谢你呀姑娘。"明人说，并向老郑使了一个眼色。老郑也赶紧走上前，对姑娘说："谢谢你呀，刚才对你不太礼貌，我向你道歉。"说着，他从胸前口袋里掏出一叠钱。"这是我的一点谢意，请收下。"老郑边说边把钱塞在姑娘的手里。姑娘却像触电似的，抽回了手，身子往后退了退："不，不，不，这我不能要。不能要。"

明人笑着说："这位叔叔是真诚的，刚才路上他还说对你言重了。你就收下吧。"姑娘摇了摇头，长发跟着在肩上抖动着，一脸真诚和坚决："这没什么的，叔叔说话是让我难受了一阵。手机是你们的，我完璧归赵也是理所当然，不用谢的。"明人和老郑都被姑娘的言语有所感动了，老郑说："干脆我们和你一块吃吧，我们也饿了，正想去吃饭呢。"这话倒一点不假，明人也跟着坐下了，又点了几个菜，边吃边与姑娘又聊开了。

餐厅有内外两个大厅，中午吃客不算少。明人他们边吃边聊着，就听见内厅有客人在骂："你这个小赤佬，给我推荐小龙虾，说是你们的招牌菜，怎么催了半天还不上来！"只见一个瘦小伙子一边从内厅退出，一边对里面的客人回道："快了，快了。我再去催催！"脸是惶恐的，身子也似乎是抖抖索索的。"再不上，来了我也不付钱了！"里面的声音是气咻咻的。

明人再仔细一看，这男孩不正是老郑的儿子吗？他怎么在这里打工？老郑也看清了受委屈的是儿子，脸色难看起来。他走过去对儿子说："怎么回事？"儿子看见老郑，眼里立刻噙满了泪："没，没什么的，是我们厨房上菜慢了一些。"他起身进了厨房，过不久，就匆匆端出一大盘飘着诱人香味的小龙虾，急急地送进了内厅。内厅的食客太平无事了。

老郑坐在位子上，看着儿子忙碌的身影，话半晌没说。许久，他瞥了一眼正在吃面的姑娘，忽然脸露愧色："我们成年人，真太不懂礼数了，难为情呀！"

店堂在嗡嗡嘤嘤的声潮中，此刻仿佛掠过一阵心香的宁静。明人感受到了。

纳　凉

　　七月天，又是一场爆热。明人匆匆回家，空调送来凉爽的清风。当晚，他伏案构思，想写一篇纳凉的小说，却脑汁绞尽，仍落不了笔，在这凉爽的屋子里，脑门上竟沁出了些许汗滴。

　　他决定下楼瞧瞧，找点昔日的感觉，夜幕下的小区，却几乎见不到一个人影。家家户户灯光都大亮着，他明白大家都在家孵空调了。他走了两圈，依然找不着当年夏夜的感觉，索性到屋子里去搬凳子，竟然也找不着合适的，当年的那几把竹椅，不知都扔哪儿去了。他最后只得把厨房里的靠背椅拿下楼去了。他找了一个楼角坐下了。

　　这七月，天还真够热的，很快就汗流浃背了。他拿了一本杂志当扇子，不断扇动着，还都是些热风。他闭目，渐渐回忆并回味着当年夏夜纳凉的那些感觉。

　　也不知多久，他眼睛蓦地睁开，面前有几个人像在瞅怪物一样瞅着他。还有一两个路人指划着他，议论不休。

　　他定了定眼神，感觉不是在梦中。他又挥动了杂志，带起了一阵轻风。他是要告诉这些人，他是在纳凉呀，这又有什么可以大惊小怪的呢？他打量了他们一眼，那些人的眼光仍然带着疑惑不解甚至有些嘲讽。

　　他们不知道他也是一位名声不小的业余作家吗？他这是在体验生活呀，这有什么不可理喻的呢？

　　他自嘲地一笑，还是沉浸到自己的思想里去了。

又好久，人愈发稀少了，有人却敲了敲他的臂膀，把他惊醒了。是小区保安，那个瘦老头。他递给他一听可乐，说："你一定渴了，快喝点，看你出了那么多汗。"又凑近他耳畔，善解人意地说："我能理解你，与老婆吵架了吧，被赶出来了？"

他终于憋不住了，把可乐塞回老头的手里："你才与老婆吵架了呢！"

惊险一幕

还未到大年三十，鞭炮声就时不时地在城市上空炸响。这也勾起了多年未聚的几位老友相会后的又一个话题。他们已届知天命之年，对这一惊一乍的玩意儿，早已不感兴趣，竟都提及这爆竹伤人的一幕幕。

老伍说，他们弄口有个小孩，一不小心把点燃的鞭炮扔到他妈的腿上，把他妈白嫩嫩的腿都炸伤一片，被他老爸一顿猛揍。

刘六说，去年春节，他二哥买了几个二脚踢，有一个直窜到十五层的窗户里，人家一家子都在吃年夜饭，都被炸蒙，虽然没人受伤，但那位八十岁的老太，一连几天都浑身打颤，把他二哥也吓得不轻，把剩下的二脚踢都扔了。

老孙说，这也算惊险吗？要说惊险，还是我上次惊险。大年初五，单位都要安排人值班，放鞭炮，企业嘛，年初五拜财神，也是图个吉利，那天我值班，单位头儿来了，火线是我点的，头儿只是远远地一边看着，还直夸我勇敢而灵活。谁想，一只二踢脚被我点着后，被风一吹，竟横倒在地，我想去扶起来，却见火线嗞嗞叫着，已来不及了。只见二脚踢火箭般直向头儿那边冲去。我大叫一声，但无济于事，只听砰啪的声响，接着是玻璃碎裂的哗啦声，头儿吓蒙了，一屁股坐在地上。二脚踢撞上了他边上的窗玻璃，玻璃跟着欢叫了。我扶起头儿时，连声地向他致歉，仿佛是我犯错了似的。头儿站起身，掸了掸身上的灰土，还算宽谅地说了句："关你个屁事！"

明人说，你们说的都是别人的故事，我说说我自己的。众人都有些将信将疑。

明人说，那年大年三十，我买了上千元的鞭炮，在吃完年夜饭后，在小区的一个空地上，我母亲、我儿子、我家人和亲朋好友都在，轰轰烈烈，闹腾了一番，喜庆了一番。临到最后一个焰火"大蛋糕"，却哑火了。凑近一看，是导火线断了，湿了。我于是把导火线从纸包里脱显出来，用手扶挡着，让人点火。点火的是司机，他拿起打火机就点，点火的一瞬间，这焰火就在我手掌上炸开了，灼烫，极痛。火星还溅到我的眉毛上，一绺眉毛迅即烧焦了。那一刻，我心里想这左手一定完了，赶紧去医院。手掌是火辣辣地疼，手心里焦煳了。

到临近的一家医院急诊，医生看我一眼，又看一眼手掌，就让我打开自来水冲洗，自己又忙别的病人去了，再催他，他竟说，你还是去瑞金医院吧，那里好治疗。

我气不打一处来，也没理他，便赶紧叫车去了那儿，那儿有一个烧伤科，我一进门，人家医生一看，还没等我挂号，就给我消毒上药，包扎，娴熟从容，我感觉这手有救了，悬了半天的心，归位了，你们瞧，现在这手掌，毫无异样！

就这呀，不算什么惊险呀！老友眼里似乎都是这样的神情。

明人笑了笑，继续说，包扎完手，付了钱，我刚出诊疗室门，几个扛着摄像机的记者就奔过来，直问我是不是被鞭炮炸了。我一瞧，这是来抢新闻的电视台记者呀，忙说："我不是鞭炮炸的，里面有。"随即撇开他们就上车开溜了。

当天半夜，我就见电视新闻报道了好几位被鞭炮炸伤的新闻人物，我差点上榜呀！

这真惊险，好惊险！老友们的目光都流露出完全的信服。

教授唐

教授唐中等个儿，微胖，头发锃亮，一丝不乱，脸色白白净净的，一看就是保养得挺不错的主儿。他一口普通话，带一点台湾海岛的味儿，上海话他是说不上几句的，说出来也是洋泾浜，稀奇古怪的，但别人说上海话，他都听得懂。

本来应该叫他唐教授的，他是教授不假，在英国上学，后来留校逐步当上了教授。回到故里上海，他办了一个医疗机构，人称Professor唐，很多英文不识的人一时搞不明白，直接叫他为教授唐了。这个称呼倒也是挺有趣，把这中不中洋不洋的唐先生，叫得挺有那么一点特色和趣味。

教授唐从医十多年，在圈子里也算小有名气，特别是那些外籍人士，纷纷登门求医。教授唐颇有点乐善好施，悬壶济世的做派，朋友之间聊天吃饭，他都是以一个医生的身份，谈观点，讲病症，甚至现场给人把脉、查看、治疗。那天朋友宴请，有位仁兄说，足疗小姐说他的腿有点肿胀，语气略带一点恐慌。教授唐立马走到他身边，让他卷起裤腿，要亲自查看。教授唐在那人腿部这里按按，那里揿揿，稍一会儿，拍了一巴掌，说没什么事，根本没什么肿胀，不要慌。那人听了非常高兴。养生治病是时下每个人最为关心的，也是朋友聚会交谈的主题，每每这个时候，教授唐授课般侃侃而谈。他口语带着台湾海岛那种味儿，软软的，也令大家听着很舒服。这人这个病，那人那个病，他都能点出一二，说出个所以然来，开出的药方也如出一辙。

到他的诊所去，他有各种进口药，保证你在他的治疗下，能够恢复或者减缓，甚至根治。

明人的几位朋友也都被这么吆喝着去过，有人患了腔梗，到他那里吊了十多瓶点滴，又开始喝起白酒，活龙活现的。有人肝功能指标超高，到他医院也就两次输液，很快把指标压了下去。还有一个女孩脸上长了痘痘，久治不愈，他说你到我这里来，包你几天就好。果然，几天之后，那女孩脸上的痘痘已经退去，留下浅浅地一点色斑。教授唐拍着胸脯说，再过一两个礼拜，那色斑也准保消退得无影无踪。这个话神奇地兑现了。有一次，明人请一拨外地朋友吃饭，教授唐也来了，他竟然带着好几剂流感疫苗。席间，他说，这段时间流感厉害，我给你们每人打一针吧。这冷不丁地一说，外地客人都有点惊讶。

那些比较偏僻的落后地方来的客人，哪见过这样说打针就打针的，所以连忙摇头摆手。倒是一位上海朋友认识教授唐，首先挨了一针，之后他说，教授唐功夫真好，一点都没有感到疼痛。教授唐说他打针历来如此，打针从来不觉疼感。即便如此，那些外地客人也不敢平白无故地打这一针。明人也是被教授唐的穷追猛打似的热情逼迫下，接受了他的流感疫苗。明人还特别提醒，你这流感疫苗放在身边带来带去，不会变质过期啊？很多年前，他听说过一位朋友，因为随身携带着流感疫苗，没加保温，变质了引发心脏疾病。教授唐非常坚决地说，放心，在我这里绝对保险，我控制的温度绝对不超过十二度。他说的这么专业和具体，明人也就无话可说了，这一针比蚊子叮咬还要轻微。明人想，教授唐还是有点本事的。

有很多觉得教授唐有点傻样，熟悉他的人就说，你别看教授唐傻样，他可喜欢美女呢。果然，只要有美女，他的目光都会飘了过去。有个女孩轻声嘀咕道，这教授唐一看就是色鬼，刚刚握着我的手好久不放。这女孩和他第一次见面。教授唐自己也不避讳，他说，多和美女相处身心愉快，还能长寿啊。又有熟悉他的人开他玩笑，说他的医疗机构本来美女护士很多的，现在都长得很丑，一半是被他吓的，还有一半是被他老婆赶走了，这个话说得半真不假的，大家又一阵哄笑。

有一天，教授唐邀请明人和一批朋友吃饭，他亲自掌勺。这规格挺高的，明人约好了另外几个朋友。教授唐再三说，你把朋友叫过来，没有问题，我家大得很。明人说，如果方便的话，那么另加一个小桌，这样既能在一起，又可以互不影响地各谈各的事。教授唐满口承诺，no problem，no problem，没问题！这晚，明人晚到了一会儿，进了屋竟然满满当当的人，自己约的几个朋友也在。教授唐只安排了一大圆桌，怎么看都坐不下，而且毫不相干的人在一起，也没法谈事啊。但教授唐说，不碍事，能坐下。他自己忙忙碌碌的，据说一早就开始买菜、洗菜、切菜。总算安顿好了客人，他上了几道菜，那道蔬菜色拉确实鲜美可口，明人吃了好几大口，也不管自己正在控制体重。教授唐忙上忙下的，自己的主人座位也被客人占据了，偶尔举着杯子和大家一起碰个杯。他的家人本来也要坐上来的，现在都挤在一边。待大家喝完吃完尽兴之后，他们才轮得上吃晚饭。又有人说这教授唐还真有点傻，都快奔七十的人了，怎么还像年轻人那么激情四射。

那天，明人安排宴请，教授唐也来了。其中一位，教授唐也认识的老朋友金先生，是一家上市公司老总，也来了。他还带着一个女孩，漂漂亮亮的，说是他的学生。大家一起喝酒聊天热闹着，席间也开了不少玩笑话，有人故意要点穿金先生和女孩的关系。闹了几句，女孩咬定说他们是同事关系，问到教授唐。教授唐眼都不眨，说话隔愣都没一下，这女孩就是金先生的女朋友呀。这么直截了当地一说，大家都笑坏了，明人想对啊，听说这金先生和这个女孩几次到过教授唐的家里，他应该是一清二楚的。金先生想辩解说明，教授唐还是一口咬定，就是女朋友，上次在我那里，你们还吻上了呢。这么一说，大家更哄笑起来，笑得合不拢嘴。教授唐的一个好朋友说：你看，你看，这教授唐真是有病，怎么这么说？教授唐向他摆摆手，不愠也不怒地说道，我是有病，可是我更能治病啊！大家又笑了，笑这教授唐真是傻，但也傻得可爱呀。

废物难题

地铁摇晃声中，明人耳畔响起了吵嚷声。"我说你拿不上几分吧，亏你还是博士。"一个挺有磁性的声音说。另一位显然不服："这种低智商的游戏，有什么价值！"声音细细的，不用猜就是一介书生。"算了吧，你这博士生连这都不会，丢人吧！"磁性男咄咄逼人。"哎哟，我的大主任，你不是也答不上几题吗？还笑话我！"细声男也反唇相讥。"你是博士呀，你博士都不会，谁会！"磁性男继续紧追不舍。"我是博士，你还是主任呢！也是两平方公里的诸侯呢，连这个也不会，六万多居民都跟着喝西北风呀！"细声男声细，但分量并不轻。

明人听着耳熟，循声望去，那边紧挨着坐的竟是老同学老刘和老龙！老刘是一所艺术院校的毕业生，嗓音天生富有特色，可他不留恋聚光灯下的舞台，好多年前考入了公务员队伍，一路顺畅，现在也是街道的副主任了。而老龙更是有趣，工程类专业的毕业生，留校任教，也混了一官半职，这一次竟被派到老刘所在街道挂职半年。他们在中学同窗时就爱斗嘴。江山易改，本性难移。如今凑在一块，又开始针尖对麦芒地干上了。

老刘和老龙此时也瞥见了明人。这周末地铁上的邂逅，令大家都挺开心的。

"你们俩争吵什么？"明人趔趔趄趄地走近他们，他们想让座，明人制止了，并好奇地问道。

龙博士诡笑道："你也来做做这个游戏，我看你这个专业人士，能得多少分？"老刘也在一旁撺掇。他们像找到共同的猎物一样，迅速结成联盟，"哈哈，我看明大人有多大能耐！"坏笑，眼角里闪过一丝顽皮。

龙博士发到明人微信的是一则游戏，令明人惊讶的是有关废物分类的内容，前几天就听同事说过，市有关部门制定了垃圾分类办法，还与某媒体推出了一个常识普及的游戏版，没想到超级难，他还开口向明人发问："你说说，外卖餐盒属于哪种垃圾？十秒钟内回答完毕哦！"明人当时愣了愣，皱着眉，思忖了一会儿，说："应该是有害物质吧？"同事立马回道："错了！"明人纳闷："怎么错了？""按照分类，它属于干垃圾！"同事回得很坚决。明人眨巴着眼睛，一时回不过神来。后来，又是一连串的问题，都是关于废物处理的，他大多答错了。怎么自己忽然也变成废物了？

这回，龙博士又出难题了："你说，尿不湿是干垃圾，还是湿垃圾？"明人笑着从容回答："干垃圾呀！""哟，可以。""我再让你试一个。"龙博士服气了，老刘又上阵了："毛绒玩具怎么归类，你回答？"老刘话音刚落，明人就迅即应答："可回收物呀！""菌菇呢？""湿垃圾呀！""药品呢？""有害物质呀！""榴莲壳？""干垃圾！""废弃电脑？""可回收物！"……

老刘和龙博士都目瞪口呆了，他们像盯视着陌生人一般，上下打量起明人来。明人笑眯眯的，也不发声。终于，老刘先憋不住了："可以呀，不愧是老城建局长，连垃圾都如数家珍！"

"你小子又嘴臭，自己不好好学习，还寒碜人！"明人笑着戳了戳他的额头，其实自己也是后来反复操练了多少小时，才记住这些的。老刘也没避开，"连龙博士都答不上来，你不能再说我不与时俱进了吧！"他嬉皮笑脸地说。

龙博士哼哼了几声："你别老让我做挡箭牌，你这大主任输得更惨！""不过，"他转向明人认真地说，"这种垃圾分类这么复杂，能够普及吗？"

"就是，我也正犯愁呢！我这辖区怎么落实？前些天，街道就为此事争得不可开交，还在为派谁去落实，伤透脑筋呢！派博士去，博士说他自己都没搞懂呢！不中用呀。"老刘脸上晴转多云了。

"你把我也当废物啦！"龙博士鼻子哼哼了一声。

"你们两人都是小官僚呀！我带你们去一个小区看看，就在你们街道的阳光小区。"明人说。

"阳光小区？我已听说这个小区垃圾分类做得不错，正想去看看呢，哦对了，那个绰号小废物的中学同学李小华，不就在那家物业吗？"老刘想起了什么，眼珠子飞快地转动了几下。

"就是呀。"明人肯定地说。

"他在校读书，成绩就老差的，老师让我和他结对子，他傻乎乎的，什么都不行。后来总算读了一个技校，毕业后一直在物业公司工作。"龙博士也想起了李小华，有点不屑一顾地说道。

"是呀，他现在还是这副憨样，前些年，我到小区检查，他就像木头疙瘩一样，和我点了点头，什么话也不说。他们经理、副经理汇报得挺用心的，他就跟在边上，没一点用场。"老刘的记忆闸门开了，滔滔不绝地说。

龙博士也插言道："读不好书，干啥都不行呀！"

"你们先别说，就到阳光小区看看。"明人打断了他们，认真说道。

下了地铁，走了几百米，就到了阳光小区。他们三人走进了小区，在小区一隅，并排着四个绿色的垃圾桶，整洁得恍如马路上的邮箱，上面各写着有害物质、可回收物、湿垃圾、干垃圾的标识字样。正巧一位小朋友拎着垃圾袋走到那里，迟疑了一会儿，有些艰难地分拣起来。这时，一位衣着随便的男子飞快地走了过来，指点小朋友，将垃圾袋迅速处置完了。小朋友欢快地走了，回声说："谢谢李叔叔。"那男子也回过身来，向他憨憨地笑着。那正是他们的老同学李小华。他们走了上去，看见那几个绿筒上还贴着各种图案，显明易辨，而李小华的脸上，也缓缓地笑意流淌，像是刚刚顺利地完成了一项任务。他向三位老同学点头致意。他的眼神里分明有一种自信和执着，三位老同学真切地感受到了。

　　龙博士先是喃喃自语："这家伙，行呀！"

　　老刘也随之轻松喟叹了一声："让他干这个，真是对路了！"

　　明人笑着诘问道："还说人家是小废物吗？"两人都哧哧地笑了起来。

　　那边，又有一位老妇人来倒垃圾，李小华在她身边又一一指点起来……

好男超弟

超弟中等个儿，瘦脸、高鼻、卧蚕眉，眼睛小一些，但挺亮，加上一口齐整洁白的牙齿，挺招女人喜欢，也很上镜，所以，虽说是学校戏文系的讲师，但也常在影视剧里露脸，演的是若有若无、无关痛痒的小角色。

超弟脾气好，这点似乎不像个山东男，说话轻声细语，很谦和，有礼节，几乎也不和谁争执。明人和他聊天，节奏稍快点，他就只有嗯嗯的份儿，一点插不上嘴。稍微放慢节奏，他有点插话的缝隙，但明人刚开口说了，他马上就噤声了，洗耳恭听的样子。这不是只对他尊重的大哥明人的态度，明人注意到，他对几乎所有的人都是这样的态度。这和他的脾气是十分相关的，你看不到他发火，听不到他高声谈论，对他的太太也是俯首帖耳，是大家公认的好脾气和好男人。

他的脾气好到什么程度？曾经有个传言，说他给一个班级上课，底下先是窃窃私语，后来像开小会似的，声浪渐渐高过了他的讲课声。好一会儿，听课的学生都没有收敛。终于，他实在憋不住了，突然大叫一声，你们不要再这样了！叫得很大声。教室里马上安静下来了，大家看着他，都纳闷这声音是来自这个小鲜肉般的好好先生的嗓音吗？大家以为他还会继续发怒，都准备了他再次高声斥责，没想到，超弟的声音突然降了八度，几乎像蚊子一样的声音低低地说：你们不能这样的，这是在上课，马上要考试了。说得像孔乙己在讨要茴香豆似的，那样可怜兮兮，那样低声恳切。沉默了好久，他没有再说什么，又继续他的讲课，课堂里又渐渐转换成了嘤嘤嗡嗡的声响，那些学生还是自顾自地在议他们自己的事。

超弟好男的称呼完全传开，还源自一个视频，是在公交车上。超弟边上坐着一个六十多岁的老太太，他捧着书在看，车颠簸着，好多人昏昏欲睡，这时边上并不相识的老太睡着睡着，竟然把脑袋搁在他左肩上。超弟皱了皱眉，看着那个老太，那老太已然在混沌睡梦之中，浑然不觉。超弟挪了挪身子，老太稍微动了动，但仍把脑袋搁在他左肩上，这下超弟真没招了，他就一直坐在那儿，看书也不是，推开也不是，他就这样尴尬地傻坐着，坐了好长时间。学校的一位老师正好看见了这一幕，拍了视频，发了出来。他确定超弟不认识这个老太，视频传开，加上拍摄者语焉不详的暧昧的解说，把大家笑得都肚子痛了。超弟的太太也看到了，回家朝他一声怒喝，说她又不是你妈，又不是你姐，你怎么这么傻啊！他说：看人家这么累，这样靠着推了两下也没成功，便实在没办法了。老婆又是一阵怒骂。他也低眉笑脸地赔了不是，一直哄到太太破涕为笑。

后来又发生了一件事情，超弟不仅成名而且大大地扬名了。那也是在一辆公交车上，这视频是公交车上的录像。公交车上太挤，有几个不三不四的小青年互相打配合，有的故意往前面挤，有的乘机摸人家口袋，也有的在边上为同伙打掩护。突然，一个女孩尖叫了一声，说自己皮夹子被偷了，车厢里安静了一些，没有人发声。女孩喊叫着要让车子停下，她肯定小偷就在车上！有人嘟囔着，我们上班都很急的。明眼人一看就知道这肯定是同伙，但车上竟然没人吭声，司机也在犹豫着，车子还按原来的线路往前飞奔，这时有人高喊了一声，不能这样的，不能！要把车开到派出所去！这人喊叫了一声之后，立即边上也有些乘客呼应道，开派出所吧，迟到一会儿没什么。司机似乎被鼓励了，开始改变了方向，转过右边的路口就到了派出所。后来果然在车上找到了小偷，小偷也招认了他的同伙，通过视频发现，在关键时刻喊出那一声的，竟然是平常谦和得几近柔弱的超弟，这视频在网上疯传，熟人们都惊叹，没想到好男超弟这般英雄豪气。

　　明人见到超弟时，也发问道：你当时是怎么想的，不害怕吗？超弟说：当时只觉得车厢里很憋闷，小女孩很可怜，也不知道怎么的，我就高声说出了这句话。超弟说：我哪是英雄，我只是本能地想说那句话……

理　发

　　明人和杰弗里一起走到街市的路口，看到了那家理发店，一个三色灯在旋转着。理发店名字叫首曼。杰弗里抬腕看表，然后努了努下巴，说："离约好朋友们聚的时间还有一会儿呢，我们进去坐坐？"明人有点惊讶，杰弗里的头发并不算太长，而自己似乎也没有这样的想法。"你想理发吗？"明人问。"是呀，正好也可以休息休息，如何？"杰弗里道。明人摸了摸自己的头发，颔首道："好吧。"

　　明人跟着杰弗里，进了首曼理发店，理发店挺正规，挺干净，布置得也很雅致，那些理发师，大都是年轻的小伙子，看见他们两人进来，有两位就迎了上来。"先生，要理发吗？"见杰弗里点了点头。就把他们引入了两个座位，随即递上了服务项目单。

　　明人瞅了一眼，从理发技师到理发总监，费用不等，一个洗剪吹，便宜的仅五十元，贵的话要二百多元。他不禁看了看杰弗里，杰弗里点了一个最便宜的，让明人也随意点一个。明人瞅了瞅镜子里的自己，头发确实有点杂乱，也许剪一下更好。他于是也点了价格最低的那种。先后来了两位更年轻的小伙子，看上去十八九岁的模样，一个站在了杰弗里的身边，一个挨近了明人。挨近明人的那位个子矮小，还戴了一副黑黑的眼镜。瞧他那稚嫩的脸庞，一看就知道是实习生，说话也是怯怯的。他问："先生，需要怎么理发？"明人说："就按照我这个发型剪。"小伙子点点头说："好的，要不先给先生洗个头。"明人说："好。"随即和小伙子来到了洗发间，在指定的位子上，仰面躺下。小伙子问得很仔细，水热吗？小伙子拿着水龙头，水浇洒在脑袋上，明人感觉到温度适中，也就"嗯"了一声。

小伙子洗得也很仔细，抹了洗发露，给他揉搓，还问："先生，有什么地方特别痒吗？"

明人说："没有。""好的，那我给您冲洗一下。"小伙子认真地冲洗。冲洗后用毛巾给他擦干净。理发的时候，小伙子一手拿推子，一手拿梳子，细致地为他修剪。在明人微微闭上眼睛的时候，只听小伙子和他说："先生，你的前额脱发不少，我们这里有种发的，想试试吗？"明人睁开眼，很明确地表示，不用了。那小伙子"嗯"了一声。稍一会儿又说道："先生，你肩膀上长了一个疣子，这疣子是不是要给你处理一下，我们这里削疣的技术不错的。"明人瞥了瞥镜子里的小伙子，依然还是说道："不用。"两次"不用"一说，他感觉小伙子脸色有点暗淡了。他也没多想，听任小伙子摸弄着他的头发，还对着镜子问他："这样可以吗？"明人看镜子里的自己，盖过耳朵的头发都被修剪了，后面的头发也被削薄了。他便说差不多了。

小伙子又带他去冲洗，态度似乎有点生硬，他像刚才一样，将水冲洗了他的头发，水凉凉的，那小伙子还问了一句："水温还可以吗？"明人憋住了气说："太凉了。"他想说："你自己手感怎么会没有呢？"但他把这句话咽了下去。稍冲了一会儿，又用洗发露抹在头上，动作大了点，洗发精滴落在了他的眉骨上了。他皱了皱眉，小伙子好像没感觉到，简单地给他冲洗了一下，又说："可以了吗？"明人有点不满地问："你没看我眉骨上还有什么东西吗？"小伙子一看，连忙用毛巾给他抹去了，这小伙子前后判若两人，明人心里有所不适。等他全部收拾好，看见那边位子上的杰弗里竟不见了，他忙问那边的理发师，这位客人呢？

哦，他到楼上去了。

明人很吃惊，怎么理个发到楼上去了，他上去干什么？

那人回答说："他去消疣了。"明人暗叹了一声，这个杰弗里在国外待久了，他不知道吗？这些理发店往往都是这样做生意的，给你理个发，他就要给你种发，还要给你消疣，最后可能还要给你做推拿。虽然都是正经活，可这是他们的生意招。杰弗里这位老同学在国外实在待的时间太长了，他对眼下国内的这一切大约已无法适应了，他在楼下待了十来分钟，还没见杰弗里下楼。于是噔噔噔走了上去，在过道上问了一个服务员，他说那个先生在隔壁做推拿。那人引他到推拿间。原来为他理发的那个小伙子，正在给他做肩膀按摩。

他"嗨"了一声："杰弗里，你怎么从理发搞到推拿了？真是转移得快啊。"杰弗里把头抬起来，笑了笑说："挺好的呀，我的肩胛老是酸痛，正巧他们可以做，就让他们帮助缓解缓解。"

半个小时后，杰弗里也结束了他的推拿。账台前，杰弗里抢着付了款。临走时，他和那里的小伙子频频致谢，表示有时间一定会再来。明人则对为他理发的小伙子说了一句："你的服务态度，要注意。"出了门，明人问杰弗里："你不知道他们这是生意经吗？你不知道自己被宰了？"

杰弗里朝他笑笑，摇了摇头。

"你在美国赚了大钱，成了美容连锁店的大老板了，是不是不在乎这些小钱啊？"

杰弗里还是摇了摇头，他指着三色灯对明人说："你知道这三色灯是什么含义吗？"明人看着旋转不停的三色灯，红黄蓝相间，说道："这就是理发店的一个标志呀。"

杰弗里笑了笑："你的回答自然没错，但是你不知道，这三色灯是怎么来的吗？"这回，明人摇了摇头，杰弗里说："这是在欧洲中世纪开始出现的。那时没有专门的医疗机构，理发店同时也担任着治疗的职能。红色代表着是动脉，蓝色则代表着静脉，白色代表着绷带。当时有一种叫放血疗法，到这里来理发师手艺强，用刀手法娴熟，放血。技术也是无人可以比拟的。后来，这三色灯逐渐变成了理发店独有的标志。"

明人不解："这和你被宰有什么联系吗？"明人故意逗他。

杰弗里说："你现在知道我发了财，成了美容界的一个不大不小的老板，你知道我当年只身闯入异国他乡，连英文都听不懂，你知道我最早是怎么谋生的吗？是谁最早给了我希望吗？"

明人沉默着，等着他说下去。

杰弗里说："是理发店，是理发师。在我走投无路的时候，一个美国人开的理发店同意我做学徒了，我说谎我能理发，但是很快就露了馅，可那老板依然把我留住了说：'只要你肯干。'"

我拼命地学，刚刚开始上手，真没有多少顾客让我服务。有一次一个胖男人进来，我迎上去，说："先生你要理发吗？"那个男人看了看我说："要理发。"我说："你要最好的还是其他技师？"那胖男人瞧了瞧我单薄的身材，脸也消瘦着，似乎有一种病快快的状态，他竟然问了我一句："你是刚来的吧？你会理吗？"我点了点头，又摇了摇头。那胖男子说："你不要客气，你来吧，就你了。"

我给那个胖男人理发，小心翼翼地，有几次推子还夹了他几根头发，弄疼了他，他咧了咧嘴，但毫不介意说："别急，小伙子，慢慢来。"理到快差不多的时候，我也按照老板的说法，问他要不要消疣，我说你的耳朵边上有颗疣子。

他说："是吗？好啊，你有什么好办法吗？"

我说："我们这里的消疣技术不错，你放心，会让你满意的。"

他就让我尝试了，这一天我得到了老板的夸赞。不久，那胖男子又来了，还是点了我，让我给他剪头发，给他做肩胛推拿。一来二去的，我的手艺也越来越娴熟了，更重要的是我增加了生活下去的勇气。而每次这位胖男人过来，我都会找出一些新的项目向他征询。而他也很乐意让我为他服务。后来我才知道他就是著名的美容大老板，之后，我随他干了好几年。直到他支持我，独立开店。我曾问他："你当初为什么知道我手艺生疏，是新手，还这样让我给你服务？"

那大老板说："如果我不这样做，你现在能够成为一个自信的、能干的企业家吗？"

给人以希望，就从理发开始，它既是救助那些需要救助的人，也是在为社会培养有用之才，你难道不觉得这样做是很有意义的吗？不过，刚才给你理发的小伙子服务态度也存在问题，是应该提醒提醒他的。

那三色灯在眼前一如既往地旋转着，明人盯视着他，忽然感觉那三色灯不断旋转着上升，把他也推到了一个新的高度。

群主老 W

这天吃了早餐，上了车，已驶向自己单位的路上了，明人发觉同学圈此刻竟然出奇地沉寂。往日这个时辰，早就接二连三地发出了各种文字和图案，道早安的，报气象的，煞是热闹。打头的当然是老 W，他总是率先发布一则升国旗的图案，由此开启了同学接二连三地登场，各种问候、各类话题，各个热门或时兴的文字视频，纷至沓来，一片混乱。有一度明人实在受不了，想退群，又怕大家误解，小泥鳅已在圈里宣称过，明哥怎么老不出声呀，是官做大了，与我们平民百姓毫无共同语言啦！明人迅即发了一则叩击脑袋的图案，并 @ 小泥鳅，意思是要敲打他几个麻栗子，还附言说：都是老同学，说这话该打。如此一说，也止住了一场可能浪潮汹涌的不谋面的议论。他后来干脆调整到了免干扰状态。当然，虽无声响或颤动，他还会每天浏览，这就像他早餐就一块乳腐咬面包，微信朋友圈，特别是这个同学圈，他一早必然也会光顾，不发声，潜伏着看看。

这个同学圈，还是老 W 千辛万苦扯起来的。最初也就十来个人，后来滚雪球似的，当年初二 4 班的同学，几乎悉数到位。这倒真是不容易的，同学们都好久未联系，甚至有不少音讯皆无。难怪，人声鼎沸时，老 W 就发了一段文字："想当初，老子的队伍才开张，共有十几个人，七八条枪……"得意之情，溢于言表，虽然看不见他的神情，明人和大家都感觉得到，甚至可以想象老 W 粗短的三角眉重瓣似的舒展，远远望去，活脱脱蒙古四眼狗的模样。"蒙古四眼狗"的外号，还是出生于内蒙古的班花秦丽丽私下起的。传到老 W 的耳朵后，他十分暴怒。某一天在班会上，三角眉聚拢、倒竖，咬牙切齿地说：谁若再叫我这外号，我就与谁不共戴天！这一说，吓得谁都不敢吭声了。要知道，人家老 W 可是学校的大红人，不仅是 4 班"红排"排长，还是学校"红团"副团长呢！

老 W 本来就姓王。那次班会发飙之后，有人在黑板上写了一则通知，说：老 W 让大家下午课后去操场为年级排球赛加油助威。明人疑惑不解：哪个老 W 呀？秦丽丽悄悄挤眉弄眼，学狗叫了两声：汪、汪！明人瞬时明白了，这丫头真太鬼机灵了，竟如此巧妙地又改了一个外号，神不知鬼不觉的，老 W 也稀里糊涂地应声了，他还以为是同学们对他尊称呢，都加上老字了，还是王呢！这个外号挺形象。在课间操场上，老 W 背着手，走来走去，脸老板着，眼光扫视着，眉毛时不时倒竖，喉咙也常常发出一声喊叫。男同学踢着石子玩，他要管，女同学穿着喇叭裤，他也赶前训斥。小泥鳅当时瘦瘦的，却老戴着有护耳套的棉帽子，跟在老 W 后面，哈巴狗似的，亦步亦趋，屁颠屁颠的。

不久就恢复高考了。学校很实际，按考试成绩，办了一个提高班，学校准备最好的师资，孤注一掷地要让这个班多出几名大学上榜者。老 W 是学校照顾安排进去的。但半年之后，他就自己离开了。多次安排的课程模拟考，他都是垫底的，他无法忍受。

后来好多年，明人没见到这些老同学。听说老 W 先是在一家工厂工作，后来厂子改制了，他转到一家私营企业打工，一直混得不好。倒是分配到商场工作的小泥鳅，下了海，自己搞进出口贸易，居然发财做大了。同学圈建立之后，明人又获悉，秦丽丽从纺织厂也提前下岗退休了，嫁了一个日籍华人，到处玩，在朋友圈狂晒美食美景图片。同学们给了她很多赞。有一次，还晒出了她老公公司的产品，是成人用品。大家也跟着点赞，反正点赞也不用花费一分一文。群主老 W 发话了：群里禁止发广告，请自觉遵守。秦丽丽回道：我发的不是广告，就是图片，给大家欣赏。这不算错吧，老 W。语气里透着不服，一声"老 W"，又叫得大家不无暗笑和担忧。果然，老 W 发脾气了：有的人不要蹬鼻子上脸哦，这群里我说了算，还是你说了算！这话既出，大家又跟着心揪紧了。这阵子，同学圈建立起来了，也许好多年不见，又都是上了年纪的人了，群里一派祥和和欢乐，健康的主题突出，其他也是无关自身、绝无痛痒的社会奇闻逸事。群主老 W 仿佛又回到了从前，每天群里升旗、亮相，一会儿点谁的名，让他露个脸，一会儿又让那位发个小红包，时不时地还要提醒甚或批驳谁几句，俨然当年"红团"团长的气势。可秦丽丽被他抢白了几句后，说话也是带着气了，阴不阴，阳不阳的，冷嘲热讽，一点也不让步。老 W 说话仍挺强势，发的每一个字都像带着火药。还是明人劝说了几句，转移了话题，群里才复又轻松和谐起来。私下里，小泥鳅单独发了微信给明人：你不知道吧，毕业后，老 W 追过秦丽丽，秦丽丽理都没理他，老 W 伤心了好一阵子。只央求秦丽丽对外莫提此事，给他留点面子。还有这事？明人有点惊讶，秦丽丽自然是个美人，可老 W 从来都是死要面子的人，他竟然也钟情乃至折服于曾对他冷嘲热讽的这个弱女子？是呀，老 W 认为，秦丽丽是看不起自己，他只是一个工厂车间管理员。

同学圈热闹了好一阵子。群主老 W 还在自我陶醉中。其实是大家给他留住了面子，让他有所欣欣然。前几天，群里又波澜掀起了。是老 W 在介绍自己的儿子，读大三，已是校学生会副主席了。还晒了儿子一张"指点江山"的风景照，口吻是充满骄傲的。这回，秦丽丽是一语双关，又发出不无嘲讽的一串文字：有其父必有其子呀，前景远大呀。子承父业啦！

小泥鳅率先点赞：说得太棒了。后边也有同学对老 W 真诚地点赞，但老 W 也受不了了，找了小泥鳅顶牛了起来。这小泥鳅原来是他的"跟屁虫"，本想骂他两句，可压压秦丽丽的威风，长长自己的气势。孰料，翅膀早就长硬了，又发了财的小泥鳅毫不客气，也扔去了几句狠话，甚至把他追过秦丽丽的往事也抖搂了出来，说是你不敢得罪人家美女，就想拿我开刀，哼！我看你是官迷心窍，你忘了自己在私营企业想混个工会主席干干，把老板得罪了，一脚把你踹了？现在弄个群主当当，就像真的似的，人家明人早就局长了，你还瞎折腾？话说得有点过火，明人也看不下去，也与小泥鳅发了个私信，让他口中留情。不料，老 W 也不服气，重话乃至脏话，也在群里喷溅。秦丽丽也火上添油：群主带头说脏话，这是有违规定的哦。我建议撤换群主，要不是明人出任，就是大老板小泥鳅担纲。一个没权没钱的，瞎比划，又有啥用？这话说得群里一片紧张，就像即将燃爆的火药场，大家都哑言了。老 W 那边，也好半天不见动静。

翌日清晨，群主老 W 没有像往常一样升旗，同学圈整整一天也死气沉沉。后来连着两天，同学圈依然这种非常情形。紧接着，就有老同学打了电话给明人，说老 W 跳楼了。明人大吃一惊，半天闭不上嘴巴，吐不出一个字来。问详情，对方也说不出个所以然。倒是小泥鳅紧跟着也来了个电话，再三说，老 W 跳楼与他并无直接关系呀，说来也巧，是他儿子在学校颐指气使的，让大家叫他王主席，平常还让学弟帮他打饭叠被，欠了人家一年多的饭菜钱，都不还。人家向学校告了状，学校把老 W 叫了去，当场宣布把他儿子撤了，老 W 回家一宿未睡，也不语，当天凌晨就被发现跳楼了。

没有了群主老 W 的同学圈，又渐渐有了声息，有人打出了向群主老 W 致哀的黑体字，引发了浓重的伤感和悲伤的气息……

寻找老同学

　　春暖花开的那个周末，小学同学终于在四十年之后，又相会了。明人见到班长楚，和他热烈地拥抱了一下，双手也紧握了好一阵子。班长楚，明人常有联系，这种拥抱是对他表示感谢。因为这次同学相聚，来之不易，班长楚功不可没。

　　小学同学很早就云散星离了，入了中学就不是一个班了，工作之后少有联系，更谈不上碰头。大家各自为生活和工作忙碌，也没这种闲心或者精力去参加这样的聚会。不过越是上了年纪，对当年的这种纯粹的友谊也就更加怀念。

　　因为有了微信，同学们陆陆续续联系上了，有人就怂恿明人召集一下同学的聚会。明人也算是同学中大小有点出息的，几位老同学寄希望于他，是觉得他有这个能力。可是明人心中明白，这事还得要名正言顺，于是他找到了班长楚。让班长牵头召集，这个讲得过去。

　　明人找了班长楚，这位老兄现在已经提前下岗了，在一家民营企业打工。明人找到他，把意图说了，他有点推辞。他说他也很想念当年同学的情谊，可是现在同学找到并不容易，要花好多功夫啊。

　　明人笑说：你是当年的班长，班长就得担当这个责任。

　　班长楚也挺幽默，你们领导干部都不搞终身制了，难道我这个班长还搞终身制？

　　明人学着小沈阳的口吻说：这可以有，这可以有！两个人都笑了。

　　班长楚开始了寻找小学同学的行动，经历了曲折，花费了时间，好不容易把同学们凑到了一起。这天，早就青春不再，鬓发斑白，皱纹横竖，有的身材都明显臃肿的老同学，终于相会了。半天的活动，大家好似有无数聊不完的话题，迟迟结束不了。明人乘着间隙走向了班长楚，他有些疲惫，端着一杯咖啡，慢慢品着，半天没有和人说话，明人走过去笑着说：这么多同学都给你寻找过来了，应该感谢你，为你高兴。怎么还耷拉着脑袋？

班长楚说：是应该高兴，当时你让我寻找这些同学，我也是热情澎湃，也想到了童年时代同学的美好回忆，还真是有这种快乐和情趣。

明人说：那你应该高兴啊！

他说：可是你看，这两个同学以前并不说话，在班里也是默默无闻，现在竟然斗起嘴来了，就为刚才谁少喝了一点酒，谁多喝了一点酒，斤斤计较，差点没有大动干戈。

刚才明人也看到了，两位同学为了在各位老同学面前亮肌肉，扎台型，还真拌起嘴来，各不相让。明人心中暗叹，小学同学有的当年的书确实没读好，有的人的素养实在是不敢恭维，好在是老同学一聚，难得一闹就一闹了。他当时是释然一笑，并没有在乎。没想到，班长楚心里这么看重。

明人劝慰道：我理解你的心情，本来是轻松快乐的事情，看到这一幕心中自有不爽，不过你让大家已经感觉到了快乐，这就够了！

这时班长楚又暗叹了一下说：还有一个，就是秦芳同学没有找到。

明人也立马回应道：我也正纳闷呢，想问你，怎么没见到她？

班长楚说：我找了她好久，问了好多同学，可是大家说小学毕业后，她搬家了，很少有人和她联系。

明人说：太可惜了，就差她一个了。这位老同学秦芳是一个小美人，眼睛大大的，当年就文静优雅可爱。在幼小的心灵当中，男同学对她都有一种朦朦胧胧的向往，而女同学都羡慕她，妒忌她。这么可爱的同学竟然没有找到，这当然是非常遗憾的。几十年之后她究竟怎么样了呢？大家自然都非常好奇。

班长楚说：我真是留心找过她，有一次碰巧通过一家企业的高管联系了她的姐姐，这也是十分地巧合，她姐姐叫秦芬，芬芳的芬，长得和她妹妹很像，我托她一定转告，她姐姐答应了。可是后来一直毫无音讯，这次聚会之前，我又加上了她姐姐的微信，让她转告我们聚会的邀请。她姐姐最后还是回我：秦芳向你们问好，但她有事不参加了，想念同学们。

也许人家真有安排冲突了，这可以理解。明人又一次劝慰道。

班长楚说：下次我们再聚的时候，一定要找到她。毕竟就她一位同学没有参加。

聚会不久，明人在路上邂逅班长楚，又聊到了秦芳。

找到秦芳了吗？

班长楚还是一脸失望说：没找到，我问她姐姐要了她的手机号码，可是拨了过去，还发了短信，她竟然都没有回我。

明人也沉默了，什么事使得她不愿意和班长以及老同学联系甚至碰面呢？都是老同学，又有什么可以介意的呢？班长楚说，她姐姐转告了一句，秦芳向他们问好，但她不愿意参加这类活动。

又过了数月，班长楚把一则微信转发给了明人，他注明这是秦芳的姐姐转发给他的，说她妹妹再次转告对她的邀请，并十分感谢，她说她对小学、童年也充满了美好的怀念。想念老师，想念同学，想念当时朗朗的读书声和同学们的欢声笑语。她说就让这些美好，留在心里，也许更好。

明人猜不透这话里的意思。班长楚自己解释道：或许她像我当初一样的想法，不想参加同学聚会后，把以前的美好给破坏了。明人似是而非地嗯了一声。

又有一本厚厚的日历翻过去了，班长楚又召集了一次同学聚会，大家闹腾得很厉害，仿佛童心又回来了。明人则又看见班长楚在那边悲伤然而欲言又止的神情，连忙走过去关切地询问。班长楚把手机给了明人，那是秦芳姐姐微信里的一张截屏：亲爱的妹妹昨天走了，被压抑着，白血病煎熬了数年，但她从不将自己的痛苦示于人，她是多么美丽啊，她常说的一句话是：要将美丽进行到底。祝妹妹在天堂美丽。文字下方还有一张照片。那张照片美丽的大眼，脸庞月亮般的，秀发及肩，脸庞带着微笑，那是青春的秦芳。

　　明人的心颤动了。想到童年的秦芳，那是多么美丽的女孩呀，和照片上的几乎一点没变。不见面，是为了将那一刻就定格在这回忆的时光。

小区有个五谷磨房

小区是个老小区,俗称老公房。五谷磨坊也只是底层的一个小卖部,连个石磨也不见。灶披间的窗台就是售货台,人来人往的,倒是十分热闹。

苏北来的一家人长租了这幢小院,又别出心裁,在灶披间一隅,开设了这个五谷磨坊,专卖现磨的各类营养谷物,颇有上海人螺蛳壳里做道场的意味。

这天周末正午,冬日的太阳懒洋洋的。五谷磨坊一片喧闹声。秦工程师正巧路过,瞥见自己的老母亲也在那里,眉飞色舞的,几位老伯伯老阿姨也兴致勃勃,围绕着这个灶披间窗台,你一句,我一句的,仿佛有什么便宜货,令她们兴高采烈。

秦工程师凑近看一看,果然,五谷磨坊又推出了新品牌,印刷得十分精美的宣传折页,五颜六色,而窗台上也一字排开着的塑料包装的各类谷物,除了以前红豆薏米粉、核桃芝麻粉之外,什么黑色脉(就是黑麦片、黑芝麻、黑大豆等组合)、阿胶派(以阿胶块、紫山药、紫米、红薏米等组合)、长辈乐(即是鹰嘴豆、葛根、银杏仁、高原青稞等组合)等等,不一而足,搭配得很诱人,功能也说得挺入心,这些老人本来就对五谷食品极为着魔,这种创意又把他们魔怔得晕头转向了。看到秦工,秦母连忙招呼:"你想吃什么?"

秦工笑着说:"你想吃啥就吃啥吧。"

"你们秦秦有出息,也真孝顺!"几位老阿姨赞叹道。"那我给你再买点黑芝麻，哦，那个黑，黑色脉，里面什么都有了！"秦母脑子活络，对新组合已然了解。

窗台内是一位胖姑娘，眼镜搁在了鼻梁上，忙得不亦乐乎。这个外来妹是这苏北人家聘的打工者，说一口苏北话，干活还蛮勤快的。

秦工也和气地与他们都点头。回到家，读大三的女儿小静就嘀咕："奶奶又在磨坊磨磨唧唧的，都快吃午饭了，还在磨蹭什么？"秦工笑咧了嘴："你还真会说话，磨坊被你这么一说，更有意思了！""你还笑，人家肚子都饿坏了！"小静嘟囔着，看来真有点生气了。"那你快去叫奶奶呀！"秦工说。小静老大不情愿地噔噔跑出去了。不多一会儿从窗口那边，又传来了吵嚷声。秦工竖耳静听，似乎是女儿小静高分贝的斥责："你这是有毒的，有毒的！"秦工连忙掩上门，也急急地赶了过去。

小静还理直气壮地指责着。那个胖女孩的眼眶里，泪水闪动，少顷，有几滴快速而无声地滚落下来。

秦工很快明白了。胖女孩用粉碎机在现磨那些五谷，高温细磨，倒是干脆，磨好后，她还特意放在铝盘里散热了一会儿，但时间显然短了些，五谷物还是滚烫的，就被倒进塑料包装了。老伯们老阿姨们倒没留神，偏是小静下来撞见了，一阵连珠炮似的斥责，把刚才还和风细雨的气氛，一下子搅得紧张和严肃。

秦工来得是时候，秦母此时一直无语。场面有些僵，秦工一来，也就缓和许多。

胖女孩抹去泪，说："都是老客户，如果觉得不妥，这一份我就自己留下吃了，我另磨一份给大家。"

秦母点头不是，摇头也不是。因为，小孙女已帮她做了决定："就这样吧，也只能这样了，以后你不能这么匆忙装袋呀！"小静姑娘还是不依不饶。

"那是我自己催她的，不能怪人家。"秦母总算说了一句。"不是你在催我吃饭吗？"秦母跟着又说了一句。

"算了算了，都别说了，下回都注意些就可，走吧，走吧，五谷待会儿再来拿吧。"秦工和稀泥。两个女人，一老一小，都是他的"宝"，他不想她们不愉快。

"那就等冷却下来，再来拿吧。"秦母和小静也达成了共识，那胖女孩也点了点头，三人才离开五谷磨房。

走出几步，秦母就悄声埋怨："人家女孩也是打工的，这货一赔，她至少三天白干了。"

"那也不能吃有毒物质呀，奶奶，你不是想健康长寿吗？这么吃可是适得其反的！"小静姑娘也嘟囔着，有点不服气呢！

"可是人家打工真的不容易。"秦母说。

"谁让她这么没知识……"小静姑娘又哼唧了一声。

"奶奶也是从苏北乡下来打工的，奶奶知道什么叫难呀……"奶奶喃喃着，还回头朝磨坊方向望了一眼。

后来的情景，还是老友秦工继续讲述给明人听的。这周末的一下午，他家两"宝"半天不说话。到了傍晚，小静悄悄先下了楼，之后又悄声地回来了。过了一会儿，奶奶也什么话都没说，也下楼去了。几分钟后也回来了，并把一叠钱塞到小静手中："难得你有这番善良。不过，钱还是我来付。"

"是我伤了人家，该我来付。"小静说。

"你的钱，还不是你爸妈的钱？嘿嘿，等你赚了钱，再说吧。"秦母嗔怪了一句，眼光里闪出笑意。秦工看见女儿小静的脸上，也漾出一缕笑意。这时，胖姑娘敲了门进屋，把一叠钱塞给了秦母，同时，又将一桶磨好的五谷食物搁在桌上，笑眯眯地说："谢谢妹妹给我指点，我今后一定会多学习，也会细心的。这个就是凉透了再装袋的，放心吃哦。"小静走上去，握住了她的手："刚才我说重了，你别生气……"秦工笑了："这才是五谷磨坊带来的健康快乐。"

第五辑

寻 车

说好晚上几位老同学聚聊的，葛君下午给明人来电话，说今天有要事，就不过来了。明人问："你有什么要事？留校做了老师，就忙得屁颠屁颠的啦？""真的是要事，待我这几天事完之后，一定做东请各位。"说得言辞恳切，明人也就不好意思坚持己见了。不过，当晚他和老同学们聚聊时，还惦记着葛君，悄悄发了他一个微信："究竟碰到什么事了？"葛君回复很迅疾："丢了一辆车！"

这回复倒让明人疑窦顿生：这小子什么时候有车了？怎么又会丢了呢？丢车赶紧报警就是了，自己能够折腾出什么事来呢？他想了想，压下了心里想说的话，只发了一个问号，还有一张头上冒汗的脸谱，表示关切。葛君没再回复，明人也不便打扰他。

周末那晚，也就是两天后，明人又发了葛君一则微信，葛君回道："车还没找着，自己这两天，包括周末，都在校园里仔细寻找。现在东片校园的自行车停放点，都搜寻了一遍，现在转移到西片区了。"这番回答把明人彻底搞糊涂了："你在找什么车？要到自行车库去找？""我找的就是自行车呀！"葛君的回答毫不含糊。"一辆自行车就让你丢了魂似的，你怎么回事呀！"明人的责问，也毫不含糊。"这是一辆十分重要的自行车，过几天我再与你面叙。"手机上跳出这一行字后，葛君那边就沉默了。也许，他正在心急如焚地寻找着那辆重要的自行车吧？

对葛君来说，做教师的收入虽不高，但一辆自行车总不至于把他压趴下吧？现在一门心思都系于那辆自行车了，这让明人多少觉得不可思议，也猜测不出一个结果来。

又过了两天，葛君自己打来电话了，说他还是没能找到那辆自行车，他请明人过来，帮他一起想办法。

见到葛君，才发觉他这些天明显憔悴了，原本一直油光发亮、一丝不乱的头发，现在竟像一个鸡窝。眼睛里也是血丝满布，原先的抖擞劲儿，也荡然无存。一辆什么样的自行车，竟然把他急成这般模样？

葛君说：这辆自行车还是半年前从别人手上转买的。转卖给他的人温文尔雅，戴着一副眼镜，显示出不凡的修养来。他大概也是一所学校的老师，在临近校门口的修车铺，他说他正想出手这辆车，因为单位与家就在一块，用不着了。他开价也不算太高，葛君正想买一辆自行车，闻之心里未免一动，注视着这辆八成新的自行车。也就三四分钟光景，他一点也没还价，就把钱给了那位儒雅男子，捡了元宝似的乐滋滋地走了。

上周他也想把车卖了，还在校园里贴了好几天卖车启事。谁想买车的主儿还没见着，搁在楼底下的自行车却没影了。他一下子紧张起来，放下手上所有的活儿去寻找那辆车。但至今一无所获。他急得脸廓似乎都小了一圈。

"不就一辆自行车吗？丢就丢了，何必这样着急？"明人劝慰道。

"你不知道，这辆车事关我的心理底线和人品。"葛君一脸严肃地说道。"有这么严重吗？"明人纳闷。

"那辆车，是个危险品，是颗定时炸弹。"葛君一字一句地道出。明人投向葛君的目光，满是疑惑。

"我上次去书店回来的路上，等候绿灯时感觉不对劲，再拨弄了一下龙头，车前轴突然脱落了，车身整个就像散了架。我赶紧连推硬拉地把车子送到修车铺。修车的师傅仔细一瞧，便指着那根钢轴断裂处说，这是旧伤，是焊接过的。我这才明白自己是被那位看似斯文的男子给骗了，那钢轴是套在细管里的，不拆开检查，无论如何是看不出的。修车铺的师傅说我命算大了，要是骑在路上突然又断裂了，不是摔个半死，就是被马路上的车辆轧死。我一听冷汗就直冒，想想就后怕。"

"所以，你决定把这辆车卖了？"明人明察秋毫。

"是呀，不瞒你说，我当时真是这么想的。想想找那家伙也太费神，不如把它卖了，我不损失，也不会有此危险。"葛君坦诚地说道。

"你也够缺德呀，把危险转嫁给别人。"明人嘲讽。

"你这么说我，我心服口服。我当时确实是这么想和这么做的。我想，我为何要做这冤大头呀！可是，我说实话，当这辆车被偷走之后，我突然紧张害怕起来。我担心哪位大学生把它偷了骑了，某一天，突然车毁人亡。那我的罪过不是太大了吗？"葛君说着，脸上愧疚、悔恨交杂。

"所以你开始了寻车行动？"明人问。"是的，不这样，我心神不安。可几天下来，毫无结果，接下去又是长假了，我怕哪位愣头青骑着去郊游，那就麻烦大了。"葛君的焦虑是真诚的。

明人不免也沉思起来。

翌日，又一张寻车启事出现在校园的好多处公告栏上。上面写明这辆灰色的永久牌自行车，车轴是断裂的，焊接也是脆弱的，承受不起颠覆，危险重重。启事提醒借用者小心为上，要么将车还给主人，主人一定酬谢；要么将它送到修车铺，去好好修理一番，以防患于未然。

应该说，明人与葛君共同拟写的启事真诚真情，用意也是明明白白的。可几天过去，依然音讯全无。另有一张启事上，有人用钢笔涂抹了一行字："别蒙人了！"

明人与葛君面面相觑。

不得已，明人与葛君又开始了一场地毯式的搜寻活动。把重点锁定在校园大学生活动的主要场所，对停放那里的自行车，一辆一辆地去辨认。

这天浓雾，他们在食堂门口发现了这辆车。葛君几乎是扑身过去，一把抓住了自行车的龙头。他上下打量着，眼睛发直，嘴唇不断在嚅动："是这辆，就是这辆。"

这时，三位毛头小伙子从食堂里奔跑出来，堵住了他们的去路，神情是不屈不挠的。

明人和他们说了几句，又将寻车启事塞进他们手里，他们漠然视之、一脸敌意。

正尴尬间，葛君突然一使劲，车前轴被提出了钢圈，断裂焊接处裸露在眼前。葛君再稍稍使了一点力，车轴在原伤口处断裂了，车身顷刻倒在了地上。

明人看呆了，那些毛小伙子也惊呆了。此时葛君终于笑出声来，那笑声干净、爽快，仿佛能穿透无尽的雾霾。

步　道

吃了晚饭，夜幕已经下垂。明人照例饭后散步，或者过一两个时辰快步。这晚，就又到了城市公园的附近，因而也忽地有了新的发现。

围着城市公园的人行道上，正在翻修。不是全部人行道翻修，只是在紧靠公园绿篱的一侧，改铺大约一半宽的步道。有一段已经可以使用了，塑胶的、墨绿色的，平整、净洁，两脚疾走，略显弹性和坚实。

很快，这塑胶步道在几天内铺就完工。上面还书写了"健身跑道"几个大字，间隔一段距离，还标签了米数。明人走上去，步子也走得轻快起来。一拨一拨人都踩在上面，或奔跑暴走，或漫步溜达，在夜色和绿树的映衬下，倒也显示了城市的人性化和温馨怡适的气氛。

明人心里不禁为这设计决策者们叫好！在公园的绿篱丛中，靠路侧，还竖立着一块块精致的宣传牌。上面都是廉政勤政语录。诸如："官讲勤廉，廉则生威""为官品行，赛过任何言语""廉能生福，腐必招祸""官正风清，官邪则风浊"等等。

明人一边快走，一边品吟，也觉得身心舒畅。看来，这个设计者还是颇有见地，也很是用心的，难得呀！

步道上的人，到了傍晚，愈来愈多了，周边的居民、男女老少、各式衣装、各种步态，在这个步道上，踩踏出这城市的和谐的夜曲，确实也是令人心动的。

明人夜晚快步由原先一周两至三次，改为天天坚持了，而且周末白天得空也去快走一阵，吐故纳新，心情也愈加愉悦起来。

一天朋友一聚，他就特地向各位介绍了这一步道，还对此设计大加赞赏了一番。这时，一位朋友接话说道："这还是我建议的呢！"明人突然想起此君已调任城市公园任园长，想必这番建议出自他口，也是顺理成章的，于是，对他赞赏有加。

园长朋友领受了赞赏之后，似乎也来精神了，对明人说："其实，这步道还是不如人意，你看这一侧是我们公园，但另一边是车水马龙的道路，那车子排放的尾气多厉害呀！"

明人愣了愣。

园长朋友继续说道，语气带着热诚："领导，你以后就到我公园里走，一墙之隔，空气绝对清新！"

那晚之后，明人就随园长朋友去城市公园了，公园夜晚早已闭门谢客了。沿着公园绿篱内侧快走了几圈，既无公园外步道上的人员拥挤，更觉空气的新鲜干净，那一株株桂花树正是花开时节，清香扑鼻，沁人心脾。走得真是神清气爽。园长朋友说："我没说错吧！"

透过绿篱，明人隐约可以看清公园外步道上影影绰绰的身影。走着走着，明人忽然觉得脚步有些沉重起来，脚底下的水泥地似乎又冷又硬，内心也跟着颤动起来。

原来他听到了一个孩子正念着语录的声音，"为官品行，赛过任何言语……"紧接着，又听见步道上有人嘀咕："这两人在搞特殊嘛！公园应该向市民开放呀！"

他觉得自己的脚步愈来愈不听使唤了。便与园长朋友歇息了一会儿，但不久，就拥着园长朋友走出了公园，走上了健身跑道。这样走了两圈，他的心情又归于平复了。一路上，面对园长朋友疑惑的眼神，他一言不发。要握别时，他对园长朋友真诚地说了一句："不好意思，我还是觉得走在这步道上踏实。真的，没有其他想法……"

受托无门

当老苏夫妇气喘吁吁、满脸汗水地站在明人的家门口时，明人此时才实实在在感受到了一种压力。

三个月前，老苏就摸上门来，还提了一篮覆盖着一层塑料薄膜的水果。敲响房门的声音是断断续续的，细弱如丝。所以，明人是好长一会儿才有所发觉，又屏气凝神地倾听了几十秒，断定确实有人敲门时，才去打开房门的。

门口站着的老苏，一脸歉意。这周末打扰明人，又似乎出于无奈。这句话是老苏断句式的言辞中，在明人的耳里拼凑而成的。明人微笑，相迎的目光殷殷中，也流露出一丝疑问：怎么不按门铃呢？老苏迅速捕捉到了明人的这一困惑，他连忙用手指了指门铃，说："我按了，好像是坏了。按了好几次。"明人随即按了几下门铃，果然，不闻声响。

明人把老苏迎进屋，入座不久，老苏就说了来意，虽然也是断句式的言辞，但明人还是很快听明白了。老苏有个小外孙，到了上幼儿园的年口，他们街道有个叫"未来"的幼儿园，名气不小。据说，想入园的人很多，他想让明人帮忙，找到关系能顺利入园。他相信老领导会有办法。

这未来幼儿园的名字，明人之前从未听说过。也并非明人的封闭木讷。明人并非地区或教育部门工作，只是一家国企的老总。隔行如隔山，这话很瓷实。不过看着老苏目光激动，平素就蛮热心的明人轻轻点了点头："我去试试吧。"老苏闻之，则笑得脸上的皱纹都状若菊花瓣了："那就先谢谢你了，这是我家的大事呀！"

这三个月里，明人在繁忙的工作之余，确实为这事操过心。他找过一位曾经的好友，现在还在市里某部门任职的蔡兄。是专门拨打了他的手机。蔡兄一阵寒暄后，说他与该地区的人也不太打交道，找不到受托之人。断了电话后，明人愣怔在那儿好久，一时没能回过神来！没想到蔡兄如此直白如此推托。也许人家实在是太忙了。

他从微信通讯录中又找着了一位曾在该地区工作过的领导。发了微信过去，语句是经过反复推敲的，语气里有恳请也有看您方便的意思。文字后面还附加了一个微笑，和双手作揖的脸谱。

虽然接触不多，但人家还是很快回复了，说自己离开该地区已有数年，那儿好多岗位都换了新人。他表示歉意，也三下五除二地了断了这一次受托。

人家说得也都蛮诚恳，怎么也怪不得人家的。但这事没办成，明人的心情也有点像这大伏天，心急火燎的。

也就在这时，老苏夫妇大热天爬了八层楼梯（大楼电梯正巧出故障），又一次敲响了明人的家门。门铃修好了，又坏了，忙得陀螺转的明人也没空再修理，门铃仍是一个摆设。

这回，他们还拎着两盒保健品，像是刚从超市买来的，目光仍是那么殷切。两位都是退休了的企业干部，他们反复强调，他们的女儿女婿也都是无门无路的老实人，在公司打工。他们不出面不行。这样的执着认真，令明人更深刻地理解了"这是我家的大事呀！"的含意，更真切地感受到了一种沉甸甸的压力。

明人在他们离开之后，把书房的那份正抓紧修改的单位的报告，往边上推了推，打开通讯录逐一搜索起来。找到了几个似乎沾点边儿的，路道也粗的熟人，又拨了电话过去。这些朋友都很热情，电话里也充满笑声欢语，但谈到这未来幼儿园的事，就如天气晴转阴似的，气氛就有点冷，交流就有点卡壳：还真没关系能找到未来幼儿园的，或者你可找找谁谁谁去问问！

　　有一位兄弟干脆说道:"也不一定搞不定,让他找对人,出点血(即出点钱)呗!"想到老苏老实巴交的模样,明人立即予以否定了。

　　明人急火攻心,头也疼了。原来这未来幼儿园的区区小事,竟然这么难搞定。

　　又好几周过去,老苏所托之事还没有一点眉目。中午食堂吃饭时,手机振动了,显示的是老苏来电。明人忽然感到胃部一紧,脸色也都有点苍白了。他没接老苏的电话,仿佛手机沉重如铅。送进嘴里的食物,也味同嚼蜡。扒拉了几口饭,他再无胃口了,放下了碗筷。这时,手机又振动了一下,有一短信进来了。他很不情愿地拉开屏幕,进入信息栏,他看见一条来自老苏的信息:"领导,我小外孙已接到未来幼儿园的入园通知了,是我女婿拿着户口本直接去幼儿园报名的,等了两个礼拜,就接到通知了。谢谢您了,领导,让您费心了!"明人不由得深深舒了一口气,这回他感觉掌中的手机,轻如云烟。

阿彭兄的各类友聚

路上遇见阿彭兄的太太，明人便问阿彭近况可好，他知道阿彭前一段时间由公司主持工作的副总，改为副总了。少了主持两个字，职级待遇是一样的，位置权力却是大有差别的。他想他心里一定不爽。阿彭刚届知天命，替代他的是一个更年轻的。

没想到阿彭的太太竟双眉一扬，说："他呀，还忙得很，不过不是忙单位的事，他忙他的各种聚会，晚上依旧忙得屁颠屁颠的。"话语似有几分埋怨，也有几分得意。有的女人不喜欢天天窝在家里的男人，阿彭太太或许属于这一类。

当晚，阿彭就打了明人手机："谢谢兄弟牵挂呀，我现在挺好。""你晚上都在忙公务呀？"明人问。"哪里呀，我现在又不是一把手，晚上轻松许多了。"阿彭爽快地回答。"那你晚上都在忙乎什么？"明人好奇。"自己找快乐呀，各类朋友的聚会，嘿嘿，我告诉你呀，自上次我们同班同学、后来又我们几个同宿舍的同学聚过之后，我的聚会活动几乎没有停止过，聚得也挺有盼头，挺有意思的，什么时候我讲给你听听。"阿彭一口气述说着，明人握着手机的手都有点酸疼了。他答应阿彭这两天喝茶聊聊，阿彭才意犹未尽地挂了电话。

几天后在 Starbucks 喝咖啡，阿彭兴高采烈地述说着他的一个个朋友们的聚会。

他说他这段时间连着安排了好几场朋友聚会，都是不同类型，但也别有特色的朋友聚会，比如二十多年前的老邻居聚会。原住地都被动迁改建或成商办楼了，邻居们星散各处，他竟然一个个地寻找，一个弄堂的十多户人家，他基本都找着了，又找了个周末，凑了有三桌，好好聚了聚。还有小学同学、中学同学、研究生进修班同学、同进单位同事、他任科长时的科室同事、举办集体婚礼时的新人们（可惜原有的十对，有两对已劳燕分飞，一对没找着，来了七对）……都是好多年不见了，聚得挺兴奋的。

他还压低声音，带点神秘地询问明人："还记得一个多月前，我问你有没有我们大学同学李萍的电话吗？"明人定了定神，想了一会儿，说："是有这么一回事，我当时记得还在电话里冲了你一句，听说人家到山西嫁煤老板了，我怎么会有她的电话！""告诉你吧，我找到她了。上个月我还请她参加了我的一个聚会。一桌八个人，就我一个男子汉，喝的红酒，喝了十八瓶，喝得脸上飘红了，我还去定制了一个大蛋糕！"阿彭说得眉飞色舞的。

"什么聚会呀，你不会是把你的暗恋对象们都叫来了吧？"明人故意逗他。

"这倒不是，我是把我认识的同年同月同日生的女性朋友叫一块儿了，我们过了一个集体生日活动！有意义吧？羡慕嫉妒恨吧？"阿彭得意了，"我告诉你，我太太这天也参加了，因为她也是与我同年同月同日生，这一天，她也因为高兴喝得东倒西歪的。"

"你还真不赖呀！'主持'两字一去掉，你倒活得愈发精彩了。"明人笑说。

"就是嘛，何必为这憋屈着呢？人也得为自己活着呀！"阿彭振振有词。

阿彭的手机此时响起了音乐声，有电话打进来了。他接过，才听一会儿，脸上就欢笑洋溢："太好了，太好了，谢谢你，谢谢你，我一会儿就过来。"

明人瞧着他，他的眼睛也向明人眨了眨，喜悦在眉眼之间。

挂上电话，他告诉明人："我准备近日跟当年红房子医院与我同日出生的人聚会。医院一位朋友给我找到了一份名单，共有十三位。这就有希望找着他们了！"

"这不容易找到的呀？"明人说。

"有办法的，我已与在公安的朋友说好了，他们按名单能找到的！"阿彭充满信心地说。

"那就祝你好运了！"明人说。

大约一周后，明人又接到了阿彭的电话。电话那头的阿彭甚为欣喜："我已找到七位同日在红房子出生的朋友了，已经约好聚会的日子，老朋友，你要感兴趣，可以一同参加呀！"

明人拿着手机，却不知如何回答。

我好崇拜您

那位女孩瞳仁闪光，略微仰视着对明人说："我好崇拜您！"

明人表面沉静，内心早已心花怒放。一个气质与相貌俱佳的女孩，在初次见面就向你送出了这一句话，哪个男人能不为之激动！

明人心旌摇荡，但话语说得格外平静："哪里，哪里，不必客气。"

那位女孩又说："能向您乞求一张名片吗？"

这句话又是温柔一刀，明人忙不迭地从口袋里掏出一张名片，恭敬地递过去。

"以后请多多关照啊！"女孩妩媚地一笑，明人的心也跟着颤抖了一下。

不消说，这一天，明人的心情是有多么的欣喜。有人崇拜，而且是来自漂亮女孩的崇拜，这不是证明自己成功的一个标志吗？

这一晚，明人好高兴，晚饭时还多喝了几杯酒。

明人不久又参加一个酒会活动，朋友向他介绍了一位女孩。朋友话音刚落，那女孩就微笑地向他递来一张名片。明人连忙双手接过，又连忙从口袋里掏出自己的名片，给女孩递过去。女孩接过，便说了一句："我好崇拜您！"

明人心里一喜，嘴上却说道："岂敢，岂敢。"

那女孩也不语，只是抿嘴一笑："以后有事找您哦！"

明人"嗯嗯"地应答着，忽然有点恍然，敢情这崇拜只是一个客套词？

后来其中一个女孩还真找过明人，说记得明人曾在某区政府工作，应该认得教育局局长，烦请帮忙为她的一个朋友的孩子，落实到当地一家重点小学就学，并将不胜感激云云。

明人接了电话就有点郁闷了，但他还是尽力去办了。当然，最后结果，所托之事还挺圆满。

事成之日，明人的手机又收到了女孩带有惊叹号的语句：我好崇拜您!

也就是这位女孩，在又一个活动场所再次相遇。不过，女孩刚开始未瞧见明人。明人与一个熟人寒暄时，耳畔飘过一句似曾相识的话语："我好崇拜您!"明人循声望去，这位女孩正对另一位陌生男子笑容可掬地赞叹了这一句话。

明人皱了皱眉，背过身，走开了。

一会儿，在明人与一位朋友闲聊时，那个女孩与又一位女孩迎面与他撞上了。明人不得不礼节性地打了声招呼，那个女孩向同伴介绍了明人，女同伴向明人表达的第一句话竟是："我好崇拜您!"语气不无夸张。明人想，这一点，这个女孩真不如那个女孩能表演，但他并无皱眉，脸上也带着笑，回应了那女孩："我也好崇拜您!"

看不见自己影子的人

知道明人业余在小说创作，卫计委的朋友尤说，我给你介绍一个人，是一位病人，在特殊病院的，很特别，你一定会有收获。尤诡秘地一笑。

于是，明人到了特殊病院，见到了那个病人——乔。乔眉眼清晰，有几分帅气，长得有点像张学友。一脸白净，远看像个病人，待在医院好久了，但握住他的手掌时，手骨硬硬的，手心粗糙硌人，对视着明人的目光是直直的，亮亮的。

"他是一个看不见自己影子的人。"朋友说。"这怎么可能呢？阳光下谁没有影子呢？看不见自己的影子，如果是人的话，除非是眼睛瞎掉了。"明人对朋友悄声发出疑问。

"你可以与他聊聊。他其他方面都很正常，就是看不见自己的影子，感觉有点悬。他坚持这么认为，若你否定他，他就会骂你，甚至还要揍你。"

明人与乔面对面坐下。乔神态自若，礼貌地问明人："我能抽支烟吗？"明人点点头。他就从裤袋里掏出一包烟，烟盒已揉得皱巴巴的了，从里面抽出的一支烟，也歪歪的软软的，不再坚挺和光洁。他的厚嘴唇轻轻叼住，打火机跟着点上了火。

乔从缭绕的烟雾中瞥了明人一眼："你是不是怀疑我什么？"

明人忙说："怎么会呢？我只是想向你讨教，怎么才能看不见自己的影子？您知道吧，影子其实是很让人讨厌的东西，在阳光或是灯光下，影子忽长忽短，忽有忽无，扰乱人心。我知道您先前也看得见自己的影子，后来就练出了这身本事，我真仰慕不已。"

"您也这么讨厌自己的影子？您想看不见自己的影子，但您能吃苦受累吗？"乔一脸严肃地反问。

"您怎么指示，我就怎么做，您练一年，我练三年。"明人表现得很真诚。对方是个特殊病人，明人也把诚意表现出来，特殊病人往往最敏感。

"您要真想练，我可以教您，我知道您是一位作家，您想写书，我不反对，而且，也可以通过你告诉大家，我看不见自己的影子，这是一个事实。"乔很坦率，也很有逻辑和主见。

明人笑了："那耽搁您时间了。您能告诉我，第一步需要怎么做吗？"

"第一步，是您要忘记您自己。"乔的语气不像是在开玩笑。说完，就又吞吐了一口烟雾，烟雾弥漫开来，熏着了明人的眼睛。明人先是模糊，随之被呛出了眼泪。

"怎么才能忘掉自己呢？"明人抹去泪水，小心翼翼地问。

"这得苦练，我是得空就坐在窗台边上，或者办公桌前，看街上的行人，看自己的同事，想他们的事、他们的苦乐，绝不想自己个人的事……"

"这要想多久？"乔还未说完，明人就急不可耐地打断了他，还连忙补了一句，"哦，对不起……"

"得先练三年，然后天天要练，练无止境。"乔说。

"您现在还在练吗？"明人又问。

"当然喽，要不功夫就会全废了。您没发现，我还没练到家吗？刚才想着您的心思意图，还是又把自己放进去了，说人家都知道我看不见自己的影子这个事实，说明我修炼不够。"乔平静地自我检讨，像是看穿了明人的心思。

明人有点不自在："那，那还有第二步吗？"

"第二步就是再忘掉阳光、灯光，所有一切的光芒，视它们与黑暗为一体。"

"这是什么意思？"明人不解。

"我师傅说过，黑暗下的善恶，与阳光下的善恶都是一样存在的，千万别被光芒迷惑，也千万别视黑暗为一切恶的深渊。它们本身是一体的，而这最重要的是，先要忘掉阳光、灯光等一切光芒，它们其实是在迷惑世人。"乔从容地应答。

"那怎么能忘掉阳光、灯光等所有一切的光芒呢？"明人问。

"那您就得苦练，用心练，天天练，睁眼练，闭眼练，练到白天与黑夜一样，练到灯光不晃眼，灯光不刺眼。"乔说得极为流畅。明人听着却傻眼了。这眼睛是决然不敢正视阳光的，七月炎热季节，你直视太阳，还不被太阳灼伤呀！明人寻思着。这时，只见乔的双目转向了窗外。天边，太阳高悬、炽热。乔的目光扫视过去，不见一丝躲闪，一丝慌乱，目中无光般又转回了房间。

"那第三步呢？"明人想打破砂锅问到底。

"第三步，您要在阳光和黑暗中一眼看出恶魔来，要在平常和危机时候发现恶魔的影子来，您的影子，就不重要了，看不见了。"乔把烟蒂摁灭，干净利落，又似掷地有声。

虽是在空调开着的房间里，明人还是汗湿衣衫，他被眼前这位特殊病患者给深深震撼了。

阳光从窗玻璃透射进来，把乔的侧影投映在墙壁上，他说话时身体稍稍探动，也明显带过了一片影子，这么清晰分明，难道他真看不见这些吗？

明人是带着疑惑告别乔的。卫计委的朋友尤已提前离开，他真想找个朋友好好聊聊，这位乔一定有着他尚未让人知晓的经历和背景，这里面一定有着神秘而又奇特的故事。

忙了一阵后，明人就打电话给卫计委的朋友了，说要再采访那个乔。还有，明人希望他能如实相告，说出乔背后的真实故事。

电话里传来一声深长的叹息，他听到的是："乔，已经牺牲了，唉！太可惜了！一个时代的英雄呀！你来我这儿，我告诉你实情吧。"

明人头一晕，连忙闭上眼，定了定神，才回答道："好，好，我马上过来。"

刚到朋友尤那里，还没坐定，明人就迫不及待地问道："乔是怎么啦？这到底是怎么一回事？"乔已完全占据了他的全部身心。

尤无言地递给明人一份报告，明人接过，就飞快地读了起来。五分钟后，脑海里乔的形象已高大分明起来。但他仍忍不住向尤发问："乔是公安局的侦查员？乔真的是牺牲了吗？"

"是的，他是侦查员，上次你采访他之后的一天，他听来看望他的战友说，已发现了他们一直在排摸抓捕的一个杀人恶魔的踪迹，便吵着要出院参战，他说早就等着这一天了。上面领导同意了。那次深夜巷战，他冲锋在先，一枪撂倒了那个恶魔，但被隐藏在墙角的另一个歹徒偷袭了……乔的领导告诉我，说他很英勇。"朋友尤说。

"那他看不见自己的影子，是怎么回事呢？"明人又问。

"当年，他与他师傅首次一起去执行任务，那也是一个深夜，他们搜捕一个杀人团伙，在老街巷里悄悄地进行着。在墙角潜伏时，他忽然看见自己的影子，被月光投映在地面上，他一激灵，以为自己已暴露在歹徒的目光下，冲动地想化被动为主动，一下子跳了起来，师傅拉他没拉住，只能用身体挡在他前面。这时，躲在角落里的歹徒听见声响，立即发现了他们，向他们射出了一排子弹。师傅中弹倒地，他毫发未损，歹徒安全逃窜，行动失败了。由此，他痛苦万分，自责，焦虑不堪，发誓一定要为师傅报酬，痛恨自己看见了自己的影子。他一个人在黑暗的小屋三天三夜，他要一辈子看不到自己的影子。他挖空心思地，全身心地练，练得走火入魔……"朋友尤叙述着的时候，声音是悲怆的。

"你知道吗？公安局的领导对我说，他牺牲前，真的没有关注自己，关注自己的影子。他毫不犹豫地冲出去，一枪制服了那个杀人头目，为师傅报了仇。但也是因为他的影子被另一个歹徒发现了，在他行动之后，刚一露面，就遭到暗算。多好的小伙子，真很壮烈……"朋友尤的声音哽咽了。

看不见自己的影子，就是一种视死如归的特殊气概呀！

明人双眼盈泪，他站起身来，久久没有言语。屋内已呈黑暗，窗外的光线投射进来，他也浑然不觉自己的影子，仿佛身心已与乔融合在了一起。

一件咖啡色羊毛衫

列车缓缓进站。那个老外迟疑不决地走近明人，面有难色："真不好意思，能帮我把这束鲜花，还有这件毛衣，送给那个一等舱的列车员吗？"

老外的汉语说得结结巴巴，而且生硬，但明人听得懂大概。但他纳闷，列车都进站了，他自己送不是很方便吗？都等到这个时候了！

他一进站，就发现这个老外了。身壮，腿长，头发黄卷。在二号车厢位站定，绿得有些发黄的眼睛就闪烁着不安，一副心神不定的样子。明人不知他是哪个国家的，但看模样，猜测他是欧洲血统，他也许只是在站台迎客，因为没见他带其他行李。

等候列车时，老外在二三米见方的范围来回踱步，眉头一会儿舒展，一会儿皱紧，嘴里也在嘟囔着什么，不时眺望列车驶来的那个方向。

他手上捧着一束百合花，正鲜艳而又高贵地绽放着，仿佛还有露珠洒落在花瓣上。胳膊里夹着的是一件毛衣，咖啡色的，似乎也是一款名牌。他一定是在迎候一位他期盼的，像花儿一样美丽而又高贵的女士吧？

列车进站了。明人没想到这个老外竟然让他转送，这样的委托之举显然冒昧而又唐突。老外也看出了明人的心思，连声地说着抱歉，抱歉。他说他要上车的话，来不及了。明人将信将疑，犹豫间，列车早已停稳，门已打开，几位旅客鱼贯而下，那位列车员似乎发现了什么，露了一下脸，便闪开了。老外也不上车。明人只得接过老外的鲜花和衣物，手上也感受到老外的一握，那里有深情的拜托之意。

找到自己的位置，放下行李，明人就在搜寻这个车厢的列车员。那是一位面庞清秀，也略带几分稚嫩的女孩，正引导着旅客找座，放置行李。一身制服，让她显得有几分飒爽英姿。这难道就是那个老外心仪的女孩？

当明人把鲜花和衣服递到列车员手上时，她却坚决地推开了。

明人赶紧说："这不是我送的，是人家让我转送的。"

"我知道，是那个叫汤姆的老外吧？"女孩抬抬眼帘，目光却看向了列车外，站台上，那个老外正扬着手，在向她致意，而且耸肩一笑。门已渐渐关上。

此时，列车又要启动了。女孩无奈地摇了摇头，也带着微笑向站台上的汤姆招了招手。

车启动了。女孩还是不接明人手上的东西，她说："毛衣可以收，鲜花不能拿。"明人笑说："怎么回事，你们俩要为难一个好心人吗？"

女孩说："谢谢您啦，不过，这鲜花我真不能收。"

"那让我拿着怎么办？"明人有点着急了。怎么上个高铁，竟摊上这么个事！

"等会儿，我把列车长叫来，您都给她吧。"女孩说得很坚决，明人也无奈地，学着老外耸肩一笑。

列车长来了，是位三四十岁的女士，显得成熟和老练。她接过了鲜花和衣物，说，这汤姆还真是一个执着的人。

明人饶有兴趣地问道："这里究竟有什么故事呀？"

列车长说："待我忙好，给您这位先生讲一讲吧。您不会是个作家吧？"

"这得说实话，我真是作家，不过只能算半个，业余的。"明人抚掌一笑。

"那我一定告诉您，先让列车员小李子倒杯茶给您。"列车长说着，叫唤了一声，那位女孩走了过来，列车长说："这位先生是作家，我等会儿讲讲你的那个故事了，先沏杯茶去。"

女孩忽然羞红了脸："哎，别别，多么不好意思呀！"边说边去倒茶了。

列车长还真是爽快。事情照应周全后，挨着明人小坐了一会儿，讲述了一段故事。

也就是几个礼拜前，在他们这班高铁上，上岗不久的小李子因为车厢摇晃，一个趔趄，不小心把一杯橙汁全倒在了坐着的一位客人身上。这位客人就是那个叫汤姆的老外。

小李子吓坏了，连忙把一盒餐巾纸递给汤姆，还不断地赔着说不是。也不等人家说什么，又推着小车，慌不择路地来到了列车长室，眼泪汪汪的。列车长见多世面，了解了情况，劝她不要着急，递给她一条干净的毛巾，让她再去看看那个中彩的老外。忐忑不安的小李子去了。

不一会儿，她就回来了，脸上的焦急神情明显舒缓了。列车长问："情况怎样了？"小李子说："老外把新毛衣换上了，是一件咖啡色的毛衣。"

看来这位老外很有修养，动作也利索，警报应该是解除了，列车长捋了一下小李子的头发，自己走了过来。

少顷，她回来了，神情却是哭笑不得的："你看仔细好吧，人家怎么是换毛衣了，人家是把上衣都脱光了，裸着身子呢！"

"那，那，那，咖啡色的是，是？"小李子舌头打结了。

"那是人家身上的毛，胸毛！你真是！"列车长撇了撇嘴，笑嗔了她一眼。

"那怎么办呀？"小李子又哭丧着脸了，这列车上可没卖衣服的，老外这么打着赤膊，让自己见了难受，也丢人现眼呀！

列车长从自己的行李箱里掏出一件毛衣来，竟然也是咖啡色的，"这是我为老公生日买的礼物，你就先给他送过去吧。"

"这，这怎么好意思？小李子犹豫不决。

列车长推了她一把："快去吧，我另外再想办法。"

小李子把毛衣送到汤姆跟前时，汤姆不仅丝毫不恼不怒，还像孩子一样调皮，拆了封，套上毛衣，不时耸肩，微笑着，再三道谢，目光灼灼地打量着小李子，把小李子看得愈发腼腆了。

汤姆硬是要了小李子的手机号，说，要把羊毛衫还给她的。

这一个原本应是难堪的气氛，很快就变得愉快而又温馨了。临下车时，汤姆竟然表现得对小李子依依不舍了。

果然，汤姆打了好多电话给小李子，要约她吃饭，要还她毛衣。小李子已有男朋友了，自然婉拒了好多次。

后来，汤姆还专门搭过一次她们的高铁，小李子知道了，赶紧换班了。以后，汤姆又几次迎候在站台上，送花和还毛衣。毛衣显然是新买的，是同样的款式。小李子怕被缠上了，硬是没接。

这回，汤姆只得托人转送了，这也是他的无奈之举呀。

毛衣原本是列车长的，可以完璧归赵了。但百合花，小李子是不接受的，就搁在了餐车的吧台上。

明人心细，在花丛里找到了一张纸条，展开一看，写着："小李子，谢谢您的关照。您很可爱，但我现在知道您有男朋友了，这束花就献给你们两位吧。祝你们幸福。汤姆。"

明人把纸条给小李子看了，小李子又不好意思地笑了，脸嫣红嫣红的，喃喃自语道："真错怪了汤姆。他是个好人。"

美丽进行时

盛夏，生命已然入秋的老同学相聚。知天命，已让每一次聚会变得从容淡定而不无欢愉。

平素出席稀罕的老郑，这回却掀起了一阵不大不小的波澜，情感的波澜。有点突兀，也合乎情理。醉人的酒，已喝了一杯又一杯。

老郑在老同学一片交头接耳之中抬高了声调，一番简短的激情的致辞之后，他竟然对紧挨身旁而坐的一位女同学刘说，我知道你曾经喜欢过我。女同学微微一愣，眼光里飘掠一丝羞怯，随即轻声却颇坚决地否认："哪有呀！"老郑也不追究，转而又惊人地宣布道："我也喜欢过我们班上的一位同学。"大家禁不住都耳朵竖起。"今天来了吗？你说出来呀！"有位老兄来劲地鼓捣。老郑微醺，眸子闪亮，这让明人感觉，他像是回到了青春时代。

"我确实喜欢过妍妍，我还向她表白过，你们可以问她。"老郑说道。

大家的目光唰地都聚焦到了妍妍的脸上。那个叫妍妍的女生自然也过了鲜花艳丽的年代，不过此刻她的脸羞红着，抿着嘴，坐在几位女生的中间一声不吭，就像她当年轻言少语、文静的模样一样。

又有人起哄了，说是要把这三十年前的表白交代清楚！明人也很惊讶，他与老郑当年算得上是"男闺蜜"了，也彼此知道心中的爱恋，怎么就没有听他说过这段恋曲呢？

在众人的目光和语言共同的催逼下，妍妍开口了，她表情沉静，目光清澈，轻声说道："没有这事！"

老郑连忙补充道："就是在那个百货商店的公交车站，我向你表白的，请你走路聊聊，你回绝了我，你忘了？"

老郑说得诚挚而又清晰，可妍妍还在轻轻摇头，微笑着也不再吭声。

"那个车站，我是去候了好多次，才终于碰上你的。"老郑还在追忆，语气里没有悔意，而是一种兴奋和喜悦。

"妍妍当时上下班，确实经过那个车站的。"一位女同学说了一句。这似乎是在佐证老郑所说的真实性。老郑神情更活跃了，他要去敬妍妍一杯酒。大家群情激越了，站起来呐喊，敲着杯子助兴。

老郑走过去，端着满满一杯红酒，脸上春风浩荡。妍妍落落大方地擎起杯，和老郑碰了一下杯。又有男生叫嚷了一声："要喝交杯酒。大交杯！"

老郑毫不扭捏，果然摆起了大交杯的架势，妍妍却闪躲了，嫣然一笑，直接抿了一口酒。

老郑坐回座位，说："今天喝多了，说了真话，不好意思。"

"酒后吐真言，何况又是三十多年前的心里话，说出来舒畅呀！"明人说，"不过，当年我们几位好友掏心掏肺地谈自己的情感秘密，你对此只字不提，隐藏很深呀！"

明人说完，还侧首与另一位男同学裘兄眨了眨眼，裘兄心领神会，也呵呵一笑，用手捋了捋早生华发的鬓角，朝妍妍那儿瞥了一眼。妍妍坐在那儿，并未注意，她眼角皱纹细碎，脸含微笑，有一种安静之美在脸上绽放。

只有明人知道，裘兄当年是暗恋过妍妍的。

此刻，他对老郑之率真，也不会产生一丝妒忌吧。

有同学凑在明人耳畔说道："你说这是妍妍忘了呢，还是老郑没有表白清楚？"

明人笑道："这一切并不重要，重要的是，爱过，就是美丽过，况且这种爱更博大，更深沉，说明这种美丽，还在继续着……"

酒，此时愈发醇香和醉人，在屋子里弥漫……

那天巧遇

　　小乔是在那个周末巧遇领导的。他对明人说，那天下午还刚下过一阵雷阵雨，雨后的空气里还飘着一丝甜润的气息，他记得很清晰。可那天巧遇之后，他开始了夜夜失眠。

　　他瞥见领导时，心顿时揪紧了。他想转身离开，却已来不及了，领导的目光正向他扫来，那是不经意地扫视，却让小乔有一种浑身凝住了似的震撼。事后，在夜不成寐时，他无数次地回想并反复咀嚼这一目光，总觉得那里有洞穿他人心的力量，让他无法自在和安神。

　　他记得目光对视之后，领导只是朝他点了点头，以示招呼，随即又微微一笑，便甩给他一个宽阔的背影。那微笑，他认定是意味深长的，他相信，领导是真真切切地看到了自己身旁的女同学的。

　　怪也怪事情这么的巧合，也怪那位女同学过于重情。在书展上邂逅这位当年的中学同窗，距离他们毕业已有十多年了。十多年来，他们毫无音讯往来，自然连面也未见过，今天居然在书展上同为顾客而邂逅。站在人来人往的过道上，他们竟然交谈了约半个小时，说的内容多半是同学们的情况，还夹带着一种致青春般的回忆。女同学谈兴颇浓，当年显得有点木讷的她，经历了十多年的风雨时光，似乎灵魂通透了，并不好看的细眼睛也亮闪闪的，展示着一种率真和豪爽。

　　是她硬要小乔共进晚餐的。她说她请客，请他吃一顿西餐。这家著名的西餐馆，就在附近，何况又到了吃晚饭的点了，两人的交谈也意犹未尽。小乔随她走出了书展，沿街走了一会儿，便进了餐馆。

　　那时雷阵雨已过，空气显得潮湿而甜润。西餐馆人气聚集。一进门，小乔就有点后悔了，怎么就与一位女生相偕踏进这门呢？这里多半是成双结对的男女情侣，自己也曾与妻子在恋爱时来过，现在与这女同学这般进入，总觉得不大自在。他有点心虚地用目光扫视着餐馆，偏偏这时，他的目光撞见了领导。很快，又撞见了领导的目光。他真想地上有个洞可以迅速钻进去，表现在脸上，目光是闪躲的，脸色是红白变化的。

　　后来一想，领导似乎是刚巧吃好了，随即离开餐馆的。他那天在餐馆与女同学面对面坐，品尝着女同学殷勤热诚地点上的一道道美味佳肴，整个大约两小时的光景，他是芒刺在背似的，心神不定，浑身发烧似的。心里催着快快快，吃在嘴里的美食，也味同嚼蜡。

　　当晚他就失眠了。领导的目光和微笑，在黑夜里时不时地闪现，把他折腾得胡思乱想、声声叹息。幸好老婆出差了，否则与她注定同床异梦，也无法交代了。

　　他知道领导是见过自己老婆的。小乔也见过领导的太太。单位曾经组织过一个家庭联谊活动，这回看到他身边的另一位女孩，领导会作何感想，不会认定他这个快四十岁的男人，也是一棵花心大萝卜，是个靠不住的人吧？他翻来覆去地思量着，后悔着，也深深担忧着。早就传说，他要提任部门正职了，这是事业成功的一个象征。在这节骨眼儿上，让领导遭遇了这一场景，那不是等于找死吗？

　　一天中午在食堂门口碰见领导时，他见周围无人，就想向领导主动解释一下。可刚开口，他只说了一句："领导，那天巧遇……"后面就有几位同事款款走近，他赶紧停住话。他发觉领导的眉头皱了皱，他的心更是忐忑不安了。

　　他决心要向领导尽快讲明白，不能让领导这么误解了下去。他心里盘算了很多次，始终没机会接近领导，在单位聊一会儿。

　　那天在厕所里，他解手。领导也在解手。他又刚吐了一句："领导，那天在西餐厅巧遇……"领导双手正捧着那玩意儿，专心致志地在排泄，听他一说，突然就扭头看了看后面，那里有几个隔间，此刻门说不清是关着还是虚掩。领导瞪了他一眼，再也不理睬他。小乔蓦然感到自己真傻，此时此刻怎么能开口说话呢？他的脸色唰地就白了，尿也忽然凝住了似的，站在便器前，缓了好一会儿。

又是几个难眠之夜。小乔几近崩溃了。思前想后，他准备直接去到领导的办公室了。

他敲了敲领导的办公室，说要向领导汇报一下工作，秘书让他进了门。领导端坐在意大利办公桌前，带着平常的不苟言笑的神情朝他点了点头。小乔叫了一声领导，见秘书退出房门了，才走近领导，说："领导，那次周末，那天巧遇……"他还没说完，只见领导面部忽然凝固了，眉头又皱了皱，眼珠子也暴突出来，像要剜了小乔一口似的。小乔此时浑身一抖，但他决心要把自己的话倾吐出来。他继续嗫嚅道："那天巧遇，真是巧遇……"

忽然，他发现领导的脸色由阴转晴，是的，领导笑了，笑得很分明，很温和，还有，很释然。是的，小乔真切地捕捉到了这一点。

领导说："是呀，那天，真是很巧，我碰上了多年的老邻居，就是我边上的那个女同胞。我们一起喝了个咖啡，很难得呀。"

小乔怔住了。他一时不明白领导所言何意，舌头像是打了结，半天吐不出一个字。领导笑得更亲切，更爽朗了，他走到小乔面前，拍了拍小乔的肩膀："你工作很不错，好好努力，会有前途的。"

他不知道是怎么走出领导办公室的，他后来见到明人，提及这一事，却是有一点神经兮兮的。后来，他对明人说，那个周末，那天巧遇，他似乎看到领导身旁的那个倩影，有点模糊，但千真万确的。

他再也放不下心了。

倒走先生

　　一早，明人刚上班，靠背椅还没坐热，就有学生家长来告状："你们学校老师装神弄鬼的，把我的孩子都吓得半死了！"一位少妇牵着一个小不点，气咻咻地，小不点也噘着嘴，泪珠子含在眼眶，似乎随时都要滚落下来。两根朝天辫上翘着。

　　"家长，您请坐。有什么事好好说。"明人和蔼地说道。

　　"你们，你们那个老师，不好好走路，半夜里还折腾。真是有病呀！"少妇家长还在火头上，一味责骂，令明人丈二和尚似的，一时摸不着头脑。

　　这时办公室门被轻叩了两下，随后被缓缓推开，一位瘦骨嶙峋的矮个子男人带点拘谨地说了一句："领导，我能进来吗？"

　　明人朗声说道："请进。"话音刚落，那位矮个瘦男子就蹑手蹑脚地进了屋，明人皱紧了眉头。那小不点儿则怯怯地退后了几步，朝天辫儿也抖了两下，随即慌乱地躲在了少妇身后。

　　"哦，领导，真不好意思，我看见这位家长带孩子到您办公室，估计是告我的状，我赶紧跟了过来，解释几句，免得误会。"男子小心翼翼地说道，"我，我能继续说下去吗？"

　　明人瞥了他一眼，问道："您是……？"

　　"哦，领导，我忘了报告了，我是教务室的刘国文，是一个倒走爱好者，我每天半夜都在操场倒走一会儿。这样才睡得着觉，没想到，昨晚把这位小朋友给吓着了。真是抱歉。"他欠了欠身，对着明人，也对着那对母女，一脸的谦卑。

明人蓦然想起，前些日子刚到任，当晚住在学校。夜阑人静时，他到操场去快走几圈。看到百十米开外，有一个身影在移动，朝他愈来愈近。起先，他还以为是一位小学生在行走。可是那种步态又不像。待到再走近些，借助朦胧的月光，他定睛一看，骤然心脏一紧，浑身不寒而栗。这人摇肩摆臂甩着手，可是面目模糊，像套着一个面罩。稳住神，再仔细打量，那朝向自己的就是一个乌发密布的后脑勺，还有瘦弱的背脊。挺胸收腹，腰背正直，这人在倒走呀！

擦肩而过时，他似乎旁若无人。而明人盯视了他一眼，看那模样，是个小老头。他的身躯真像一个十多岁的孩子！

后来，有人告诉他，教务科有个就像没发育的刘老师，倒走是他的爱好，也是他不同于别人的一个特长。

原来眼前这位就是倒走者的本尊呀！

他明白了，也纳闷这少妇的孩子，怎么半夜还在操场？少妇说，孩子睡不着，一个人溜出宿舍到操场玩，就被他吓哭了。她一早来学校看女儿，女儿哭哭啼啼地向她叙述了所见的这一幕。

这看来就是一场误会了。

刘老师道了歉，明人也圆了场。少妇听懂了，小不点也似懂非懂地龇牙咧嘴地笑了。

明人留刘老师坐了一会儿。

他问刘老师是何时学会倒走的，这么娴熟，简直无人可比。他知道倒走有诸多好处。他自己有时也会倒走几十步，可左顾右盼的，就怕走太快跌倒了。

刘老师身子瘦小，但显得筋骨很好，腰板挺直，和他满脸的褶皱形成明显的反差。刘老师三言两语讲过的故事，更令他十分新奇和惊叹。

刘老师说，他出生时就小，就弱，在医院里待了好久，小时候身子骨也一直虚弱，特别是腰板僵硬、酸痛，吃了很多药都解决不了问题。后来，他开始练习倒走，几十年如一日，逐渐就改善了，现在从未犯过老病，肩、背、腰、臀和四肢都协调轻松，每天倒走一小时，连睡觉都香！

练倒走也近乎走火入魔。只要有机会，我就倒走。有次在一个饭局上，坐累了，我就想站起来走走，可大家都围坐得很带劲，我不能一走了之。正巧，有位老兄要陈醋，我准备去拿，站起身，就倒走了过去。把大家和应声进门的服务员都看呆了，就像脑后长了眼睛，三步并作两步，稳稳当当地就到了墙角的茶几边上。

不过，20世纪70年代，我刚工作不久，也有人使过坏，在背后嚼舌头，说我天天倒走，就是倒行逆施，是想开历史的倒车。还有一位女生贴了我一张大字报，她在学北京的那位黄帅呢！这都是八竿子打不着的事呀！

刘老师说罢，自己也大笑起来，明人也跟着笑了起来。

"我倒觉得，你应该把这一招，教给我们的老师和学生。也许，我们还可以举办倒走比赛。"明人有所感悟，由衷地说道。

"我和你想一块了，倒走就是最好的健身运动呀！只要领导发令，我愿意无偿教授大家。"刘老师高兴了，一边说着，一边技痒起来，抬起左脚，脚尖先着地，脚跟随后，左脚站稳，右脚又抬起……在明人弹丸之地的办公室，竟又欢快地倒走转圈起来。

"说不定，奥运会也会选中这个新项目！"明人又感叹道。刘老师也抚掌赞成，连声说好。

倒走运动很快在学校流行起来。课余时间，清早夜晚，学校操场甚至教室走廊都是倒走的人，倒也有趣和壮观。

但不久，明人因工作需要，调任别处工作了。听说，新来的领导对倒走运动不感冒，不阴不阳地说过几句话，给倒走运动泼了冷水。

其中说的一句是："倒走就是走下坡路，难怪明人未提任。"

刘老师也悄声传来一句话："新领导是跛子，这个活动不合适了。"

老板和司机

未来的丈人拉开车门，朝里瞅了瞅，鼻子就抽拉了两声，卧蚕眉就跟着蹙紧了。老苏瞥见婷婷撒娇地向她老爸扮了个鬼脸，后者犹疑了一会儿，终究钻进了车内。老苏稍稍缓了口气。

婷婷和她爸爸紧挨着，坐在后排。老苏把她那边的车门推上，也坐到了副驾驶位置，尚未坐稳。车子就启动了，未来的老丈人在后面叫了一声，他一定是没防备，车子这么快就往前蹿了，身子重重地往后座跌去。老苏也明显地感到了一种猛然的推背感，硕大的脑袋也砸在了座头枕上。即便他已是适应了自己司机的这开车习惯，但这次还是朝他瞪了瞪眼，斥责道：开慢点！

司机小涂嘿嘿一笑，脚下依然油门猛踩，小车像出膛的子弹，直往前蹿。回首朝后座晃了晃脸，剃着光头的脑袋，飞掠过几片车前挂件的亮影，一缕乌黑的鼻毛从左鼻孔露出，小毛虫一般探头探脑。

婷婷抚着爸爸的肩膀，也轻声细语地叮嘱了一句：小涂，慢慢开，不急。

这是老苏第一次见未来的老丈人。和婷婷谈了一年多恋爱，他算是第一次亮相。不过还不算上门，只是婷婷想买房，看中了城乡接合部的一处连体别墅，她一定要让爸爸去参谋参谋。今天周末，老苏从命，既要安排好车子接送，还要全程陪同。婷婷刚出生，妈妈就没了，是爸爸一手拉扯大的。何况，他还是政府某部门的一位老处长，见多识广，老苏不敢怠慢。老苏虽然人不老，但也过三十了。父母早就急不可耐，都天天在生闷气了。他做的是红酒买卖，还算不赖。他是真心想娶婷婷的。可她爸爸一直未予表态。今天看房之行，实在是很重要的。

车行途中，司机小涂突然咳了两声，便顺手把车窗摇下了，朝车外飞快地吐了一口痰。敏感之中的老苏，隐隐感到后座压抑着的不满。他连忙张口训斥：你是怎么搞的，不能拿张餐巾纸擦一下吗？司机小涂又是嘿嘿一笑，哦哦地答应了几声，老苏也无话可说了。他侧过脸，瞥了瞥后座的婷婷，婷婷美目微合，似乎是在闭目养神之中，并不关注眼前。余光里的未来丈人，虽无怒目金刚之像，但显然心有怨艾，脸色也漫溢着一股气。

大家到了目的地看房时，司机小涂一人待在车上腾云驾雾的。上了车，车内烟雾翻腾，久久未散。

也就在当晚，婷婷忧郁地告诉老苏，爸爸今天很不满意。老苏说，这是为什么呀？我可是鞍前马后，毕恭毕敬的。婷婷叹了口气，你是不错，可是小涂在车上又吐痰，又抽烟的。爸爸说，有这老板，就有这司机。

老苏刚要解释，婷婷却纤手堵住了他的嘴："好了，不要说了，你烦，我也正烦着呢，想想快乐的事吧！"说完，挽起他的手臂，满脸春风地拥揽着他。老苏知道婷婷是爱自己的，但他也知道婷婷是十分在乎她父亲的。想到司机小涂坏了他的好事，他气不打一处来。但转而一想，自己不也是有这样的坏习惯的吗？坐在车内抽烟，有时车门窗紧闭，小鸟依人的婷婷直喊受不了，他才逐渐改了这习惯。有一次，也是在行驶途中，他喉咙发痒，摇下窗，朝外吐了一口浓痰。不料，迅即吹来的风，将这口痰打回了后窗，后排的窗半开着，婷婷正巧挨窗而坐，那口痰，就粘在了她的脸颊上了。她暴怒了，坚决要求停车。老苏左赔不是右赔不是，把她带入附近一家公厕清洗干净了。还自我检讨，掌掴了自己几个响亮的耳光，婷婷才渐渐息怒了。这一年多，他真是好不容易把这些陋习改掉了，连婷婷也对他作了表扬，说他是朽木可以雕也。可这回，偏偏栽在了司机身上，他真想好好地修理这司机小涂！可是小涂跟着自己十多年了，他想辞掉，也是舍不得的。

又是一年过去了。明人有幸参加了老苏和婷婷的婚礼，并听说了这则故事的前半部分。但他颇觉纳闷，这个扣子，后来又是怎么解开的呢？

新郎新娘应接不暇，明人还是和老苏的老丈人，当年的老同事一聊，才解开这个谜底的。

他说，那次看房半年之后，司机小涂又来接送过他。这光头小伙像变了个人似的，文质彬彬，优雅礼貌，给他开门，递茶。他有过敏鼻炎，刚打了个喷嚏，他就连忙送上了餐巾纸。车内干净齐整，空气清爽。小伙子有点感冒，时不时从口袋里掏出手帕来，掩住口鼻，轻轻咳一下，手帕是黄色的，仿佛一尘不染。烟还在抽，但他是下了车，在远处抽几口。

有什么样的司机，就会有什么样的老板。这一刹那，他相信了自己宝贝女儿所说的，老苏是绅士，他也一定会更绅士。

说话间，老苏携着婷婷款款走来，他像个绅士，在老丈人面前深深弯下腰：谢谢爸爸的信任，我一定会照顾好婷婷的。

明人发现这位丈人也站起身，好半天没说出话来，喉结嚅动着，眼眶里泪花亮闪……

一盆剁椒鮰鱼翅

一盆剁椒鮰鱼翅轻轻地搁在了桌中央的转盘上。明人瞥了一眼服务员，又侧视了一下老 B，这位办公室主管正巧目光和他对视。也探询着他的目光。他们短暂的对视里，已来回了几次无声的问答。"怎么回事？""不知道呀。""是你小子搞埋伏吧？""真不是我。""那这是怎么回事？""可能，可能……""可能什么……"

灰白粉嫩的鱼翅块，叠放在餐盘里，上面星星点点地撒落着红壳白籽的剁椒，明人禁不住地咽了口唾沫。这真是自己喜欢、常常向人推荐的菜肴，也是他所在单位食堂最拿手最可口的一道菜了。他可以一下子吃好几块。鱼鳍间那块嫩肉，毫无一根鱼刺，肥嫩滑溜，几乎可以吮吸着吞下食道，味道实在鲜美。他为此还专门搜过手机百度，说那鱼油丰富，都是不饱和脂肪，对心血管，对五脏六腑，都大有裨益，而且价格十分低廉。

此刻端上这盘美味，太投合明人心意了。倒不是明人自己想吃。这几大桌人，每人面前的餐盘里，就两三个家常菜，桌面中央则空空如也，不说寒酸，也显得过于简单了。他坐在那儿，真的如坐针毡，颇不自在。

在座的是市里的老干部，都是开过眼界，见过世面的。带队的老领导数月前就提前联系了明人，他们专程来学习考察，还请明人关心安排。明人再三叮嘱老 B，做好计划，细心考虑，特别是中午这一餐，要安排妥当。天冷了，饭菜不要上得过早，凉了，老干部上了年纪，就吃得不舒服了。老 B 说，这个可以办到，我让他们上得晚些就是，可是这客饭标准是卡死的，我就没辙了。明人瞪了他一眼，知道他说的是实话，可一点灵活性都没有，实在不讨俏，他只点了一句："动动脑子！"

考察活动倒还算顺利。到了食堂，饭菜上得就慢了，有人早吃，吃了一半了，晚吃的人还没轮上。饭菜倒是热气腾腾，正好入口。可是节奏是个问题，明人用眼色提醒过老 B，老 B 说："是慢了些，但是为了保证热菜热饭。"明人还想说什么，但随即带队的老领导说道："这样挺好，这样挺好。"就不吭声了。

每人盘子里的菜，还是少了些，三口两口，就见底了。筷子、勺子与盘子的碰撞声，令明人这个单位的一把手，有点汗颜。

就在此刻，鮰鱼翅被端了上来，来得正是时候，仿佛救了明人一驾。明人面带微笑，介绍说："这是食堂一道不错的菜，肉多无刺，还营养丰富……"带队的老领导当即附应："这是给我们加菜呀。谢谢啦。"明人又瞥了一眼老 B，他也傻笑着，只点头，不说话。

明人又发现，怎么只送了这一桌，其他桌没上呢？正纳闷间，服务员又走了过来，伸手竟把这盘鮰鱼翅端走了。

明人的目光又扫向了老 B。老 B 也正看着自己。同样是无声的："又怎么回事？""我不知道呀！""是送错地方了？"后面则是憋不住发声了："怎么回事？去问问。"老 B 站起身，去了食堂方向。一会儿，就回来了："说是没蒸熟，再拿去蒸蒸。"

哦，这么回事。明人如释重负。老领导、老干部们也表示理解，边吃边聊着。带队的老领导说："上次到另一个单位，他们也特意上了两道食堂拿手菜，萝卜肺头汤，还有一道草头鹅掌，特别好吃。"

明人听了，心里暗想：幸好今天也上了一个拿手的鮰鱼翅，要不然，距离就差太大了。回头，一定要了解明细，这谁的主意？这人会做事！

左等右等，鮰鱼翅迟迟未上。一半人都吃好了，明人用眼睛又瞅了一下老 B。老 B 若无其事的模样，目光也没与明人再对接。明人不知究竟何故，甚至怀疑刚才老 B 说又回炉蒸了，可能是个搪塞。也许真是服务员搁错地方了。

在座的都吃好了，鮰鱼翅还没上桌。带队的老领导已站起身来，做活动的小结词了。三言两语，最后还对明人等热忱安排表示感谢。大家鼓着掌。明人真是有些无地自容，这点小事都没做好，真对不起老领导老干部呀！他是真诚地向大家表示歉意，抱拳欠身，又连声说："怠慢了，怠慢了，怠慢大家了！"

鮰鱼翅这回真"卡"了明人一下。他后来再三询问，老 B 告诉他，是食堂自行安排增加的。"那怎么迟迟不端上来？"明人责问。"那是蒸锅出了故障。""这也太巧了吧！"明人说道。"就是呀！"老 B 坦然回道。

鱼翅捞饭

深夜，稍微凉快些了，明人在小区快走，正巧就遇见了陶总。明人知道陶总这两天家里来了客人，于是问他：这两天你也够忙的。要招待客人啊。陶总点点头说：是啊，儿子的朋友，来了好几个。刚说完又摇摇头：也不太好伺候啊。

明人好奇地问：怎么回事，不就是几个小毛孩吗？

陶总说：别看小毛孩，这可是我们难以想象的。两人在夜风中边走边聊。陶总说：先是来了一位广东的孩子，二十出头，是儿子的大学同学，个子矮小，可是胃口极好。

明人调侃道：怎么，你这个做生意发了财的人，还怕被吃穷了？

陶总连忙摇头说：不是，你不知道这孩子对吃东西多么精怪，他到的第一晚，我备了好几个菜，都是上海特色的，连酱鸭、四喜烤麸、上海熏鱼这些冷菜都备上了，还搞了几只六月黄。没想到这孩子坐下来，嘴巴就噘起来，自顾嘟哝了几声，当然是对着我儿子。说的是粤式普通话。我没听懂。看他不悦的神情，我问儿子：怎么回事？

儿子说：他想吃鱼翅捞饭。我听了一惊。我儿子又跟我说了一句：他就喜欢吃这一口，我到他家去，他每餐都用鱼翅来款待的。

我责怪儿子，你怎么不早点和我说呢，家里是有鱼翅的，要不马上给他炖上吧。我拿出上好的鱼翅给他煮上了。当端上鱼翅捞饭的时候，那广东小孩脸上都放光了，眼睛更是亮亮的，那神态真让我感到好笑。

他一边吃还一边向我介绍，鱼翅现在最上好的，是菲律宾的吕松黄，涨发以后，整只吃的叫排翅，是上品。鱼翅有很多烧法，他唯独喜欢鱼翅捞饭，一碗鱼翅捞饭看上去黄白搭配，色彩均匀，嚼在嘴里软滑爽口，又柔又糯，吃得真是过瘾。

我被他说得都惊呆了，这孩子怎么对鱼翅这么钟情？第二天晚上我又给他做了鱼翅捞饭，他嘴巴甜甜地叫了我好几声叔叔，仿佛那鱼翅捞饭能触动他的快乐神经。

这两天，从加拿大又来了一个年轻人，名叫罗伯特，是英国人，在加拿大就学，跟我儿子在加拿大一个国际夏令营待过一个暑期，这次暑假他周游列国，中国是他的重点之旅，到上海自然就到我家了。有朋自远方来，不亦乐乎，中国人嘛，我自然就把最好的菜肴给端出来了，我安排了本帮菜也安排了海鲜，那个广东小伙也在，鱼翅捞饭就是必须上桌的了，没想到刚介绍这道菜，那叫罗伯特的刚才还挺活跃的，突然就沉下脸不说话了。我也不知是什么地方得罪他了，瞅瞅我儿子，他也有点莫名其妙。过了一会儿，罗伯特站起身来说我吃饱了，不想吃了，我儿子指指鱼翅捞饭，你这个还没吃呢？

广东小伙也说，这是一道美味的菜肴，你尝尝看。

谁料罗伯特冷冷地说了一句：我知道这是什么，这是从鲨鱼身上剥离出来的，我是不会吃这个东西的。

为什么？广东小伙说。

保护鲨鱼从小就是我父母对我的教育，真对不起，他还向我欠了欠身，一时我也愣在那里，不知道说什么才好。后来还是我儿子，盛了米饭倒了一点鸡汤，他才端过碗来把它给吃了。

这个英国小伙这两天还在吗？

他说：在啊，可是他每天吃得都很简单。

明人说：也许是一个受过教育的，可能也是家庭经济比较拮据的孩子吧。

陶总这次飞快摇了摇头说：不是，你真不知道，这孩子的父母是亿万富翁！

那广东的小孩呢？

陶总说：你也想不到，他的父母亲也都只是机关的小公务员。

那他怎么鱼翅吃得这么频繁啊？

你问我，我去问谁呀？人家毕竟是客人呀。陶总苦涩地一笑。

明人也抽动了一下嘴角，无语了。

蚝　哥

　　蚝哥，名字与蚝并不沾边。但他对生蚝，也即牡蛎十二分地爱吃，按他自己的说法，叫做贪吃无比。明人干脆叫他蚝哥了，朋友们也这么叫开了，他也很乐意，这称谓或者说外号，听上去也挺亮挺爽的呀！

　　蚝哥贪吃生蚝的程度，明人他们多次领略。有一回，海外归来的朋友在一家五星级宾馆邀请他们吃自助餐，一听这家酒店的名字，蚝哥眼睛发亮，人也蹦得老高的，他说：这个酒店的自助餐绝对棒！特别是生蚝，想吃尽吃，一吃到底。说这话时仿佛生蚝就在他眼前，随着浪涛向他涌来，他嘴张得大大的，随时准备将这些生蚝连肉带壳吞咽了。

　　自助餐安排在周末的中午，果然蚝哥对生蚝情有独钟，大家还没把第一轮的菜打好，他已经三四个生蚝下肚了。桌子上的生蚝壳空空如也，白底闪耀着微光，几瓣柠檬片已被他挤得佝偻干瘪，只剩丝丝缕缕的一点肉色和皮囊了。这一餐除了偶尔吃一点鱼肉之外，他把自己的胃囊空间全都让给这个生蚝的鲜肉了。

　　两个小时的光景，蚝哥吃了三十多个生蚝，风卷残云般。大伙看着他在发愣，在座的朋友，有一个就吃了两个，还挤了柠檬汁，上了点辣椒酱，竟然过了不久就到厕所捣鼓了两次，说是对生蚝之类的特别过敏，没有蚝哥的吃福。在座的大多数人也就吃了两三个，大家羡慕，也带着惊奇的眼光看着蚝哥把好几拨生蚝迅速地处理了。

　　席间，蚝哥还大谈特谈生蚝的各类做法，说生吃有生吃的特殊味道，生吃是最美味的，其他的各种烧法当然也各有滋味，比如烤生蚝、焗烤生蚝、葱姜生蚝等等，各地的生蚝做法各不相同。生蚝在福建一带叫蚵仔，他们的蚵仔饼蚵仔面特别好吃。他有一回到日本，吃日本的生蚝，用烧汁焗生蚝，味道也很鲜美，当然那里价格太昂贵，他一口气也吃了三十多个。蚝哥一边吃一边津津有味地说着。明人对着海外的朋友笑说，看，叫他蚝哥，名副其实吧？朋友在海外待了几十年了，也是第一次看到有人这么贪吃生蚝的，笑着说：蚝哥真的是蚝哥，天下第一蚝。大家哈哈大笑。

　　又一次，大家吃海鲜，蚝哥点的自然首先是生蚝，一连又吃了好多个，其他什么东西都不吃，他说吃了就会变味，再好的东西都没有生蚝好吃。有位朋友插嘴道：你这么吃生蚝，你的肾功能一定非常好。蚝哥嘿嘿地笑了，这当然。明人说：据说一个男人每天吃两三个生蚝就足够了，里面富含人体所需的微量元素锌。蚝哥先点了点头，后又摇了摇头，说，两三个对我来说完全不够的，你看我这身体棒棒的，那是针对一般人吧。明人立马嘲讽道：呵呵，那你是非同一般的人咯。蚝哥垂下脸来，笑眯眯地说：明哥不一般，你们都不一般，我只是肠胃和肾略胜一筹而已。明人拍打了他一下，说，你这家伙太自以为是了。话虽这么说，但看着蚝哥这么吃生蚝，明人还是有点妒忌的。明人去做过一次血检，查自己对食物的过敏程度。检验的结果，医生说：你很有口福啊，因为几乎没有特别敏感的食物，只有牡蛎是唯一需要注意的，所以他对生蚝即牡蛎也是有些畏惧感的。

　　估计像明人这样的人也不少，所以蚝哥才可以这样地饕餮一番，酒店老板也不怕亏本，因为吃客自己已做了平衡。明人也和蚝哥开玩笑说：你实际上把我这份也都一网打尽了吧？蚝哥又笑，生蚝的鲜肉还在唇齿间时隐时现。吃完了，他擦擦手说道：天下最美的食物就是生蚝了，壳硬硬的，肉却是软软的，嚼在嘴里真是无限的享受，况且这生蚝吃了没压力，不增肥，听说还能控制血压提高免疫力，这样的好东西不吃可惜啦。明人说：不是媒体在报道吗？丹麦生蚝产量过盛，当地政府都焦头烂额了，不如把你放到那里，你就是台大机器了。蚝哥笑道：就应该派我过去，也能为中丹人民的友谊做点贡献，为环境的保护做点贡献。到时联合国给我授一个什么大奖吧。美得你，明人点了一下他的额头，也禁不住大笑了起来，这个生蚝哥真是。有没有听过这个生蚝还有十八类氨基酸，这对维持一个男人的健康非常好，它还有牛红酸，对调理血脂、保肝利胆都非常有作用，这么对你说吧，男人吃了更有力量，女人吃了更加美容。哦对了，对老人来说，多吃还能预防骨质疏松。蚝哥边吃边又大谈他的食蚝经了。

那天，本市又开了一家海鲜馆，蚝哥拖着明人还有几个朋友去尝鲜。到了那里，酒店大堂空空如也。只有两个好像是海外的老妇人，她们在小桌子上就着面包喝着咖啡，低声细语。蚝哥又开始吃生蚝了，肉还真是细嫩，色泽光鲜。明人学着蚝哥的样子把柠檬汁泼洒了一点，然后把肉扦下，放入嘴里，先是凉凉的淡淡的，略带咸味的味道，再触碰到舌头上，是柔柔软软的也稍带一点小小的嚼劲，满嘴很快就有一股鲜味和清香，生蚝肉滑溜到肚里，似乎让食管和肠胃也感受到一种美食的进入，感觉确实不错。

明人慢慢品味着，刚吃到第二个，蚝哥已经把盘子里的生蚝吃得只剩下贝壳了。明人说：你真是猴急啊。蚝哥说：确实好吃，赶快再来一份。他赶紧招手，再来四十个。明人一听，手一抖，手中的生蚝也掉地上了。明人俯身下去捡拾，蚝哥对他说马上要上了，掉地上的就算了。明人还是把生蚝捡了起来，肉还在壳内盘结着，但还是沾上了些灰尘，他把它搁在桌面上。这时听到有一个老妇人对他们叽里咕噜地说了一句，明人一开始没听明白，再仔细一听，是老妇人在问，你们以前有没有吃过生蚝？明人和蚝哥对视了一下，一时没明白老妇人的意思，老妇人带着并不高亢，但显然有点严肃的口吻又问，你们有没有吃过生蚝？明人把这话翻译给了蚝哥。吃得多了，什么地方的生蚝我都吃过了呀！蚝哥说的是中文，老妇人朝他们瞪视着，应该没有听懂蚝哥的话。明人坐在那里，也不理解老妇人为什么这么询问他们。这时服务员来了，明人问：这两位夫人是哪里的？服务员回答，是我老板的朋友，从北欧来的。这时，老妇人用英文和同伴又说了句什么，明人没有听清楚。蚝哥更没听清楚，他还在大嚼特嚼地尝着送上来的生蚝，像战场上把一个个小山包拿下。贝壳很快在盆子里堆成了一座小山。

明人这时听清了一个老妇人的嘀咕，蚝哥还在不自觉地吞咽着，明人问：你不明白老妇人说的什么话？蚝哥不耐烦地说：管她说什么？你看她们这点面包吃了老半天，看来是吃不起生蚝。明人揶揄道：人家就是在北欧的。明人把刚掉到地上的贝壳，用冷水冲洗了一下，蘸了一点芥末和酱油送进了嘴里。想起老妇人刚才说的话，这不是享受美食，这是在糟蹋上帝赐予的美食。明人的脸颊微微有点发烫了。

你是我的原型

明人一早跨进办公室，发觉办公室科员小粟就恭候他许久了。神情有些不太自然。看见明人过来，连眼神都不敢正瞧。

明人问："怎么了，有什么事吗？"

小粟仿佛被问惊了："哦，哦，没什么。"

明人打量了他一下。这小伙子脸色有点暗淡，眼睛则红肿着，似乎一夜没睡。

"我是向领导送，送这份统计表格的。"小粟递上一张表格。

明人接过，飞快地扫视了一眼。这是他曾经要求的本月的基建实物完成量，要得并不急迫，再过几天交也不迟。莫非，小伙子当成大事了，熬夜把它赶出来了。

明人若有所思地点了点头，就径直进了办公室。他不知道，小粟却站在门外，愣了好久，才欲言又止地离开了。

这天，明人甚忙，有几项工作要赶快布置和研究，连午饭都是让办公室的人打来的，匆匆扒了几口，又埋首文案中了。上厕所时，他须路过小粟所在的办公室，办公室挤，小粟是紧挨着门又是面向门口坐着的。

明人见他托着腮，一脸茫然的神情。他开玩笑地扔下一句话："小粟，你倒挺空的呀。"

小粟忽地站起来，这下脸也抽搐了。明人已走了过去。小粟张着嘴，迟迟未吐出一个字来，浓云更加阴暗地密布在他那张白皙的脸庞上。

　　小粟知道自己惹祸了，真正把最关心他的顶头上司明人给得罪了，他恼怒自己，也恼恨那个老编辑，置自己于这种难堪的境地。

　　原来，中文系毕业的小粟平常喜欢舞文弄墨，一些杂文随笔也常常在报刊披露。因为用的是笔名，单位也没谁注意。但昨天一篇杂文惹事了。刊登在晚报的副刊上。关键是老编辑不知何故，把他的真实姓名给署了上去。更关键的是，他善意批评的是领导干部整日忙忙碌碌，难得深入思考的现象，他引用的就是本机关主要领导的事例，明人就是原型！连机关最傻的人，也看得明明白白。

　　小粟不能不为此担心，甚感后悔。自己怎么就这么幼稚呢？再写什么也不该直指本单位领导的。自己还想不想混下去，混出个名堂啊！他昨晚一夜没睡，苦思冥想，找不着一个好办法。今天一清早，借送报表，本想先来负荆请罪的，却见明人不冷不热的，也没敢开口，现在明人又吐出这么一句话，这显然话中有话呀。

　　小粟头皮都发麻了！

　　总算挨到快下班了，办公室主任捎来明人的一句话，让小粟稍微留一会儿，明人还有事找，小粟知道难逃一劫了。明人倒从来不做暗事，要当面向他开刀了。

　　小粟再到明人办公室时，是战战兢兢的，他不知道平常严格但也蛮有人情味的明人，会怎么惩罚他。

　　明人笑着让他坐下，还递给他一本著名的文学刊物，是最新的一期。小粟还未读过，明人嘱咐他打开其中的一页。

　　小粟疑惑不解，翻到那一页，是一篇小说，作者竟然是明人！

　　明人笑曰："你读一下吧，这是描述一位八零后大学生的机关生活，年轻，敏锐，也很勤勉，就是难免有点患得患失。"

　　小粟忽然醒悟：明人也曾是大笔杆子，还是作家协会会员呢！

　　这时，听到明人笑着说道："我读过你文章了，没什么，作品嘛。不过，你知道吗，你也是我这篇小说的原型。"

　　明人又笑了，笑得小粟心里也云开日出了。

背 门

明人刚到这个处室就听说，坐在背门位置上的人最易升迁。明人一开始极为诧异，以为大家是在说笑。后来连一脸皱纹、一脸阴郁的老处长某日也兴致大发，主动滔滔不绝地向明人讲到了这种现象。

果然，比起所有人，包括处长和明人，在处室只待了半年，来得最晚的年轻的忻博士，迅即又调离了，而且是提任，到某中层单位任副处级。他坐的位置就是背门。

这办公室，进了门就是一个长方形单间，六七张桌子排开，总得有人背门。一般初来乍到的，年轻、级别又低的，自然坐这些个位置，年长和资历高的人是背窗面门而坐。老处长坐这位置八九年了，一步都未挪过，屁股当然也一动未动，都说他含辛茹苦，殚精竭虑的，就是一直窝在那儿，未被提过，让人不解。

好几位背门坐的都被提了，走了。老处长面色灰暗，老实巴交的模样让人生怜。

这天，办公室就老处长和明人在。老处长忽然掩上门，语气谦谦恭恭地对明人说，想请他帮一个忙。明人受宠若惊，忙说，您有什么事尽可吩咐。老处长老脸一红，不好意思地对明人说："我想与你换个位置坐坐，我想……"他话未说完，明人发现他的脖子都红了。可让老处长坐这背门位置，讲不过去呀！

老处长嗫嚅着，还想说什么。明人不忍心了，只得说，他听处长的，就是让处长委屈了。这时，老处长竟满面光彩起来，仿佛童颜焕发。

明人与老处长换了位置，大伙的眼神就有点不对劲了，有人私下里与明人咬耳朵："你是不是要当处长了，老处长都主动给你让位了……"也有人悄悄调侃明人："这下你要像忻博士那样快速提升的想法，估计泡汤了……"

明人心自坦然。但见老处长却愈加勤勉，对大家都客客气气，倒茶、敬烟也是不乏热情，让大家更为生疑。大家私下议论，是老处长太想提任了，按老处长现在的岁数，再不提，就这个级别到头了。

不多久，又一个背门坐的小年轻调离了。大家都知道，他与忻博士一样，都是上面有人，放这个部门避个嫌，"曲线高就"的。

明人上面没人，也无所谓，靠本事和工作干劲打拼，也不用胡思乱想。天天面对愁眉苦脸的老处长，明人心底里也盼望老处长尽快擢升。

常言道，没有功劳，也有苦劳呀！

这天上面来人，找明人谈话，竟然是让明人调离，任另一处室的处长。明人未及感谢组织，先就询问老处长的安排。人家毕竟是这般年纪了。明人走了，估计短时间内就没人帮他了。

领导微微一笑："他在这儿很好，守得住，就这样了！"

图书在版编目（CIP）数据

你是我的原型 / 安谅著 . -- 北京：作家出版社，2020.3
ISBN 978 - 7 - 5212 - 0788 - 0

Ⅰ . ①你… Ⅱ . ①安… Ⅲ . ①小小说 – 小说集 – 中国 –
当代 Ⅳ . ①I247.82

中国版本图书馆 CIP 数据核字（2019）第 272869 号

你是我的原型

作 者：安 谅
责任编辑：赵 莹
装帧设计：周思陶
出版发行：作家出版社有限公司
社 址：北京农展馆南里 10 号 邮 编：100125
电话传真：86 – 10 – 65067186（发行中心及邮购部）
86 – 10 – 65004079（总编室）
E – mail: zuojia@zuojia. net. cn
http: // www. zuojiachubanshe. com
印 刷：玉田县嘉德印刷有限公司
成品尺寸：152 × 230
字 数：276 千
印 张：16.25
版 次：2020 年 3 月第 1 版
印 次：2020 年 3 月第 1 次印刷
ISBN 978 – 7 – 5212 – 0788 – 0
定 价：40.00 元